一九七〇年代的中國青年抗爭小說

火燄首部曲

李三一・著

主題歌

火焰把鋼鐵煉造，
火焰把人生鑄陶；
火焰將靈魂淨化，
火焰把厄運燒焦。
啊，愛情是火焰，
掉入冰窟也要燃燒；
生命是火焰，
打入地獄也要燃燒。

謹以此獻給自強不息的青年們！

火燄自序

一九九〇年春夏之交，為「六四」民運一周年之祭，有感於國事家事，回首自己前半生的坎坷經歷，目及社會上的污濁與腐敗，思考著中華民族的前途和命運，終日鬱悶悱惻．食不甘味，夜不能寐，腸一日而九回，總感不吐不快，遂產生創作一部長篇小說的衝動。心中的火苗猛一躥，一股烈焰騰然升起，這就是《火燄》的萌生。

創作伊始，我曾寫下誓言：「我將以詩人的激情、哲學家的睿智、歷史學家的深沉、經濟學家的實在創作出一部劃時代的巨著，以拯當今文學之衰微，獻給我們的民族，以慰先人之英靈。」懷著這種理念，就將此書寫成一部政治歷史小說。通過主人公前半生的奮鬥、成長史概括反映中華人民共和國成立四十年來的社會發展簡況，由此也就反映了社會主義運動在中國的發展簡史。主人公張秋水是一個有理想有抱負的熱血青年，他企圖通過個人奮鬥幹出一番大事業來，但他出身寒微，處處碰壁，動輒得咎，欲益反損，嚴酷的現實將他的理想撕得粉碎。這時擺在他面前的只有兩條路，一條是自滅，一條是自強，古往今來，多少滿懷激情的奮鬥者都是在這樣的自生自滅中消失。少年意氣，揮斥方遒，指點江山，激揚文字，而老來萬念俱寂，萬事皆空。張秋水在同命運的抗爭中，在厄運的壓迫下，沒有倒下去，一次次失敗，一次次打擊，他都揩揩身上的血跡，舔舔身上的傷口，奮然而前行。他逐漸跳出個人奮鬥的小圈子，立志以天下為己任，為中華民族的崛起而奮鬥，可是在我們這樣的社會裡，幸運的大門永遠也不會朝他這樣的人敞開。奮鬥的結果不但改變不了他的命運，反而更增加了他的人生悲劇。開始他面對的只是社會的不平與不公，後來他面對的卻是龐大的國家機器對他的打擊與制裁。他作為工人階級的一員被投進代表工人階級的政黨所設的監獄裡，出獄以後又被工廠開除了工職，取消了他的工人身分和城市戶口，又回到了原籍農村。由此他的人生軌跡似乎就地劃了一個圈又回到了原點。

我在此書裡只是實事求是地把主人公的命運全盤托給讀者，通過主人公命運去開拓更為豐富深刻的內涵，那還要靠讀者各自去思索，說得太多不免擠佔了別人的想像空間。我不祈求此書名垂青史，只求讀者通過此書的閱讀能對中國的歷史和現實有所感悟，我的同齡人讀罷此書不免脫口而出：「當年，我們那個時候……」

一位朋友對我說：「在我們今天的社會裡，每個人都很忙，許多人忙得連家都認不得了，哪有時間讀這樣厚重的長篇！現在人心浮躁，大家只講實惠，誰還考慮那些沒有任何好處的事？」因此如果此書能給讀者帶來耳目一新的感覺，如果讀者能夠手捧此書一氣讀完，而讀完之後又覺得工夫沒有白費，沒有上當受騙的感覺，則吾願足矣！

一九九〇年秋九月

目次

CONTENTS

第一章　時代列車

1

一列火車迎風呼嘯著從遙遠的天邊奔馳而來，阡陌縱橫的莊稼地即刻從自我陶醉中驚醒，舉起震顫的臂膀，托起五色碩果向列車致意，然而它還沒看清火車的面目，便被遠遠地拋在了後面。收割的人們停下手中的活計，直起腰板，驚歎地目送著一節節車廂疾馳而過。火車過後留給人們一串串的驚歎，留給大地一陣陣的抖顫，當它遠去之後，一切又都恢復了原來的樣子，古老和諧的收穫景象重又覆蓋著村落農院。

一個青年正告別這村落農院，滿懷信心地走向縣城去趕這班駛向省城的快車。他左手拎個網袋子，網袋子裡面裝著洗漱用具，右肩上挎個行李捲，昂首闊步經過這豐收的原野，卷蓬蓬的頭髮時而被秋風掀起，露出他那寬寬的前額，高高的鬢角。他步伐剛毅而穩健，目視著前方，心裡跳動著青春的狂想，嘴角唇邊流動著對未來世界的憧憬和企盼。

汽笛一聲長鳴，接著「撲哧」一聲吐了口粗氣，就停了下來，車站裡原本稀稀拉拉幾個人，這時猛然蜂擁而上都擠到車門跟前，爭著往裡鑽。那青年並不和別人擁擠，等人都上去了，他才扭頭對旁邊一個穿花布衫的姑娘說：「香蓮姐，回去吧，免得讓娘掛念。」那姑娘「嗯」了一聲，淚水在眼圈裡打著轉，她立即背過身去抹一下眼，又轉過身來依依不捨地望著那小夥子說：「秋水，現在很亂，路上多加小心……以後就靠你自己照顧自己了。」

「放心吧，香蓮姐。」說話間他就一步跨到車廂裡，接著他舉目朝來的方向望了一眼，心裡默念一聲：「再見吧，大溶河；再見吧，綴滿秋實的土地。」

火車嗚的吼叫一聲便徐徐開動，小站很快後退，香蓮立即揮舞手臂，「秋水——我等著你的信——」她一邊喊一邊隨列車猛跑幾步。「回去吧，快回去吧。」秋水將手和頭伸出窗外，揮著胳膊說。火車快速奔馳起來，她呼哧呼哧喘著粗氣，一串淚珠便掉了下來。她呆呆地站在那裡目送著逐漸消失的車影，直到什麼也看不見了，才沒精打采往回走。秋水像一隻小燕子飛走了，她感到像掉了什麼東西，心裡空空蕩蕩的，萬般惆悵。「燕子呀，燕子，你在秋天裡飛走了，到了春天還會回來的。」她呢喃著想，我要是能跟他一塊去工作多好啊。嘿，那是不可能的，農村人想進城工作，難啊！不是多方面湊巧，秋水也是走不掉的。想到這裡她不禁停下來，轉身朝火車駛去的方向久久地凝望著。遠處是灰濛濛的天宇，近處是滿眼黃燦燦的秋莊稼，秋風撩拔著她的思緒，她心裡亂麻麻的，索性什麼也不再想，推起自行車便上了通往大溶河的公路……

張秋水似乎不能相信眼前的情景是真的，車廂活像個大垃圾箱，地板上、茶几上到處都是紙頭、果皮、煙屁股，雞籠、麻包、鐵鍁、洋鎬、鋪蓋卷到處亂堆，簡直就像春會上的牛羊交易場，地上還有小孩子的糞便，被打爛的窗玻璃洞邊留有長長的裂紋。他以前從沒坐過火車，聽出過遠門的人說火車上乾淨得很，配有餐廳和廁所，坐累了還有臥鋪可以睡，並且免費供開水。可是眼前這車廂裡竟是這個樣子，連一個服務員的影子也看不到，聽說列車上的服務員都是年輕又漂亮的大姑娘，一會給你倒開水，一會又將裝滿香煙、水果、汽水和各種食品的手推車推到你跟前，笑著問你想要點什麼。可是眼前這實實在在的火車與他的想像相差十萬八千里，真是看景不如聽景，他不覺有點懊喪。

他將行李卷塞到行李架上，在一個角落處找了個位子，這裡還算乾淨，他掏出一張廢紙在長座位上抹了一把就坐下來。這時，外面淅淅瀝瀝下起雨來，雨水穿過爛玻璃洞一絲絲飄灑進來，陡增幾分涼意。他打開行李拿出母親為他趕制的一套新衣服。可是看看這裡到處都這麼髒，就決定還是不穿了吧。一望無際的淮北平原覆蓋在低沉沉的霧靄之中，那一片片大豆田在眼前顛簸，一畦畦的紅芋秧在煙霧中飄飛，一壟壟的玉米桿掠窗而過。凝望著這遼闊的原野，他陷入無邊的沉思與遐想中……

2

天剛下過一場透雨，五顏六色的玉米棒穗沐浴著朝陽噴發出一股股沁人心脾的香波，團團紫霧從枝葉間穿過，染成一幅天然畫圖，晶瑩的露珠被微風吹落下來猶如珍珠串串下落。一位穿紅褂子的姑娘出現在大溶河堤上，好像一道霞光照射在綠茵茵的大地。她推著一輛嶄新的自行車沿河堤往前走，泥濘的路迫使她走走停停，走幾步就要停下來擦去車輪上的泥巴。她走得非常艱難，幾乎將整個身子都俯在了車把上卻還是推不動。她猛抬頭看到遠處的田間小路上有位青年，便朝他揮手高喊：「喂，小兄弟，快過來幫個忙！」

他聽著聲音很熟，就答應一聲跑過來，地上一跐一滑的，他幾次差點沒跌倒。她在遠處看到他踉踉蹌蹌的樣子，不禁發出一串銀鈴般的笑聲，「喂，慢點，當心摔著——」

他跑到她跟前，一下子認出她來，高興得一蹦多高，「啊，香蓮姐，原來是你呀！」他立即推過她手裡的自行車。她反而有點扭捏起來，臉上飛出一股紅潮。「哎呀，早知是你，我就不喊了。」

「為啥？」

「你說為啥？傻瓜，怕人家笑話唄。」

他猛然醒悟過來，頓感身上像撒了麥糠一樣癢刺刺的不自在。當他接觸到她投過來的那灼人目光時，立即低下頭去，抓起車子扛在肩上就朝前跑。

「噯噯，噯，你別慌嗎，我還有事給你說來。」

「哈事，姐，說吧。」他停下來，羞紅著臉，見香蓮只是紅著臉對他笑。

「看你多大了，還姐姐的，哆哆啦啦的多難聽。以後別再這麼叫了，知道了嗎？嗯！」

「那，不叫姐叫啥？」

「隨你叫啥都行，都比叫姐好聽。傻得不透氣，還是讀書人呢。」她格格地望著他笑。

他被搞得心慌意亂，「快走吧，娘想你都快想瘋了。」說著他又扛起車子往前走。她立即收住笑，追上來和他並肩走著，一本正經地說：「我給你帶來好消息了，你猜猜，看可能猜著。」她用肩膀撞了他一下，他猛一趔趄，腳下一滑差點沒摔倒。她上去一把拉住他的胳膊，格格一笑，「你看看這個，你現在可成了英雄人物了，上了地區的報紙了。」她從挎包裡掏出一張折疊得很工整的報紙展開在他的面前。「你看看，頭一版，標題是《雷鋒精神永放光芒》記護田青年張秋水。來來，讓我念給你聽聽。」說著她就高聲念道：「大溶河公社大溶河大隊回鄉青年張秋水立場堅定，旗幟鮮明，熱愛集體，大公無私，主動承擔了生產隊看護莊稼的任務。有一天，他發現一頭大黑豬在田裡啃玉米，就奮不顧身地撲上去。衣服掛破了，他不在乎，臉劃破了鮮血直流，他也絲毫不顧。他心裡只想著集體利益，想著被糟蹋了的玉米，想著……」

「別念了。都是瞎胡編的，我想什麼，他們怎麼知道。我當時啥都沒想。」

「噯，你別打岔，你看這下邊寫得更精彩。當他認出那頭大黑豬就是他四爺家養的，他猶豫了，他心裡展開了激烈的鬥爭……」

「好了，好了。」他一把抓過那張報紙塞在自己衣兜裡，心裡充滿了一種說不上來的滋味。他的名字上了報紙，這當然令人高興，可是他以打死人家的豬出了名，又不免覺得心裡難過。他成了六親不認的英雄了，更沒想到他無意中打死了劉四爺的一頭豬，就成了新聞人物。想到這件事他心裡就痛得慌，四爺那麼大年紀了，孤獨一人，養頭豬不容易啊。聽娘說六〇年春上，他餓暈在路邊，是四爺用一碗糊粥把他餵活過來的……。

「哎呀，我說你這個人是怎麼搞的，這麼垂頭喪氣的。我爸說，明天在公社開大會還表揚你呢，還要你上臺講話呢。」

「八個老牛也別想拉我去，我對這事後悔都來不及。我只是想奪回豬嘴裡的玉米棒，誰知一磚頭砸在腦門上，它就死了。」

「噢，我說呢。先別說這個了，你過來看這是啥。」她又從綠色小挎包裡掏出一張表格。他一眼就看出，那是一張招工登記表。「這是縣裡特為你下的，你現在可是全縣聞名的英雄人物了。」

這真是天降的喜訊，真令他喜出望外，進城工作可是他夢寐以求的啊。這下他就可以徹底離開這落後的農村，徹底離開這貧脊的黃土地了，他放下車子，一把抓過那張招工登記表。「你的小挎包今天真成了萬花筒，裝的都是奇跡。」他奪過招工登記表在空中一揚，一蹦多高，發狂般往前跑去。

「喂，車子！看你那傻樣子，像中了狀元似的。」

「就要到家了，你自己推吧，前面的路沒泥了。我回去報信，讓娘來接你。」他回頭朝她喊了一聲就跑開了。

看到他那興高采烈的樣子，望著他那歡蹦活跳的背影，她心中即刻流淌出一股幸福的甘泉，泉水立即化作一股春潮蕩漾於她的腮邊唇角。朝陽將她全身塗上一層玫瑰紅，她沐浴在晨光裡，眼前現出一片七彩的光環……

3

列車哐當一聲停下來，又到了一站。這是個大站，旅客擠擠攘攘，隨便上下，沒人檢票，也根本不用買票，沒人報站，他在車上坐了半天也沒見到一個乘務員。站台上空橫懸著巨幅標語：「深入持久地開展批林批孔運動！」一個三十多歲的男子站在巨幅標語下邊的一支木凳子上，手裡拿著個喇叭筒正在講演。他的周圍稀稀疏疏有幾十個聽眾，嘻嘻哈哈的，看那樣子好像不是在聽講演，而是在看熱鬧。只聽到喇叭筒裡傳出一串串激情澎湃的呼聲：「同志們，我認為這次批林批孔運動就是第二次文化大革命。我們工人階級要站在鬥爭的前列，緊跟毛主席的偉大戰略佈署，狠批叛徒林彪孔二這兩個壞東西。他們人雖死了但臭氣還在，還會在我們中間腐爛發臭。批林彪，這是人們的願望，因為他企圖謀害我們的偉大領袖毛主席，妄想篡黨奪權。批孔老二就不是每個人能理解的了，孔子思想統治我們中華民族幾千年，根深蒂固，要批深批透確實不那麼容易。我們為什麼批孔老二？有人說孔子死了那麼多年了，現在還拿出來批，這不是鞭屍嗎？有這種思想的人真是太糊塗了。孔子思想是為封建統治階級服務的，一切保守派都要尊孔，一切統治階級都要利用孔子的思想來統治人民。反之，一切革命派都要批孔，一切企圖打垮統治階級的腐朽統治，建立社會新秩序的都必須打倒孔家店，在一個腐朽社會裡，在一個舊秩序行將滅亡的時代尤其是這樣。我們當前社會主義制度雖已確立，但是舊的傳統觀念，舊的思想意識還存在，還在不斷腐蝕著我們的社會肌體。我們的一些幹部之所以犯錯誤，之所以貪污腐化，之所以產生官僚主義作風，其根本原因就是舊的傳統觀念作怪。像劉青山、張子善這樣的人就是典型的例子，他們跟著共產黨鬧革命就是為了封妻蔭子，革命勝利了就是李自成進北京，趕跑了舊的統治者自己成了新的統治者。」

人群中立即爆發出一陣熱烈的掌聲，聽講的人也比先前多起來，幾個人同時叫好，「講得好，講得好，接著往下講。」

那個中年男子乾咳幾聲，清清嗓子，揮揮手臂接著說：「我們偉大領袖毛主席為什麼要發動那場史無前例的無產階級文化大革命？我認為他是看到了我們黨和國家的一部分領導幹部進了北京就忘了本，脫離了人民群眾，忘記了自己的歷史使命。毛主席說：『資產階級在哪裡？就在共產黨內。』這話我們應該怎樣理解？我個人認為揪出我們黨內的資產階級代表人物，讓人民群眾起來造反，培養群眾的主人翁意識，使任何妄想騎在人民頭上作威作福做官當老爺的投機分子都不會得逞。這就是毛主席他老人家發動文化大革命的動機。當然毛主席說的走資本主義道路的當權派是指那些思想腐朽，作風腐敗，嚴重脫離人民的人，是指那些由人民的公僕變成了人民的老爺的人。其實更確切地說這部分人是封建官僚，黨內的資產階級實際上就是封建官僚統治者。因為這些人剝削壓迫人民的方式不是靠資本而是靠特權，所以這部分人更具有封建官僚的特徵。」他的話又引起一陣陣熱烈的掌聲，圍觀的人又增加了許多，連火車上的一些人也將脖子伸到窗外聽，人們紛紛稱讚演講者的理論水平和口才。

「毛主席說文化大革命今後還要進行多次，這就是說我們工人階級同資產階級的鬥爭是長期的艱巨的，同舊的傳統觀念徹底決裂是非常困難的。封建官僚在我們黨內會不斷產生，我們必須時刻保持高度的警惕性，決不能讓我們的紅色政權改變顏色。當然這樣的政治運動會出現一時的社會混亂，會有少數的階級敵人乘機搗亂破壞。但是這亂只是暫時的現象，毛主席說『天下大亂達到天下大治，過七八年又來一次』。我們要深刻領會這句話的含義，不能被現象所迷惑，我們要透過現象看本質……」

圍觀的群眾越來越多，一會兒站台上便站得黑壓壓一片。人聲噪雜，那位演講者的聲音也就聽不清楚了。從不時傳出來的鼓掌聲可以看出他講得很精彩，贏得了一陣陣的喝彩聲。

火車一進入城市便失去了它先前的威風，死狗樣趴在那裡卻沒人理睬它。一個給它飲水的工人將皮管子往地下一撂也去聽講演去了，汨汨流淌的自來水順著鐵軌到處流。張秋水看了心裡很覺可惜，他在家裡吃水要一擔一擔到井裡去打，每天要挑十來擔水讓他累得腰酸背疼。城裡人真有福，吃自來水，可是眼看著這自來水到處淌，站台上十幾個自來水龍頭也都開著，水嘩嘩啦啦的往下流，人來人往好像誰也沒看見。

突然「啪」的一聲，一個背書包的小男孩撿起路基上的一塊大石子朝車窗砸過來。只聽嘩啦一聲，車窗玻璃打碎了。他猛一歪頭才躲過去，不然定會頭破血流。他的座位上，茶几上全是玻璃碴子，他怕石子再次破窗而入，就連忙站起來躲避。

列車不知停了多久，就像死狗又反醒過來一樣，吼叫一聲，吐了口粗氣。昂起頭來慢慢爬起。到了什麼站不知道，前方什麼站也不知道，只是聽人們抱怨說已晚點兩個多小時。火車行駛在遼闊的平原上是那麼威武雄壯，可是進了這城市便癱了下來。

火車剛要啟動，一下子又跑過來幾個人，扛著掃把，拎著漿糊桶在火車的頭上、屁股上糊滿了標語。直到它像怪獸一樣猛吼一聲，張翼而飛，才把那些人都拋得遠遠的。

4

張秋水來到了車廂的另一頭，一眼就瞥見一個少女獨自坐在一個三人座位上。她穿件粉紅色上衣，外面套個淺藍色坎肩，手裡捧本書正在認真地閱讀，周圍的一切混亂現象對她好像一點影響也沒有，一眼便讓人看出她的與眾不同。當張秋水的目光停留在她那本書上的時候，她正好抬起頭，發現他在看她，腮幫上立即綻出一片紅暈，兩個目光相撞立即迸出一團火星，同時兩人都很不自在地低下頭。

張秋水不由得在心裡揣測起來，她是幹什麼的呢？一個小姑娘學習這麼用功，坐火車還在看書，況且又是在這麼個亂糟糟的環境裡。在這讀書無用的年代，她為什麼還那麼認真的學習呢？他想到這裡不禁又抬起頭朝那少女望望，見她短髮護著白嫩的脖頸，額前的幾綹頭髮捲曲著，圓乎乎的臉龐紅潤、白嫩、細膩，充滿青春的魅力。她神情那麼專注，儀態那麼嫻雅，猶如碧波潭中倒映出的一輪秋月，她的衣服那麼明媚而鮮亮，又好比朝暉裡一束帶露的花蕾，給這死氣沉沉的車廂陡增幾分光輝。她像是被書裡的東西所陶醉，時而微微點頭，時而竊竊一笑。哎呀，她笑起來可真美，笑容從嘴唇邊向腮幫上擴展時，真像一株芙蓉被微風吹過，花瓣輕飄飄落在一潭被朝霞染紅的碧波上，頓時激起一圈圈的漣漪，蕩起一波波的紅浪。

她猛然抬起頭來，瞪起大眼，不甘示弱地同他對視起來，臉上帶著嗔怒，眼裡充滿挑戰的倔強。他的臉一下漲得通紅，連忙低下頭，像當頭挨了一棒，一時有點發懵，覺得自己不該趁人家不注意的時候那麼盯著人家死看。在他們的對望中，他感到十分羞怯。她將他渾身上下仔細打量了一遍，然後就將目光停留在他的額頭上久久地凝視著。現在輪到人家看他了，他感到身上像長滿了芒刺，面前像有個大火團，把他的臉映得通紅，烤燎得他鼻尖冒汗。他抬腿就要離開，一個嬌音飄入他的耳中，猶如雲間溜過的一聲鶯啼。「同志，站著幹嗎，這裡有空，過來坐下吧。」

張秋水扭過身來，臉漲得更紅了，抬眼又望了她一下，迎接他的是一束熠熠耀眼的光芒，一串春意盎然的微笑。「喂，快過來坐嘛，這裡還算乾淨些。」她眨動一下眸子，欠身向裡湊湊，給他騰出點地方。他走過去輕輕坐在她的旁邊，列車猛一搖晃，他碰到了她的肩膀，他們情不自禁地對望一眼，忙又拉開一點距離。

「你看的是什麼書呀？」張秋水搭訕著問。

「《紅與黑》，世界名著，看過嗎？」

「沒看過。『紅』與『黑』，『紅』與『黑』是什麼意思呢？」

「意思深得很呢，我也說不好，反正覺得怪有意思的，嗯，紅的大概是主人公的心，黑的大概就是主人公的衣服吧；也許紅象徵著奮鬥、進取、向上，黑象徵現實的黑暗。噯，你到什麼地方去呀？」

「去省城。你呢？」

「我也是呀，咱們正好同路。」她臉上立即掠過一抹喜悅的神情。「去幹什麼？辦事還是看親戚？」

「都不是，我是去報到的。」話語裡流露出自豪和喜悅。

「報到？上大學是吧，哪個學校？」她眉宇一揚，顯得歡快而活潑。

「不是上大學，是去當工人。」

「那更好啊，工人階級領導一切嘛。在我們國家裡，工人階級的地位可是最高的了。」

「我們社會主義國家人人都是平等的，只有革命分工不同，沒有高低貴賤之分。」

「你還真行，有當官的水平，這話說得多像挺著肚子作報告的大首長啊。」她這麼挖苦他一句，便格格笑起來。笑聲沒落，只聽「啪」一聲，一塊小石頭破窗而入正好打在她那白玉般的左額上。她「哎呀」一聲，連忙用手捂住傷口，一股鮮血即刻順指縫流下來，同時那本書也就掉在地下。真是石破驚天，他猛地站起來朝外一望，見一群背書包的孩子正站在路邊拾起石塊往車上砸。他立即縮回頭，望著她流血的傷口急得直轉圈。

「真不像話，這麼大的石頭往車上砸。」

「這都成了什麼世道了，坐在這裡也不讓人安穩。」

「哎呀，現在出門真是活受罪。」

「嘿，這樣下去，何時了。長此以往，國將不國啊。」

人們七嘴八舌議論著，抱怨著。面對被砸傷的姑娘，有的空表同情，有的不置可否，還有的僅冷漠地扭頭看一眼。張秋水一下想起來衣袋裡的一只花手帕，就伸手拽出來，俯下身說：「來，讓我給你包紮一下，血流多了會出危險的。」

她仰起臉，將頭探入他的懷中。他一手輕輕扶著她的頭，另隻手小心翼翼地將她前額上的頭髮一綹一綹拔弄開，然後輕輕掰開她的手，將那潔白的新手帕疊成四折敷在她的傷口上。做著這些，他心裡充滿無限的幸福。她也從小荷包裡掏出自己的花手絹塞在他手裡說：「用我的吧，把你的弄髒了。」

「沒關係。你這一只正好也有用。」他接過她的花手絹想把傷口紮起來，可是一比不夠長，他一時束手無策。她一把從他手裡抽出那手帕，在嘴裡咬一下，嘶啦一聲就把手帕撕成兩截接在一起遞給他。

張秋水非常佩服她的機靈，趕忙接過手帕把她的額頭紮起來。她的頭在他的懷中埋著，他感到像隻小鹿撞得他心口怦怦直跳。等傷口包好了，他才猛然想起他的那只手帕是他臨走時香蓮送給他的，香蓮一再囑咐他別弄丟了，可是現在……他心中立即掠過一絲無名的惆悵。她從他的懷中抬起頭，仰臉望著他，見他仍然呆呆地凝視著她的傷口，便羞澀地朝他一笑，腮幫上又即刻泛起一片紅潮。「別這麼看我，我一下子變得很醜是嗎？」她望著他的臉說。他像猛然從夢中驚醒，立即回過神來，笑著對她說：「不不，恰恰相反，這麼一紮，你頭上活像戴了個大花環，比先前更美麗了。」

「真的嗎？」她瞪著一對大眼，半信半疑的樣子，眸子裡閃出熠熠的光芒。

「是的，不騙你，只可惜沒有鏡子。」

「趕快坐下吧，站了這老半天，累壞了吧。」她欠欠身子示意讓他在原來的地方坐下來，面龐又恢復了先前那樣的水靈紅潤，笑靨還是那麼迷人。

他掏出幾張廢紙，讓她擦掉手上的血跡，彎腰又把那本書撿起來，仔細揩乾淨上面的髒汙，放在她併攏的雙腿上，這才在她的裡面坐下來。「讓我靠窗坐吧，你在外面安全些。」

她深情地看看他，心裡充滿無限的感激。她相信自己的眼力，她面前的這位小夥子既有農村青年所具有的優點——那就是純樸厚道，待人熱誠，又具有城裡青年所具有的優點——聰明大方，感情深沉，內心世界又極為豐富。他是一個受過教育的青年，既不像農村孩子那麼粗野，又不像城裡孩子那麼浮華。在她的眼裡，他好比歐洲文藝復興時期的一個雕像，完美無缺，富有男性的陽剛之美。一股春潮在她胸中滾滾湧動，一波紅浪在她面頰上泛起，她那一起一伏的胸脯立即彈奏出青春的狂想曲。

5

張秋水感到周圍的目光一起朝他們投來，心裡很不自在，羞赧地低下頭去。他有生第一次同一個天真爛漫的少女坐在一起，而且是身貼身膀挨膀的靠得這麼近。他能感受到她身上散發出來的微溫，能聞到她身上飄出的馨香。她收回她的目光，撫弄著那本書對他說：「今天多虧你的幫助，讓我怎麼感謝你呢。」

「感謝什麼，芝麻大點小事，我應該做的。」

「哎呀，到現在還不知道你的名字呢，告訴我你叫什麼？」

「啊，是的，你沒問我，我也忘了問你。我叫張秋水。」

「啊，張秋水！」她心裡猛一震，猛然想起一位算命先生的話，說她是水命，一生跟水有緣。為了掩飾心中的慌亂，她立即望著他笑笑說：「我叫沈冰。你這名字太好了，很有詩意。」

「怎麼個好法呢，我倒沒覺得。」他疑惑地望著她說。

「莊子《秋水》篇裡的第一句話是什麼？你難道沒學過。『秋水時至，百川灌河，涇流之大，兩涘渚崖之間不辨牛馬』。氣勢磅礴，汪洋恣肆，內涵深蘊，多有韻味啊。」

他哈哈一笑說：「我們農村孩子取名可沒有你想像得那麼富有詩意，我們小時候的名字都是父母隨便給取的，不過是碰到啥就是啥，風呀，雨呀，貓呀，狗呀的隨便什麼都可以。虎豹豺狼，雞鴨鵝犬，鳥獸蟲魚都可以入名。我是秋天生的，生我那年正好家鄉發大水，就是五四年，所以就叫秋水。我父親姓張，當然我就得跟著姓張，所以就叫張秋水。可不像你們城裡人，聽說起個名字得查半個月的字典呢。」

「那也不一定，不要以偏概全嘛。」

「就你的名字起得就不一般，晶瑩透亮，潔白無瑕，古人有詩曰『一片冰心在玉壺』，聽了你的名字渾身都感到涼爽。」

她格格一笑，突然一陣劇疼，她立即將一隻手捂在傷口上。

「很疼嗎？」

「啊，不要緊。」

「到家後別忘了去醫院看一下。」

「沒事的，沒那麼嬌氣。」

「你到省城幹什麼呢？是回家吧。」

她臉上立即掠過一絲陰雲，明亮的眸子一下暗淡下來。「嘿，本來家是在省城，可現在不在了。父親犯了錯誤，寫了反動文章挨了批，全家都跟著遭殃，下放了。我現在是去那裡看我姑媽的。」

「你爸原來是幹什麼的呢？」

「大學講師，寫了一篇歌頌自由女神的長詩就挨了批。」

「你太不幸了。農村生活那麼艱苦，你怎麼受得了。」

「物質生活的貧乏倒還可以忍受，人家農民世世代代生活在那裡不也照樣過嗎。可是精神上的壓抑真難忍啊。我從小喜歡藝術，幻想當一名歌舞演員，可是初中還沒畢業，大禍就降臨了。」

「我勸你別洩氣，我小時候聽我老師說過一句格言，『上帝想要毀滅一個人，那就讓他老走運，上帝想要造就一個人，就讓他屢遭磨難。』」

她眼裡即刻閃爍著晶光，「我媽也這麼對我說過。她是學歷史的，她相信歷史總是要前進的，歷史的篩子總要篩選出真理，淘汰去垃圾。」

火車又到了一站，哐當一下停了下來。站台上飄揚著紅旗，像過節似的，大幅的標語懸在空中，批林批孔運動真像春風一樣吹遍了天涯海角，神州大地。一群亂哄哄的人群不知在那裡幹什麼，廣播喇叭裡正在播人民日報的一篇社論。早等在站台上的一群孩子比賽著拾起路基上的石子往車上扔。張秋水一把拉過沈冰將她擋在自己身後，怒氣衝衝地揀起一塊落在車廂裡的石塊猛地扔出去，正好打在一個十來歲的小孩頭上，那孩子立即嚎啕大哭，疼得在地上打滾。這下子可戳了馬蜂窩，一群孩子像一窩受驚的蜂群亂飛亂撞，紛紛拾起石子發瘋般朝車上甩。火車又哐當一下開動，才算躲過一場大麻煩。

火車像喘盡了最後一口氣的老牛，到了終點便噗通一聲臥在地上就咽氣了，不知運行了多少時間，也不知晚點多少時間。車廂裡頓時出現一片混亂，擔挑子的，背包袱的一個個爭著往下擠，張秋水抓過自己的行李卷背在身上，又提起沈冰的行李走在前面開路，沈冰緊跟在他後面，擠擠搡搡地下了車。

天早已黑透了，細雨濛濛的下著，燈光裡只見秋風撕去牆上的標語到處亂飄，枯黃的樹葉飄飄而下，落在地上即被眾人踩成泥。

「感謝你一路上的照顧，我們什麼時候能再見面呢？」沈冰接過自己的行李，忽閃著大眼望著張秋水說。

「我想上帝自會有安排。讓我送送你吧。」

「不，這裡路我比你熟，應該我送你才對。」

他哈哈一笑，「這麼看來，我們還是各走各的吧，我口袋裡裝著地址，還怕找不到地方。」

沈冰問：「你們那廠叫什麼廠？」

「電建廠。你的地址呢？」

沈冰掏出筆將地址寫在一張紙條上遞給他，「等你安定下來給我個信，我抽時間去看看你。」

「我把信寫到農村去嗎？」

「那也可以，不過我要在姑媽家住些時候。嗯……過兩天我去你們廠找你，行嗎？」她眼裡充滿渴望，心中翻湧著潮水，把手伸給他。

「可以，可以。」他有些慌亂，臉憋得通紅，立即接過她的手握著。「海內存知己，天涯若比鄰。我們後會有期。」

「無為在歧路，兒女共沾襟。我們……再會……」她抽回手將那本《紅與黑》塞在他手裡說：「這本書送給你作個紀念吧。」

他接過那本書，「我……你看，我沒什麼送你……」。她立即打斷他，「你已經送過了嘛。」她揚手指下自己的額頭。

這時，一股人流從他們的背後湧上來，一下就把他們擠散了。一串激情的浪花被潮水淹沒，兩片暫逢的浮萍被秋風隔斷。

出了車站，張秋水舉目一望，呵！高樓林立，拔地而起，寬闊的馬路燈火輝煌，車水馬龍在他面前流動，一排排汽車魚貫而行，變幻莫測的霓虹燈閃耀跳動。這裡真比我們的縣城繁華啊，他由衷地發出這樣的讚歎，然後邁開大步，昂首闊步地往前走。

第二章　塵世茫茫

1

沈冰在她姑媽家僅住了一天，第二天便接到了家裡的長途電話，電話是鄰居從鎮上的郵局打來的，打到了姑媽的廠裡，說家裡有急事，讓她趕快回去。她知道媽媽的身體不好，有心肌炎，住過幾次院了，這麼急催她回去，一定是病重了。她趕忙收拾一下就往火車站跑，趕上一班過路車也沒座位，在車上站了大半天，終於到站，下了火車又換汽車，下了汽車又步行十幾里山路，到家時已是深更半夜了。她老遠就看到自己家那昏黃的燈光，那燈光在這黑沉沉的夜裡為她指引著方向，周圍的黑暗被這燈光驅開，為她引出一條彎彎的小道。她一口氣跑到家，推門進屋來到媽媽的床前，只見媽媽臉色臘黃，看到她，呻吟一聲：「你……回來了……」接著就閉上眼睛再也說不出話來。她一下撲倒在媽媽身上，嚎啕大哭。她哭喊著，搖著媽媽的頭：「媽媽，醒醒，你醒醒啊……」可是無論她怎麼哭喊，媽媽再也沒能醒來，鄰里幾位大娘大伯們聽到她的哭喊，趕忙跑過來，一看這情景，便慌了手腳，又是派人找醫生，又是忙著給媽媽穿衣服。王大娘說要找幾件好衣服，她把所有地方都找遍也沒找到一件像樣的衣服。媽媽自從下鄉以來就沒添過新衣服，原來的衣服有的早就爛了，有的改做給她穿了。她身上的毛線衣原來就是媽媽很喜愛的，見她長成了大姑娘，買不起毛線，就把這毛線衣拆了重織一下，像新的一樣給了她，還有一件夏天穿的裙子，不能穿，就一直擺在那裡，因為穿裙子是資產階級的生活方式，穿上它是要挨批鬥的。她一下子從身上脫掉那件翠綠色的毛線衣給媽媽穿上，又找出件半舊的褂子也給媽媽穿好。這時她才猛然想起爸爸還在二梁山工地上開山修水庫，「爸爸怎麼沒回來？王大伯，我爸知道我媽病重嗎？」

「啊，前天就讓人到工地上喊他去了。可是工地離這幾百里路，又不通車，來回要好幾天時間呢。」

她抽噎著說：「大伯，大嬸，一切事情等我爸回來再辦，你們都回去吧。」

鄉鄰們安慰她幾句，又囑咐點只長明燈，隨著幾聲歎息，幾聲哽咽，人們都走了。她以前聽說死人就害怕，可是現在她一點也不怕，她總覺得媽媽是睡著了，她那枯黃的臉十分安詳，那骨瘦的手搭在床邊，好像竭力在尋找什麼。媽想找什麼呢？她趁著燈光在媽的周圍搜索一遍，什麼東西都沒發現，她重新將被子給媽蓋好，然後找塊白布包在頭上。她無意中掀掀蓆子，發現一只大筆記本子。她打開筆記本，一張合影照掉下來，那是媽畢業時全班同學的集體合影，照片上的媽媽神采飛揚，笑靨生輝，媽的後邊緊挨著是兩個男同學，一個是爸爸，另一個她沒見過，聽媽說他叫韓曦光，是他們的班長。她將照片揀起來又夾到本子裡，當她掀開本子的時候，一行字跡吸引住她的目光，她不由自主的坐下來，翻看那本日記——

我的懺悔：

曦光，不知你現在何處，生活得怎麼樣？看來我們是沒有機會再見面了。我已油盡燈枯，快要走到人生的盡頭了，在我行將就木之際，我面對上帝懺悔，我對不起你，我對你的傷害太深了，我對你的打擊太無情了。每當我想起你，心裡就非常難過，看到我們的畢業照，想起當年的往事我的心就顫抖。我那時太幼稚，太無知，人家把你打成右派，我也就把你當作階級敵人不再理你。你說黨要讓人民群眾掌權，不應該替代人民群眾，你說黨缺乏監督會逐漸走向腐敗，你說黨脫離人民逐漸形成了貴族……這些觀點當時沒人理解，可現在看來你是正確的，實踐證明了你說得對，然而正確的觀點一開始總是不能被人接受，因為你的思想太超前了。要不是老沈挨批把我們全家下放到農村，我到現在也不能理解你，我可以說我們這代人中直到現在還有很多人不能理解你，將來再過若干年後，我們的後人會對歷史作出客觀公正的評價，可到那時我們的骨頭早就漚成灰了。要想改寫歷史需付出巨大的代價，你付出的是你自己的青春，是一生的顛沛流離，窮困潦倒，你為真理而犧牲，為民主作祭品，這需要何等的勇氣和膽略。我和老沈當時都批判了你，我們也受到了上帝的懲罰，苟活在這世間殘喘著，我有嚴重的心臟病，幾次病危，現在又犯病了，看來這次是不行了。老沈脊椎骨損傷，現在還在開山修壩的工地上勞動改造，他已改造掉了兩個手指頭，但是他還得堅持改造下去……回想當年，我們在校園裡樹蔭下淺吟低唱，在運動場賽跑，在朝暉中讀書，在夕陽裡徜徉，那是何等的暢快。嘿，五七年一場政治運動把我們打得昏頭轉向，分辨不出是非曲直……我知道最使你傷心的是我對你的批判，因為我們有過無數次的海誓山盟，因為你對我說過我是你心中的太陽。在你遭難的時候我應該同你一起去承受那苦難，我應該給你安慰，給你信心和勇氣，可是我……我那時把政治看得高於一切，我太傻了。真的，我真傻，我怎麼就不知道春天裡也會有狼。我曾多方探聽你的消息，說什麼的都有，還有人說你自殺了，我不相信，我不信你那麼意志堅強的人會自殺。可是我多次寫信給你，總沒收到你的回信，我知道你恨我。我不怨天尤人，只怪自己糊塗，學歷史的竟看不清歷史的真面目，我的書是白讀了。我只知道我們的黨曾經改變了歷史，沒想到歷史也會改變我們的黨。「往事只堪哀，對景難排。」看來我要將我這懺悔帶入墳墓了。曦光，我的心在滴血，你知道嗎……

下面的空白紙上是幾滴淚痕，媽媽心力衰竭，寫到這裡再也無力往下寫了。字裡行間流露出媽媽對往事的追憶和悔恨，透過這一行行歪歪斜斜的字跡她彷彿看到媽媽那隻抖顫的手吃力地握著筆，費盡氣力，含悲忍痛寫出這一筆筆流血的文字。

突然，門吱的一聲響，她抬頭一看是爸爸回來了。她哭叫一聲：「爸爸——」一下子撲到他的懷裡，「媽媽她……」爸爸拍拍她的肩膀，沒說什麼，一行老淚掉下來，滴入她的髮間。他來到媽媽身邊，輕輕撫摸著她那瘦削的面龐，「你怎麼不等我回來就……」他哽咽著沒有說下去。爸爸雙手撐在床沿上，久久凝視著媽媽那再也睜不開的眼睛，一滴滴淚珠往下掉。即而他猛然站起來，抹一把眼淚，到窗邊的那張破桌子上找出一張紙，一揮而就寫出首古詩：「勞燕分飛去無聲，芳魂長繞夜半燈。英年早逝空餘恨，親人遲歸獨哀鳴。處身荒漠唯我罪，寄生逆世泯汝功。長歌慟天肝腸斷，不見杜鵑泣血聽。」爸爸站起來，走到媽媽床前，俯身將那寫有詩句的白紙輕輕地蒙在媽媽的臉上。

第二天，鄉親們主動送來了木板，給媽媽做個棺材就將她埋葬在南山坡上……

2

香蓮送別張秋水，沿著大溶河大堤往家走，她眼前不斷浮現出張秋水的身影，心裡追憶著往事。她是被一場大洪水沖到這大溶河的，她的親娘被大水沖跑了，是秋水的爹娘把她從滔天的洪水裡救上來，並且收養了她。她從小同秋水一塊長大，爹娘都十分疼愛她，一直把她養成個大姑娘。有一天，在一個夏天的傍晚，當兵的爸爸突然來到家裡把她認走了，從那時她就隨爸爸住在公社的大院子裡，又有了第二個家。可是，她總喜歡原來這個家，每星期都要回來幾趟看看。自從大人們挑明了她同秋水的那層關係之後，她回來的就少了，就是回來也不准住下，再晚娘也得把她攆回去。秋水臨行的前一天，她又回來了，娘說讓她住下來去送秋水，她聽了非常高興。那天她穿得特別鮮亮，臉上充溢著青春的容光，在娘的跟前跑前跑後，像隻歸巢的小燕子，幫娘給秋水打點行裝。她將秋水的衣服全都洗得乾乾淨淨，還用大茶杯裝滿開水當作熨斗熨平，將剛做好的一套新衣服釘上扣子。

那天黃昏的時候，她到河裡去洗衣服，就叫秋水幫她拿著。她在前面走，秋水在後面跟著，就像他們小時候一塊去放羊，一起去割草一樣，只是再沒以前那種天真與平靜。

到了河邊，她不忙著洗衣服，卻讓他蹲在她的旁邊，用手輕輕地為他梳理那蓬蓬的頭髮，然後她坐下來呆呆地凝視著水中的兩個倒影。晚霞染紅了水面，他倆的影子映在水裡如同嵌在水晶裡的畫兒一般。微風吹過，影子在水裡搖搖蕩蕩，待平靜下來，兩張面孔又清晰可見了。

「秋水，你走了別想家。」

「嗯。」

「到廠裡可要好好幹，現在找個工作不容易。」

「我知道。」

「秋水……」

「嗯？」

「別忘了來信。嗯，等幾年我也去你那兒逛逛，你說行嗎？」她明眸閃亮，深情地望著他。

「當然可以。」

她豐滿的胸脯急驟地起伏著，臉漲得通紅通紅的，再也沒說什麼。她那紅褂子，紅面龐在秋水的眼裡頓時化作一團火燄，烤得他頭昏腦脹。他立即閉上雙目……當他睜開眼睛，看到她哭了，她正背對著他面向水中的倒影抹眼淚。

「香蓮姐，你哭了……」他站起來，想安慰她幾句，可她猛一下轉過身來，又對他噗哧一笑，說：「誰哭來，誰哭來，是一股風把眼迷了，你給我吹一下。」他們小時候在一起玩，迷了眼都是這麼翻開眼皮吹幾口氣就把灰塵吹掉了。秋水低下頭，她順勢靠在了他的懷裡。接著從身上掏出塊潔白的手帕在眼上搌了一下就塞在他手裡說：「拿著吧，送給你，別忘了這上面有我的眼淚呢。」說罷就羞紅著臉跑開了。

他站在河邊望著她的背影，見她像朵彩雲溶入這夕陽晚照之中。他展開手帕，見那潔白的手帕上，四個角各有一朵小蓮花，中間是一泓清水。他立即明白了，香蓮姐在這只手帕上所寄託的深情，不由心中發出一聲吶喊：「香蓮姐，啊，你為什麼要是香蓮姐？要是別的姑娘多好啊！」……

3

張秋水被分配到成品包裝車間，這個廠是生產高壓輸電線路鐵塔和鐵附件的，叫電建廠，屬省電力局管轄。高大的廠房分左右依次排列，正前方是廠部辦公大樓，雄偉的塔吊高聳入雲，巍峨的載波通訊塔矗立在廠辦大樓門口，像衛士一樣俯瞰整個廠區；寬闊的廠內大道像根綠色的紐帶連接著車間廠房，路兩旁栽著一蓬蓬的小冬青，冬青間點布著串串紅花。朝陽出來了，整個廠區鍍上了一層金輝，銀亮的鍍鋅件在陽光下閃閃發光。上班時間到了，一簇簇人流沐浴著朝暉，行走在廠區大道上。

張秋水一大早就來到車間的大料場上，他欣然望著那一堆堆鍍鋅塔材，感到異常興奮。這些賦予詩意的場景在他生長的那個偏僻小村莊可是看不到的。他突然想起他坐在火車上看到的那橫貫南北的高壓輸電線路，心中陡生幾分喜悅，因為那跨越江河的鐵塔就是這個廠生產的，他將要在這裡為祖國的電力建設出力，為那銀雁展翅般騰飛在萬頃碧波上的高壓線路加工鐵塔。啊，新的一天開始了。七四年十月八日，這個值得紀念的日子，這是他由一個農民變為一個工人後第一天上班。他被政治處管勞資的小王帶到成品庫，這裡只有兩個正式工，其中一個男的叫劉樹德是主任，個子大大的，後腦勺上有幾根稀疏的頭髮倒梳著；另一個是女的叫王玉琢，長得肥胖而白嫩，褲子緊勒著大腿，走起路來直打哆嗦，其餘有二十多個臨時工，因為他們都是郊區的農民，所以都稱他們為民工。

劉主任簡單地跟張秋水介紹一下車間裡的情況，就派他帶著一群民工到料場去幹活。一大群民工圍著他轉，讓他分派工作，他什麼都不懂，什麼都不會，怎麼去指揮人家呢。那些民工們都比他年紀大得多，有的比他父親年紀還大。他們都在這裡幹了好多年了，工作比他熟悉得多，可是他們都得喊他小張師傅，都要聽他的指揮，這就是正式工和民工的區別。他幾天前還是同這些民工們一樣的農民身分，如今搖身一變就成了他們的領導者，吃上了國家的皇糧。他現在明顯感到自己的身分高他們一等，在這明顯的不平等面前他感到有些彆扭，工農之間怎麼還有這樣的地位懸殊？

他看他們一眼，一下子臉漲得通紅。「我……我剛來，什麼都不懂，我看咱們就接著昨天的幹吧。」他憋足勁說完就走到一堆成品料堆前。民工們呼啦一下散開，有的找手套，有的拿草帽，有的拉板車，還有的去找工具。突然有位民工唱起了出工號：

電建廠呀麼真作孽，上班就是扛大鐵，那呼嗨嗨衣呀呼嗨……

接著其他幾個民工也跟著猛吼幾聲，他們一邊唱一邊相互打逗調笑。這號子聽起來狂蕩，奔放，開始一句像信天遊，第二句猛然低沉下去，顯得沉鬱蒼涼，中間有個半拍休止似一聲嗚咽壓得人喘不過氣來，最後一句又像勞動號子。不知道他們抒發的是一種什麼感情。他覺得這些民工們滿有意思的，他們在勞動創造物質產品的同時還在創造精神產品，物質屬於社會的，精神則屬於他們自己，自娛自樂。

一個民工拿著根鍍鋅角鋼走過來問他：「張師傅，你看這上面的鋼印號是什麼？」角鋼上的號碼被鋅碴糊得模糊不清，他瞅了半天到底也沒認出來是什麼。這時他聽到兩個女青年在旁邊竊竊私笑，其中一個身段苗條，紮兩根大辮子的走過來一把從那位男青年的手裡奪去那根角鋼說：「豬孫子唉，你不要這樣缺德，人家師傅剛來，難為人家幹啥。」她拿著那根角鋼跑到碼得整整齊齊的一摞子角鋼上一比說：「是二三六〇五。」

「啊，你這兔羔子還真能，不知哪位後生有福氣將來把你娶了去……。」

「你這該掌嘴的，狗嘴裡吐不出象牙來，快幹你的活吧，少說一句沒誰把你當啞巴賣。」

這時，民工小隊長高喊一聲：「好好幹活，別鬧了。」轉身對張秋水說：「我來介紹一下，她叫杜高芝，不是兔羔子，他叫朱順志，也不是豬孫子。都是他們瞎胡鬧叫轉了音。」說完他自己也忍不住哈哈大笑起來。民工們邊幹活邊鬥嘴，勞動的艱辛與疲勞在這調笑中就自然消失了。

張秋水很快就同這些民工混熟了，他同民工們一塊幹活，一會就累得渾身冒汗，可他卻越幹越有勁。一不小心，手被鋅刺劃破了，鮮血立即洇濕了手套。民工們一齊圍上來關切地問他怎麼樣，勸他到醫務室去包紮。他執意不去，這點小傷算什麼呢。他記得母親有一次切菜把手指頭切掉半個，撕塊破布一纏就完了；父親一次劈柴時一斧子砍到腳上，抓把黃土揉揉接著還劈。

「張師傅，幹半天了，能不能休息一下？」小隊長問他。

「當然可以，你們累了就休息唄。我說小隊長，你們以後就喊我小張吧，我剛來什麼也不懂，年紀也沒你們大。」他笑著對小隊長說。

「那哪行呢，師傅就是師傅，這是規矩嘛。」小隊長憨厚地笑笑，接著說：「杜高芝，你陪張師傅到醫務室去包一下手吧，血還在淌呢。」

「走吧，張師傅。」杜高芝臉上泛起一片微紅，走到他跟前說。

「啊，我……身上沒帶錢。」他漲紅了臉。

「不要錢的，醫務室看病是免費的。」說著杜高芝就先一步走了，走了幾步又回頭站在那等他，他只得連忙趕上去。

從醫務室回來，下班時間就到了。小隊長拿出一張考勤表遞給他，畢恭畢敬地站在他跟前等著他給他們打考勤。他趁此機會一邊看名字一邊認人，當他叫到朱順志的時候，人們哄一下都笑起來，慌忙中他也念成了豬孫子。

民工們散走以後，他就往招待所走，集體宿舍沒空了，就把他臨時安排在這裡。他反正孤身一人，也沒什麼東西，住哪裡都無所謂。

今天他幹得挺愉快，他成了一個小小的指揮員，有二十多個民工屬他管。這些民工幹活必須得到他的簽字才能拿到工錢，他們敬重他，怕他，俯首貼耳聽他指揮，原因就在這裡，他掌握了主宰賞罰他們的權力。

4

張秋水不怕苦不怕累，不惜時間和汗水，星期天也不休息，上班就是扛大鐵。劉主任表揚他。說他很能幹，鼓勵他繼續努力。王師傅卻說劉主任有意整治他，把他當作民工使。一天快下班的時候，王玉琢把他拉到一邊說：「我說小張啊，你真是個天真純潔的傻瓜，你這麼拼命幹活圖個啥？你看咱們這廠裡粗活重活哪樣不是民工幹，可有一個正式工像你這麼幹的？別的不說，你那每月三十四斤口糧肯定不夠吃的。聽大姐的話，學精點，幹不幹反正都一樣，每月十八塊生活費，幹得再多也不會多給你加一分錢。」

他低頭不語，他知道王師傅說的也是貼心話，可是像她那樣子只拿工資不幹活，他又看不慣。王師傅老請病假，有時一歇個把月都不來上班，看她養得又白又胖的，不知她到底有什麼病。

王玉琢見他低頭不語，便從口袋裡掏出二十斤糧票塞在他手裡說：「這二十斤糧票你先拿去貼補貼補，吃完再告訴我，別不好意思。我家的糧票反正用不完，平時都換雞蛋了，下個月發了再給你。」

「不不，王師傅，這怎麼行。你的心意我領了，可是這糧票我不能要。」他說著就把糧票往她手裡塞。

王師傅很生氣，「怎麼，你是嫌少，還是看不起我。給你，你就拿著，我看你無依無靠怪可憐的，可沒別的意思。」

「不不，王師傅你別誤會，我一個男子漢怎麼好意思……」

「別廢話了，要是看得起我就拿著。我先走了，下班你把門鎖好，以後多長個心眼。你餓著肚皮在這裡幹活，你知道劉樹德幹什麼去了？」說到這裡她詭秘地一笑，「帶著民工鄭小芹逛公園去了。你呀，真是個傻瓜。」王師傅說完就走開了。

他手裡捏著糧票，感動得流下淚來。工作幾個月來誰也沒關心過他的生活，誰也沒問過他能否吃飽肚子。今天他感到了王師傅那母愛般的溫暖，而王師傅拿錢不幹活的工作態度可是他最看不慣的。他的思想陷入深深的矛盾之中，一個人不能不求上進，求上進就得好好幹活，可是又不能不吃飯，沉重的體力勞動增大了他的胃口，幹活卻吃不飽肚子。上進為了什麼？為了生活得更好些；吃飯為了什麼？為了更好的工作。工作與吃飯哪個更重要？何為目的，何為手段？他困惑了。然而他必須解決一個問題，是聽劉樹德的，繼續拼命幹活，還是聽王玉琢的學精明點。他突然想到劉樹德是共產黨員，廠黨委委員。黨員的覺悟總歸高點，劉師傅的話是對的，再說父母也囑咐他要好好幹，不要怕苦怕累，幹活累不死人，他知道兩位師傅之間有矛盾，互相詆毀，經常為一點小事就鬧到廠長那裡。劉師傅背後罵王師傅是破鞋，王師傅就在背後罵劉師傅是老流氓。兩個人針鋒相對，互不相讓，可是搞來搞去也搞不出個所以然，都是國家幹部，誰也不能把誰怎麼樣。他們固然互不兩立，可是還要在一起上班，雖然誰也不睬誰，可是還要抬頭不見低頭見。張秋水真不明白這是為什麼，同志間究竟有什麼過不去的地方，搞得關係這麼緊張。然而這種現象卻大量存在，每個地方都有，他剛聽說一個新名詞叫「內耗」說的大概就是這些。他在兩位師傅的夾縫裡，整日小心謹慎，不敢多說一句話，他不想捲入他們的爭鬥中，說話做事力求不偏不倚，儘量少說話多幹活。

又幾個月過去了，他變得又黑又瘦，他現在幹的活比在家幹的活還重，生活過的比在家還苦。他一頓中午飯能吃七八兩，當然實際吃到的不過五六兩，吃食堂的飯別想夠份量。每月十八塊錢也不夠用的，光飯菜票至少要用去十五六塊，他不抽煙不喝酒，每月僅有三塊零花錢，牙膏、肥皂等日用品一買就光了。他在這城裡舉目無親，給父母要又難於開口，工作了就得自立，不能再給老人添麻煩，再說父母過得也很艱難。褲頭子爛得露屁股了，中午再熱他也不敢脫長褲子，怕人家看見他的爛褲頭，只有到了晚上鑽到帳子裡，才把渾身脫得精光，以減少褲頭與蓆子的摩擦。這樣他又湊合著穿了好長時間，實在掛不住了，他就乘人家都睡去的時候躺在帳子裡一針一線地縫補。一個三尺布的褲頭橫一道豎一道，針摞針，線攀線，連得像西瓜秧，他仍然要穿，因為買不起新的。一到洗澡他就發愁，他總是躲在沒人的角落裡去脫衣服。一次，他正躲在一個牆角裡脫衣服，二車間的王小海突然走過來，一把抓起他的褲頭子，哈哈大笑，「喂，你們看張秋水這褲頭子簡直成了工藝品，可以送到博物館了，若干年之後，說不定還是國寶呢。」王小海拎著那只褲頭在浴室裡抖了一圈，引起陣陣哄笑。他真感到無地自容，臉臊得通紅，牙咬著下唇，一句話也不說猛下子跳到池子裡。池子裡的水很燙，他咬牙忍著，心中的淚在汩汩地往外流。

冬天來了，廠裡發了二十塊錢的衣服費，他攥在手裡不知買什麼，棉襖、棉褲、棉鞋、棉帽，樣樣都需要，可就這二十塊錢，買這不能買那。他有一頭濃密的頭髮，不戴帽子也可以，整天帶民工幹活，不穿棉鞋也能過，最需要的還是棉襖。他見到民工小隊長穿件軍式棉襖，很漂亮，就決定也去買一件。他來到百貨商店一看嚇了他一跳，一件軍式棉襖要二十二塊錢。他又走了一個櫃檯，見到貨架上有件咖啡色的衛生衣，十三塊錢，還可以，他鼓足勇氣走到一位營業員跟前說：「同志，請拿件衛生衣看看。」

「有什麼好看的，不是擺在那兒嗎。」那營業員嗑著瓜子，對他不屑一顧。他被噎得半天透不過氣來。看起來這大城市的人到底和鄉里不一樣，營業員講話都這麼氣盛。「那就給我拿一件吧。」他忍著氣說。

「你要多大號的？」營業員翻著白眼珠問，彎腰就去拿。

多大號的？這下可把他問懵了，他從沒穿過衛生衣，在家時不到冬天娘就把棉衣給他做好了。他一時回答不出來，憋了半天才說：「你看我能穿多大的？」

只見那營業員像被蛇咬了一口樣，扭過頭來，滿面怒容，尖叫一聲：「放屁，我能知道你穿多大的，回家問你媽去！」說話間，「啪」的一聲將已拿到手裡的那件衛生衣又撂到貨架上，一扭屁股給了他個冷冰冰的脊樑。他不願意在這大庭廣眾之下同一個女人爭吵，強忍著屈辱，悻悻而去。

他低頭走在這喧鬧的馬路上，感到十分憋氣。猛然，他被撞了個趔趄，踉蹌幾步差點沒摔倒，只聽嘩嗵一聲，一輛自行車摔倒在路邊。他回過神來，見騎車的同他差不多大，蓄著女人樣的長髮，那粗糙的臉皮表明他還是個男的。只見那小子臉臊得猴腚樣紅，立即爬起來一把抓住他的衣服，「你這鄉巴佬，怎麼連路都不會走！」

「你要幹什麼！你騎車撞了人，不賠禮道歉，還想打人！」張秋水的自尊心受到了刺傷，非常氣憤，一把扼住那人的脖子。

「不打你，你還學不會走路！」那小子掙脫一下，照著張秋水頭上就是一拳。

張秋水也是血氣方剛的青年，哪能咽下這口氣，他飛起一腳把那小子踢得老遠，接著又是一拳便將那小子打趴在地上。「老子今天正窩著氣呢，非打死你這狗日的不可。」他一步跨上去對那小子又連踢幾腳，只打得那小子抱著頭在地上打滾。「別以為你生在城裡就高人一等。」

「今天可算是棋逢對手了，打得好，打得好。」

「這小子有幾下子，看那出手就不凡。」

圍觀的人們看著熱鬧，七嘴八舌的議論。張秋水還要再打，這時一位老人走上來一把將他拽住說：「算了，算了，得饒人處且饒人，他反正也沒撞著你哪裡。他蠻橫無禮，你也教訓他夠了，趕快走吧，這些小痞子不好惹，都有一幫小兄弟，你惹不起他們。」

張秋水猛然清醒過來，非常感激地向老人點點頭，趕緊走開了。他生怕那小子再追上來找麻煩。臨離家時，父母一再叮嚀他不要惹事，凡事能忍則忍，能忍者自安。想到這裡他對剛才的衝動十分後悔。

5

他一口氣跑到廠裡，食堂已經關門了，飯店他又吃不起，只得忍著。看來，今天又要過六〇年了，家鄉的人把挨餓都說成過六〇年。那時他才幾歲，整天餓得睡不著覺，爹每天總是很晚才回來，到處給他弄吃的。他一躺在床上就豎起耳朵聆聽爹的腳步聲，心裡一個勁念著「爹快回，回來就有好吃的。」一聽到爹的第一聲呼喚，他就連滾帶爬跑下去開門，爹一把將他抱在懷裡，先在他的小臉蛋上親幾下，然後就把他放在床上，從懷裡掏出半個糠菜窩頭遞給他。他抓過窩頭，狼吞虎嚥，三兩下就吞下肚了……那時候，上邊為了讓大家早日進入共產主義，把鍋都砸了去煉鋼，集體吃食堂，誰家也不許開火，隊長看見誰家冒煙就帶人去搜查，因為家家斷炊，誰家燒火做吃的就一定是偷的……後來好了，笊籬裡有了饃饃，爹拿起饃就給他講六〇年的故事。一次他將剩下的半個紅芋麵窩頭扔給狗吃了，被爹扇了兩個耳光，並大聲訓斥他：「我看你小子撐的，快給我撿起來，還讓你龜兒子過六〇年！」

想不到進城當了工人也會挨餓，還要讓他過六〇年，不是親身經歷，誰會相信呢。現在他格外想家，他站在窗前，眺望著西邊天際，想起了他離家時的情景……

母親啜泣著，父親開導她說：「兒子這麼大了，也該出窩了，這是去國家辦的工廠裡當工人，又不是抓壯丁，你哭啥呢。秋水有了工作，吃上了國家的商品糧，那就是公家的人了，吃的、穿的、用的都有國家包著，你有啥不放心的呢？他這是去奔前程嗎，今後能混個一官半職的，光宗耀祖，你也有福。一輩子守著這片黃土地能有啥出息。從小我看他就不是幹農活的料，人家照他這麼大揚場犁地，搖耬撒種啥都能幹，你看他到現在除了會看書還能幹什麼。這次有機會出去當工人是香蓮她爸使的勁，這也是我們祖上的蔭德，算他有福氣。你看咱這裡，那麼多下放過來的城裡娃都回不去，他們整日托門子找關係鬧回城都走不了，你還捨不得讓秋水走。真是，女人家的見識……。」

「我不是捨不得讓他去，你說的道理我也明白，只是他太小，以前從沒有出過門，沒離開過我，我不放心。」

「這有啥不放心的，孩子長大了總要離開我們。五〇年我想去當兵，都驗上了，他奶硬是不讓我去，非要把我留在她身邊不可，現在後悔也來不及了。我那時要是去了，起碼也弄個軍官當當，比現在強多著呢。」

一會兒，鄉鄰們來了一大幫。五嬸一進門就說：「嫂子，你可不要捨不得呀，秋水這孩子從小就和別的孩子不同，割草放羊懷裡總揣本書。現在這不是福星來了，進城幹個十年八載，封個一官半職回來，五嬸我也沾光。」

發財大娘說：「是啊，是啊，秋水這孩子將來肯定有出息，趴在咱這鄉旮旯子裡屈了他的才。自古英雄出少年，現在不放他去，錯過這個村就沒那個店了。」

娘終於轉悲為喜，特意為他包了一頓香噴噴的餃子，讓他吃得飽飽的才送他出門。臨行時，幾乎全村的人都出來了，沿著大溶河把他送了老遠老遠的。劉四爺還給他煮了一兜雞蛋讓他帶著路上吃。一個月前他因為看莊稼還打死了四爺的豬，四爺指著他的鼻子罵他沒良心。四爺撲倒在那頭死豬身上嚎啕大哭的情景還歷歷在目。沒想到就在他要離開家鄉時，四爺還想著他，給他煮了一大兜子雞蛋。他按捺不住心裡的激動，熱淚奪眶而出，雙手接過雞蛋，喉頭哽咽，叫一聲：「四爺，我……」再也說不出話來，四爺噘起山羊鬍子，滿臉的皺紋綻開，笑得像個盛開的棉花桃。「上路吧，小子。到工廠可要好好幹，四爺我還等著你衣錦還鄉呢。」……

淚水早已模糊了他的眼睛，「嘿，連飯都沒吃的，還談什麼衣錦還鄉。」無情的現實將他的幻想揉得粉碎，灑向天空隨風飄去。他一手插入口袋裡想掏手帕擦下臉，猛然想到那手帕已給沈冰包傷口用了。沈冰，她說來廠裡怎麼沒來？我給她去信她也沒回，這是怎麼回事？嘿，萍水相逢，還想她幹什麼，說不定人家早已把你忘了，誰能看上你這個鄉巴佬。一股巨大的自卑感壓得他難以呼吸，他忍著飢餓，有氣無力地倒在床上。

……這時的沈冰正走在去大隊部的路上，自從和張秋水分手之後，她天天盼著有他的來信，經常到大隊會計那裡問有沒有她的信，大隊會計總是對她笑笑說：「有，還在路上走著，別急，馬上就要到了。」她望著西邊天際那變化莫測的五彩雲霞，滿腹惆悵。她想到她是「階級敵人」的女兒，是下放戶，而張秋水是貧下中農出身，現在又是國營廠的工人，他們之間的差別太大了，不要有非分之想，他再見到我說不定都認不識了，何必尋那些煩惱。她竭力勸自己，竭力讓張秋水的影子從她面前抹去，可是她無論如何也抹不去他的影子，他那寬闊的額頭，那蓬蓬的黑髮，那睿智的目光總是在她眼前晃來晃去的。

「喂，是沈冰嗎，有你家的信，快來取吧。」大隊會計老遠就對她高喊。

她的心猛一下提到嗓子眼，心裡怦怦跳。她呼哧呼哧喘著粗氣跑過去一看，是學院給爸爸寫來的，她的心一下子又涼下來，拿著信垂頭喪氣轉身就走。走了幾步，她才想起來把信拆開，看看裡面說的什麼。剛才喜鵲在她頭上鳴叫，說不定是喜事呢。她拆開信看看，上面說學院裡缺古漢語教師，準備暫將爸爸抽回去幫忙。這消息也讓她十分高興，儘管信上並沒說是給爸爸恢復公職，但實際上是把爸爸又召回學院了，這樣以來，她就可以隨爸爸一起回省城。她拿著信就往回跑，她要把這好消息趕快告訴爸爸。她踏著積雪不顧一切往家跑，快到村口了才猛然想起爸爸還在二梁山工地上，她轉身又往外跑，她得趕緊去通知爸爸。

第三章　稚嫩的翅膀

1

張秋水忍受著艱苦生活的折磨，頑強地工作著，上班就是扛大鐵，這活很簡單，沒什麼學問，只要賣力就行。「電建廠真作孽……」這似歌又似嚎的調子他也學會了，上班時跟著民工們一齊唱。

現在廠裡每天晚上都有政治學習，在搞批鄧反擊右傾翻案風。學習會上人們說他文化高，總是讓他念批判材料，他念得口乾舌燥卻沒人聽。人們早已厭倦了，疲累了，無論批什麼好像都跟他們沒多大關係。儘管報紙廣播一天到晚喋喋不休說這是維護工人的利益，是為了不讓工人回到舊社會的老路上去，可是學習討論的時候大家總是柴米油鹽閒扯，只有幾個出風頭的青年人鸚鵡學舌般談體會，在會上念批判稿。

這天，他凌晨四點鐘就被搬運站的工人喊起來了。每逢鐵塔發運，他都是這時候起來工作，劉樹德住在外面，王玉琢是不管事的，他住在招待所裡，不幹也得幹，想躲也躲不掉。他要不起來，搬運工就一直等在那裡，他們都是四五十歲的人了，為了生活還要拉板車，半夜就起來往車站送貨。張秋水白天上班，晚上學習到深夜，凌晨又要起來發貨，車間工人上夜班還有一餐補助，他半夜起來工作只能是白辛苦。他一直忙到八點鐘上班，劉師傅來了，他就準備去吃早飯，正要走，被劉師傅喊住：「今天開會，開過會你再走吧。」

他不敢違抗，就拉個凳子坐下來。

劉樹德乾咳一聲，清清嗓子，又呷了口茶，環視一下在場的人，臉一板就訓起民工來。「你們不要逞能，你們的命運都攥在我手裡，今天讓你們幹就幹，明天不讓你們幹就得給我滾蛋。你們一天到晚吊兒郎當磨洋工，資格老了是不是？告訴你們，誰不好好幹，只要我向上面說一句話就得滾！中國三條腿的蛤蟆找不到，兩條腿的人多的是。我知道你們出來做工不容易，哪個不找點路子也出不來。我平時總是儘量照顧你們的，讓你們自己說我哪一點對不起你們！」接著他話鋒一轉，望了張秋水一眼說：「告訴你們，誰要給我過不去，絕沒他的好下場，我這人也不是好惹的。才幹幾天就狂起來了，不知天高地厚了。哼！給我過不去，咱走著瞧……」聽到這裡，張秋水頭腦轟的一炸，劉樹德後面的話，他一句也沒聽進去，他只覺得天旋地轉，頭腦裡嗡嗡叫。他想起了昨天的事，不禁追悔莫及，他又幹了一樁蠢事……

昨天上午，他正帶領民工們幹活，劉樹德腆著個肚子搖搖擺擺走過來對他說：「我讓鄭小芹幫我去辦點事。」沒等他回答，鄭小芹就撂下板車，笑咪咪地隨劉樹德走了，連看也沒看張秋水一眼。張秋水臉憋得通紅，目瞪口呆，民工們面面相覷，都十分不滿，傢伙一撂都到一邊歇著去了。

鄭小芹不滿三十歲，長得很有風韻，一套藍工作服套在她身上比別人穿裙子還顯得窈窕，要是修飾打扮起來就更有魅力了。她那兩眉一調，回眸一笑，更令人銷魂。她家住在市中心，一個叔叔是郊區的副主任，路子很廣，人家買不到的東西她能買到，人家辦不成的事情她能辦成。她與劉樹德的曖昧關係不是一天兩天的了，不但成品車間的人都知道，其他車間的人也知道，就是廠領導心裡也是有數的，只是睜隻眼閉隻眼罷了。這些，他上班的第二天王玉琢就告訴他了，王玉琢罵劉樹德是老流氓指的就是這一層。劉樹德經常帶著鄭小芹出去「辦事」，誰也搞不清他們究竟辦的什麼事。有人說在公園看到劉樹德和鄭小芹倆人摽著膀子逛，可是他張秋水照樣要給鄭小芹打考勤。張秋水忍著氣，昧著良心一次次給鄭小芹打考勤，月底結算，鄭小芹的錢總比別的民工多。張秋水感到對不起組織，對不起國家，對不起黨，心裡十分痛苦。他一氣之下就跑到黨委書記那裡講了今天發生的事情，講了人們對劉樹德和鄭小芹之間的風言風語，還講了他自己的看法以及以往所發生的他認為不合理的事情。書記表揚了他，說他向組織上反映的情況很重要，並鼓勵他今後要更加努力工作，多向組織反映情況。他得到了領導的支持，心裡很踏實……可是，今天劉樹德就什麼都知道了，這會顯然是對他來的。他痛苦極了，怎麼也想不通這是為什麼。

從此他就變得少言寡語，一天天消沉下去，民工幹活想幹多少幹多少，他也不管了，因此劉樹德又訓他沒有能力，幹不出活來。現在劉樹德自己為民工打考勤，他只是同民工一起幹活，別的什麼也不管，也沒法管。民工們一天一塊五毛錢，每月出滿勤四十五塊，他卻只有十八塊的生活費。他竭力克制著自己，忍受著各種痛苦與煩惱。這天他下班後，沒走到宿舍，猛然想起鑰匙丟在車間辦公室了。他怕誤了食堂打飯，立即就往回跑，車間辦公室的門是虛掩著的，他猛一推門，只聽一聲尖細的驚叫，劉樹德正摟抱著鄭小芹在桌子上打滾「啃豬頭」。這情景像一把利劍迎面刺來，他的眼睛都要被刺出血來了。他掉頭就往外跑，這下子可踩到了地雷了，「不祥之兆，不祥不兆啊。」他心裡一個勁地嘀咕著。

這天夜裡，他失眠了，他不能理解周圍所發生的一切，他不能理解這短短幾個月所經歷的一切。他的師傅、領導、廠黨委委員，道貌岸然、氣宇軒昂，竟然是這麼個貨色。這是為什麼？他看到了不該看到的那一幕，從此他的小鞋將要再縮小一個尺碼。

2

時間一天天過去了，出人意料的是劉樹德不但沒尋機報復張秋水，還變得對他客氣起來，上班也不訓他了，還找他促膝談心，民工的考勤薄又交給他了，並讓他今後放開膽子幹，幹錯了他劉樹德頂著，說他已有獨立工作能力，今後車間的事要他多承擔些。廠裡開生產調度會，劉樹德還帶著他一起參加。到底是共產黨員黨悟高，看來他張秋水是以小人之心度君子之腹了。

張秋水很感動，他想劉師傅這麼大年紀了，能做到這些是很不容易的，劉師傅比自己父親的年紀還大，平時說話衝點，對他要求嚴點，都是可以理解的，沒什麼可計較的。再說，同志間在一起搞好關係，對人對己，對工作都有好處，何況劉師傅既是師傅又是領導。他的心情陡然開朗了，幹起工作來更有勁了，星期天不用劉師傅安排他就主動帶民工加班。他單身一人沒什麼虛雜事，除了工作外沒什麼別的可幹。他把工作當事業，當作將來進取的跳板，越幹越賣力。

好日子過起來總是顯得特別快的，一年多的時間不知不覺就過去了，第二年的冬天來了，再有幾個月他學徒期滿就要轉正定級了。他整天盼著這一天儘快到來，還在心裡盤算等轉了正，錢多了，首先要給娘買件羊皮襖，娘有嚴重的氣管炎，還要給爹買件駝絨棉褲，爹有關節炎，最後是自己要買件軍用棉襖。

出乎意料的事又發生了，這天一大早廠政治部主任就把他喊去，嚴肅地告訴他說：「一批鐵塔發錯了，共十五個車皮，兩種塔型，一部分要發到江南，另部分發到淮北，該發江南的發到了淮北，該發淮北的發到了江南。這樣不僅耽誤了工期，還造成了幾萬元的經濟損失。」他聽到這消息，像當頭挨了一棒，頭皮都炸了，竟然一句話也沒說，就昏昏沉沉地走了。第二天廠部就成立了事故調查組，發這批貨的時候劉樹德正好出差了，全是他張秋水一人所為，調查小組認為他是事故的主要責任者。可是他是按照劉樹德的交待幹的，劉樹德臨走時特別交待過，說江南八個車皮發ZJ1型塔，淮北七個車皮發ZV2型塔，這點他記得非常清楚。他向調查組說明了這一情況，調查組對他的話表示相信，可是他們要文字根據，這下他又傻眼了。劉樹德臨走時，只有口頭交待沒有任何文字根據啊。「君子一言，駟馬難追」，人講過的話總是要認帳的吧。調查組找劉樹德對證時，劉樹德卻一口咬定，他不在家，一切都與他沒關係，並一再聲明他給張秋水說的是江南七個車皮發ZV2型塔，淮北八個車皮發ZJ1型塔。劉樹德最後拍著胸脯說：「我這幾十歲的人還能同他小毛孩子賴帳不成，憑我這幾十年的工作經驗，這點小事還能搞錯。不說別的，我是共產黨員，起碼還有個黨性吧。」他的話一字千鈞，句句在理，不能不令調查組信服。而張秋水呢，既沒幾十年的工作經驗，又不是黨員，不過是個沒轉正的學徒工，工作中出現些錯誤也是情理中的事，關鍵在於他的態度，要從此吸取深刻的教訓，要向組織上作深刻檢查。

張秋水自幼脾氣倔強，認為自己沒錯就拒不認錯。然而事情的結果並不取決於他認不認錯，經調查組認定他當然是事故的責任者，不認錯只能說明他態度不老實，要罪加一等。

張秋水幾乎肺都氣炸了，他稚嫩的肩膀如何能承擔這樣的重荷，他第一次在眾人面前哭了。他太委屈了，太窩囊了，落入別人的陷阱他都不知道是怎麼掉下去的。他感到這世界太不公道，為什麼老實人總是吃虧，而奸滑的傢伙總是得勢？為什麼不給污染這社會的人以應有的懲罰，而偏要把一個天真純潔的心靈塗上一灘灘的汙跡，使其逐漸在這污染中改變顏色？為什麼不懲治害人者而要懲治被害者？

他幾乎要氣瘋了，他憤怒，他委屈，他要控訴，他要喊冤，可是誰會聽他的呢。他滿腹憤怒卻無處發洩，唐吉訶德尚有風車作敵人供他洩憤，而我的敵人是誰呢？在這個社會主義大家庭裡，都是同志，都是階級兄弟，人與人之間是平等的、自由的、和諧的。在這樣的美好社會中，我會被別人陷害，這話說給鬼去聽吧！要說劉樹德陷害我，那等於是醜化領導，醜化社會主義制度，損壞黨的光輝形象！他在心靈深處發出聲聲悲歎。

這次事件最後給他的處分是行政記大過，學員延期一年轉正。處理決定上還說是念其年輕，工作缺乏經驗，本著實事求是，懲前毖後，治病救人的精神，以說服教育為主，行政處分為輔。他不瞭解行政處分都是什麼內容，像他這麼個「罪」到底該給個什麼處分，可是他知道那是組織上的決定，個人對於組織只有無條件服從。他的檔案袋裡第一頁裝的就是處分決定，他的人生才剛剛開始，檔案就有了污點，而這一切似乎又是不可避免的。從這裡他所能總結出來的唯一一條經驗就是他為人太忠厚，心眼太實在，今後要學奸滑一些；他所能認識到的個人錯誤就是自己不該那麼正直，不該那麼誠實，今後要將自己也變成狼才能咬得過他們。

「人生的路雖然漫長，但關鍵性的只有幾步……」他又想起了柳青的這句名言，不禁搖頭歎息。啊，人生的路原來這麼坎坷，這世界並不像課本裡描寫得那麼美好，到處鶯歌燕舞，陽光燦爛。現實——理想，理想——現實，像走馬燈上的鬼怪妖魔一樣在他面前閃跳。「現實是什麼，一堆垃圾！」這是黑塞說的；「理想是什麼，是娼妓，他將誰都蠱惑」，這是裴多菲說的吧。

他仰望著高聳雲天的大塔吊，審視著天空中一顆顆繁星，不禁潸然淚下。夜空是那麼高深幽邃，星星是那麼神祕莫測，誰能猜透它的真正內涵，誰能瞭解它的本質究竟是什麼？他沿著廠區大道獨自徘徊，寒風衝襲著他滾燙的額頭，飄落的枯葉繚繞著他的思緒，他感到自己像一株離開故土的小樹苗正在一點點乾枯。

3

在他離家的半個月前，娘要提前給他過生日。娘一大早就起床淘了一斗麥子，晚飯後就到五嬸家去磨麵，娘心疼他不讓他去推磨，可是他知道爹是關節炎腿，娘有氣管炎，光靠他們兩位老人是推不下磨來的，他執意去了。石磨真沉啊，將推磨棍擱在肚子上，弓著腰一圈一圈的轉啊，轉啊……麥子從磨眼裡一粒粒漏下去立即化作齏粉從磨口裡落在磨盤上。聽說城裡有打麵機，那裡人們從來不推磨，許多人長幾十歲從沒見過石磨是什麼樣子。可是在他們這個偏僻的農村，一切還都遵循著古老的生活方式運轉，水車是腳踏的，耕犁是牛拉的，吃水是從井裡打的……這些工具中學課本上說在秦漢時期就有了，一直沿襲到今天。石磨在當時體現了古人的聰明智慧，而在世界進入現代化大生產的今天，它顯得太落後了。外國人坐宇宙飛船都上了月球，而我們中國人吃麵還得用石磨推，磨棍放在肚子上繞磨盤一圈圈轉，真是「坐地日行八萬里」。石磨嗡嗡作響，猶如一曲古老而原始的歌謠，纏繞著他的思緒。他盼望儘快離開家鄉，離開這像出土文物一樣充滿銅鏽的地方，趕快到那文明進步的大城市去，只有在那裡他讀的書才能派上用場，只有到那裡才能施展他的才華。

麥子磨過兩遍，簸籮裡的麵粉已積了厚厚的一層，娘不時抓起一把麵粉握在手裡攥成團放到鼻子上嗅嗅，一絲笑容立刻溶入她那雙頰的深深皺紋之中。勞動消耗了人的精力，吸乾了人體的熱量，也給人帶來見到成果的愉快。家裡已經半年多沒見過好麵了，平常總是紅芋片子、玉米麵，吃得厭人。今天這是從準備過年的麥子中挪用的一斗，平時不吃好麵可以，過年可不能沒有好麵。望著雪白的麵粉，想到裝滿肉餡的餃子，他幾乎要流出口水來。

突然，外面傳來一聲大叫，「失火了！誰家失火了！快救火啊——」

爹撂下磨棍就衝出去，隨即大叫一聲，「不好！是咱家的廚屋燒了。」

娘走出來，望見那滾滾翻卷的濃煙，臉嚇得刷白，一屁股坐在地上直擺手卻說不出話來。秋水立即上去拉，她一把將他推開，憋了半天才帶著哭腔說：「別管我，快去救火要緊！」

火苗像被裝在籠子裡的毒蛇，一個個伸出通紅的芯子，咬著籠子，竭力往外躥。煙越來越濃，火越來越旺，眼看火蛇就要掙破籠子跳出來。

張秋水忽然變得像個巨人，一手拎只大水桶，一趟趟飛快地跑到大溶河裡取水。全村人都出來了，水桶、木筲、瓷盆、瓦罐都用上，火還是越燒越旺。突然，房子上出現一個人影，只見火蛇舔著他的光脊樑，濃煙在他身上盤繞打旋。下面立即爆發出一片呼喊：

「不能上，快下來——」

「當心，掉下去就沒救了！」

「快下來呀，順著山牆往下跳，快——」

喊聲未落，只聽嘩通一聲，人影在火光裡搖晃一下就掉進了屋肚裡，烈火騰一下燃燒起來。下面又立即響起一陣驚呼：「人掉進去了——快救人啊——」

張秋水扒開人縫就要往上衝，迎面一股煙浪將他又打回來，同時一隻大手抓住了他的胳膊，呵斥一聲：「你小子想死嗎！」他回頭一看是劉四爺。劉四爺一邊指揮救火，一邊讓人們立即去把棉被拿來蘸上水蓋在堂屋的山簷上，以免燒著了堂屋。只見他取過一只棉被往水裡一浸拉出來蒙在頭上，猛一躥，瘸著腿衝進了熊熊燃燒的廚屋裡。人們又是一陣驚叫，「不能上，四爺不能上——」

劈啪的著火聲和呼呼的煙浪吞沒了人們的呼喊，人們一下子把心都提到了嗓子眼，可沒人再敢往上衝。

突然一隻火龍從屋肚裡鑽出來，那正是劉四爺。只見他一把將掉進屋肚裡的張世清推出來，然後猛地甩掉頭上的棉被就一瘸一拐朝大溶河飛跑。張秋水緊跟在四爺的後面，只見四爺離河還有老遠便一縱身，猶如蛟龍探海一樣一頭紮入水中，很快翻上來，打了幾個撲騰就往岸上游。等劉四爺游到岸邊，張秋水急忙上去拉住他的胳膊把他拽上來。這時大家一齊圍上來，七手八腳把劉四爺抬回家中。奇跡，真是奇跡，劉四爺身上竟然一點也沒燒傷，只是下巴上的那撮山羊鬍子被燒焦了。

第二天，鄉親們都來了，沒人號召，沒人倡議，五嬸端來一笊籬饃饃，黑貓大爺扛來一袋子口糧，有的扛來木料，有的送來門窗，有的拉一架車子磚頭，有的送幾捆麥莛，實在沒什麼東西的就拿十來個雞蛋來安慰一番。人在遇難的時候是最需要同情和幫助的，哪怕只是一句寬心話也能使你激動得熱淚盈眶。幾天後憑著全村人的支持，他家在原來的廢墟上又蓋起了一座新廚房，比原來的還漂亮。

大火過後，張秋水總是睡不著覺，一眨眼面前就是一片火海，他像隻小鴿子在火燄中掙扎、翻滾、呼叫，然後就被那火燄熔化，接著化作精靈在火燄中升騰、飛躍……

這是他終生難忘的一段往事，每當他回想起來，心情就無比激動，眼裡潮乎乎的。他現在多麼希望能和這些人生活在一起啊，他現在多麼需要同情、安慰、理解與支持啊。可是他的處分決定宣佈一個多月了，從沒有哪位領導找他談過一次話，也沒人找他談過心。只有王玉琢跟他說：「跟劉樹德處世吃虧的時候還在後頭呢。早聽我的話，何以致此。記在心裡就是了，君子報仇十年不晚嘛。」這話要說是對他的同情與安慰，倒不如說是對劉樹德的憤怒與譴責。他也恨自己笨蛋，沒能早點認清劉樹德的真面目，被假象所迷惑，真是枉讀了十年的書。「啊，為什麼我從前的時候遇到了這麼多好人，到現在的時候，好人就那樣少了呢，是好人絕種了嗎？不是的，是由於我今天需要找好人的社會階層已經不再是我當年遇到好人的那個社會階層了。」盧梭早就這麼說過，他到現在才體會到。

4

張秋水的一切美好理想都已化作泡影，進城當工人並不像他想像的那麼七彩斑斕，原來竟是這麼暗淡乏味；從農村來到城市並沒使他進入理想的王國，反而掉進了塵世的汙淖中；從一個農村青年成為一名國營企業裡的工人，並沒使他進入事業的康莊大道，反而捲入人生的血泊中。從此，他結束了童年的夢幻與青春的狂熱，滾進泥溝裡，踏入茫茫的塵世中。

現在他幹活就沒那麼傻了，上班鈴響過，他便將民工帶到料場上把任務一佈置，然後就遛掉了，幹不好他就找小隊長算帳。這樣他上有劉樹德，下有民工小隊長，無論遇到什麼事，往兩頭一推就沒他的事了。他現在不但剃頭洗澡都是在上班時間幹，其他雜事也都利用上班時間幹。當然這麼幹的不只是他一個，許多人都是這樣子，但是他剛進廠的時候就看不慣這些。上班鬆鬆垮垮，稀稀拉拉的，幹活磨磨蹭蹭，像什麼社會主義國家的工人，哪有一點主人翁的精神。現在在他看來上班幹私活、織毛衣、串崗、溜號、閑呱蛋都是很正常的現象。在我們社會主義的國營企業裡，多幹活對個人來說只有壞處沒有好處，誰多幹誰就多吃二兩飯，誰多幹誰就多出岔子，什麼事都不幹的人一輩子也不會犯錯誤。別看宣傳欄上一天到晚是大批促大幹完成產量多少多少噸，完成產值多少多少萬，其實多半是虛的，他所參加過的幾次生產調度會都是沒完成生產計劃的協調會。會上找出一大堆客觀原因，往上一報就完事了，誰也不負責任。

今天他又遲到了，昨天夜裡玩牌玩得太晚了，渾身難受，眼都睜不開。他沒精打彩走到成品庫，說頭疼得厲害，劉樹德就讓他回去休息。回到宿舍他倒頭就睡，一覺睡到中午下班。他怕食堂關門，吃不到飯他又得過六〇年，才連忙爬起來洗把臉到食堂去打飯。

下午一上班，劉樹德跟他說一聲就帶著鄭小芹跑了。他把民工安排好，推起小隊長的自行車也跑出去，他遠遠盯著劉樹德和劉小芹，直到他們進入公園鑽進一片竹林裡。他這樣做沒有任何目的，僅僅是一種無聊，尋開心。他在公園裡毫無目的閒逛一陣子，看到人家一對對鴛鴦蝴蝶，卿卿我我的，他自己卻像隻孤雁，心中便泛起一股股的苦澀味。看到人家女孩子打扮得花枝招展，男孩子衣冠楚楚，再看看自己穿一身再生布工作服，不禁自慚形穢。他立即跑出公園又去逛商店，商店裡琳琅滿目，花紅柳綠，東西很多，他卻一樣也買不起。他無意中又看到以前他買棉衣時碰到的那個營業員，只見她正滿臉堆笑，點頭哈腰地幫助一對中年夫婦在挑揀衣服，主動向男顧客介紹應該選什麼顏色，什麼碼號的。再看那男的戴副金絲方邊眼鏡，頭抹得烏亮，皮鞋擦得一塵不染。他在心裡罵了一句：「這些人，真是狗眼。」

這裡是有錢人的世界，他出入其中活像個乞丐。人家手裡拎著大包小包，口裡嚼著五香牛肉乾或吃著冰淇淋，而他口渴得要命卻連支冰棒都捨不得吃。天氣那麼熱，逛商店的結果只是一身臭汗，還有一肚子悶氣，別的一無所獲。從此他發恨再也不進公園，再也不逛商店。他的活動場所只能是包裝車間的大料場，只有在那裡他才能找到歡樂，跟民工們在一起幹活，聽到那「電建廠，真作孽，上班就是扛大鐵」的歌聲笑語，他才能跟著哈哈大笑一陣子。扛大鐵累得他筋疲力盡，但卻能消除他的精神煩惱。一到星期天他就發愁，不知怎麼打發這一天的時間，上公園不行，逛商店不行，那都是發誓不去的地方。宿舍裡四個單身漢，其他三個都是附近的，每到週末都走了，只剩下他一個形影相弔，對影徘徊。夜裡他沿著廠門口的小河溜達，靜靜地聆聽那淙淙的流水聲，一顆顆數著天空那數不盡的小星星，時而拾起一塊泥片子往河面上打水鏢。實在沒什麼玩，就坐在河沿上看那河面上飄來飄去的腐枝敗葉。他覺得自己也像那些腐枝敗葉一樣隨波逐流，不由自主，不知從哪裡來也不知往哪裡去，一會兒被激流捲進漩渦裡，一會兒又被拋到浪尖上，有可能被一陣風吹上岸來，也可能被一股力量打沉下去再也翻不上來。這樣的時刻，他不免想起他的童年，那辛酸的童年，那灰暗的童年……

他剛記事就跟娘一起出工，那是大躍進的時候，上面提出口號要畝產過萬斤。祖祖輩輩耕種的旱地，一聲令下全改成稻田，水車晝夜不停地推，可是田地像一大塊永遠浸不透的海棉，水一澆上去立即就吸幹了，一塊地上看幾部抽水車，田裡還是保不住水，一停水地就裂口子。所有的婦女都得上稻田推水車，晝夜不停，吃住都在工地上。大人們推起水車飛跑，他也跟在後面跑，突然腳下一滑就跌倒了，被後面的五嬸一腳踢了老遠，差點沒滾到井裡去。他跌得頭破血流，可是一聲也沒哭，娘心疼得直掉眼淚，一把將他抱在懷裡，乖呀兒呀叫一陣，他才哇一聲哭出來。從此娘就不帶他了，把他推給爹，爹在大煉鋼鐵，也是晝夜不回家。煉鋼工地上比旱地改稻田還要熱鬧，隊長帶著全村的男勞力把從各家收集的破鍋爛盆砸碎了放在爐子裡煉，所有沾到鐵的東西都被收上來。五爺挖地窯時挖到一個圓葫蘆樣的鐵傢伙，都不知是啥東西，反正是鐵傢伙，拿來煉鋼是好材料。山坡叔搶著把鐵葫蘆投入爐子裡，只聽轟隆一聲，山搖地震，狼煙四起，接著是一片泣叫和哀號。大山叔、老虎大爺，還有發財哥等十幾個人都被炸得血肉模糊，當場就死了，五爺離得遠被炸瞎了雙眼，疼得在地上打滾，不停地嚎叫著。隊長跑得快，但也被炸斷了一條腿，他一邊拖著斷腿往前爬，一邊喊：「救命啊，快救人啊，不得了啦——」那慘像令人目不忍睹。當時他和爹一起到幾里外的樹林裡去砍乾柴了，才倖免於這場災難。

這年的年終便鬧了饑荒，旱地改水田沒搞成，一畝地沒見到幾十斤稻穀，男人們也沒煉出鋼來。後來上面追查責任，社主任劉金斗挨了批鬥。哎呀，批鬥劉金斗的場面可真熱鬧，縣裡來人在莊上開了萬人大會，上面說劉金斗錯誤地執行了黨的政策。那天的天氣特別冷，北風夾著雪絮鋪天蓋地。劉金斗的衣服被憤怒的群眾扒光，只穿個褲頭子站在雪地裡，他渾身烏紫，嘴唇子都咬出了血，可是一句話也不說，默默忍受著痛苦與屈辱。

一個面黃肌瘦的老頭拄著拐棍走上去，對臉就給劉金斗一個耳巴子，那是劉四爺。

「你……你這小子忘本了你！你可知道你是咋活到今天的。二十年前你爹為了還債，非要把你賣了不可，是我死說硬勸才算把你留下來。就這樣咱們兩家一起借了新債還舊債，一天天才算熬過來。你，你當了官就把鄉親們忘了。你不許人家開火，卻讓人去吃那屌食堂。你拎鍋砸盆，傷天害理。你胡搞蠻幹，虛報產量，讓人吃樹皮草根。村裡餓死那麼多人，剮了你的皮也抵不了罪！」劉四爺臉色焦黃，指著劉金斗的鼻子罵了一陣，喘得上氣不接下氣。

李發祥的老婆走上去，對臉啐了劉金斗一口唾沫，一句話沒說出來就哇一聲哭起來，哭過一陣方哽咽著說：「六〇年春上，食堂停了火，家裡也一點吃的都沒有，我們一家六口整整餓了三天。實在熬不住了，孩子他爹病倒在床上眼看就咽氣，我心一橫就跑到地裡割了幾把麥苗子拿家來煮吃。沒有鍋，我就用一只瓦罐子支在三塊磚頭上燒火煮。哪知火剛點著你就闖進來了，嚇得我魂不附體，趴在地上給你磕頭，讓你看在快死的人份上，讓我煮把麥苗子餵餵他爹。可你二話沒說，一腳就踢翻了瓦罐子。那裡面裝的不光是麥苗子，還有我死去的孩子的一截子大腿啊……他爹當時就咽了氣，我也昏死過去……」她泣不成聲，老淚橫流，再也說不下去了。

接著又一位白髮蒼蒼的老太婆搖搖晃晃走上去，她是七奶奶。她指著劉金斗的鼻子罵了一聲，「你，你害得我家好苦哇……」她抽噎得說不出話來。「我……我家大人孩子一家八口都死絕了，還留我這麼個孤寡老婆子幹啥。活閻王，我求你也把我弄死吧……」她嚎啕大哭，一頭撞到劉金斗的身上，不是被人拉住，真得撞死。

突然爆發起一陣「打倒劉金斗，向劉金斗討還血債！」的高呼，人們早已被憤怒的潮水淹沒。

是誰掄起棍子就要朝劉金斗頭上打，被人一把拉住了……

又是誰用頭朝劉金斗脊樑上猛一撞，把劉金斗撞趴在地上，再也沒起來……

人們罵劉金斗狼心狗肺，罵劉金斗斷子絕孫，罵劉金斗傷天害理。劉金斗終於嘶啞地發出一聲悶雷樣的大叫：「我──對不起鄉親們，我有罪，我該千刀萬剮。可是我也是執行上級的指示，我一個小小的社隊幹部能有啥能耐，上面咋說我咋幹。我也餓死了爹娘啊……」說著他便潸然淚下。

劉金斗的話音沒落，便挨了幾個耳巴子，是上級來的人打的。接著他就被五花大綁的綁走了，上面說是要法判他。

極度憤怒的人們又立即響起一陣高呼，「打倒劉金斗！打倒劉金斗！」……

張秋水也隨著一群大孩子蜂擁而上，尾隨在劉金斗的後面喊著大人們常說的幾句順口溜。「劉金斗，心真狠，又拎鍋又砸盆，窮鄉親餓斷筋。劉金斗，心真黑，虛報產量太不該，三升小米也上繳，整天讓俺吃野菜。劉金斗，沒有娘，整天叫俺吃食堂，三碗稀粥一泡尿，晝夜逼俺去煉鋼。劉金斗，想上天，硬把旱地改稻田，改來改去白費勁，翻來倒去坑社員……」直到劉金斗被押上汽車，他還在隨著一大群孩子高喊……

第四章　圖書館之春

1

正當張秋水苦悶彷徨，光陰虛擲，痛苦地掙扎在無邊的黑暗中的時候，一股神奇的力量撕下夜幕，把他又送到光明的世界裡；正當他的生命之樹就要枯死的時候，一股春風又使其萌發出新芽來。高考制度又恢復了，他從漩渦中翻上來，又找到了人生的航標。七七年的春天在張秋水的人生旅途中有劃時代的意義，他被春風吹醒，感到知識又有用了。他開始認識到人總歸是要憑本事吃飯的，知識總歸是有用的。自己之所以在嚴酷的現實面前感到軟弱無力，其根本原因還是在於缺乏知識，缺乏人生的經驗。他開始重新認識自己，重新設計自己。想起以前度過的無聊日子，他感到無限愧疚。啊，那段生活將是我一生中最大的恥辱，我要把它徹底埋葬！我要抓住這個機會努力複習功課去考大學，如果考上大學，他劉樹德就再也欺壓不了我了。不僅如此，我將來還可以憑自己的聰明才智和頑強的拼搏精神去摘科學的桂冠，去闖文學的殿堂，去太空遨遊，去海洋探險……

工資發下來，他先買好飯菜票，剩下的錢都買了書，那是一套《青年自學叢書》和一本《現代漢語詞典》。他還辦了省圖書館的借書證，每逢星期天就往圖書館跑。他開始如饑似渴地拼命讀書，在極度的饑渴中他終於摸到了知識的乳頭，一把抓過來放到嘴裡拼命吮吸。他覺得自己的每個細胞都在膨脹，每個汗腺都在擴長。他原來就是很愛讀書的，只是無情的現實打碎了他的理想，使他在茫茫的塵埃中迷失了方向。現在，航標找到了，眼前也明亮了，剩下的就是翻山越嶺、披荊斬棘，跋山涉水前進了。

又是一個星期天到了，他匆匆吃過早飯就往圖書館跑，為了節省兩毛錢的車費就徒步前往。從廠裡到圖書館要穿過幾條大街，還要拐過幾個小巷，七八里路，走得再快也要半小時，這當然是一種浪費，但他總是邊走邊背書，也就不覺得浪費時間了。他好像又回到了學生時代，肩上挎個草綠色書包，手裡握本書，一邊走路一邊想著書裡的東西，想不起來的時候就打開看看。在批林批孔運動中，他知道了林彪的「四快一慢」戰術，於是他也總結出自己的「三快一慢」，那就是走路快、吃飯快、講話快、決策慢。他兩條腿在街上行走要賽過別人的車輪子；吃起飯來狼吞虎嚥，幾分鐘就吃完了，碗裡剩菜碴子兌上開水一沖就是一碗好湯，喝了湯也就刷了碗；他一向口齒清楚又流利，說話抑揚頓挫，富於表情，加上手勢和動作，再快別人也聽得懂，但聽他說話必須全神貫注，一走神就跟不上他的思路。

初升的太陽給他身上布了層光輝，穿梭的行人在他面前匆匆而過，摩登女郎已穿上了裙裝，流行音樂從招徠顧客的商店裡飄出，彌漫在市區的上空。他明顯感到這街上的氣氛同以前是大不一樣了。

八點鐘不到他就來到了圖書館，這時門前已聚集了很多人，每個星期天到這來的人都在成倍的增長著。年逾花甲的教授，天真爛漫的小朋友，領著孫子的老太太，個個精神煥發，都圍在圖書館門前的大草坪上。來這裡讀書的有工人、有幹部、有知識分子，但最多的還是像張秋水這樣的青年人，他們是被耽誤了的一代，是被夭折的一代，新時期的到來正是從他們這一代人身上煥發出來的青春活力而體現出來的。由青年人自覺形成的讀書熱正在中國這塊古老文明的土地上滾動。

張秋水站在圖書館大門前的臺階上，舉目眺望，前面是奔騰西馳的山巒，盤山公路像一個大綢帶纏繞著無數個玉簪螺髻，把一座座黛青色的山巒連接起來，汽車在山上行駛，猶如綢帶拋出的繡球；西邊是煙波浩渺的大水庫，大山像一條巨龍在那裡一頭紮入水中；東邊是廣闊的原野，油菜花金黃一片，隨風送來陣陣清香；後面是白雨湖，碧波蕩漾，堤柳成蔭；隔湖望去是高大的市內建築群，電報大樓出類拔萃，雄居群首，安裝在樓頂上的大鐘聲播四野；門前大草坪上桃花吐豔，新柳嫩黃，春草回綠。朝陽染紅了大地，圖書館門前的花草籠罩在一片紫霧之中，一張張求知的目光緊盯著門上的大鐵鎖，祈望這座知識的聖殿儘快啟開。

「當——」一聲鐘鳴，人群一陣騷動，繼而嘩啦一下子門打開了。人們像潮水樣一湧而上，儘管門衛老人喊破喉嚨讓慢點，但人們還是一窩蜂樣往裡鑽。他們渴求知識，但這門對他們封閉得太久了，他們要謁見知識老人，卻還不懂得來這裡應持的儀節。所以他們看上去像搶公共汽車，像擠菜市場一樣紛紛攘攘。

張秋水望著這股人流，沒有往裡擠，而是退到一邊靜等大潮過後才最後一個邁進去。那儀態之從容表明他是這裡的常客，懂得出入這裡應具備的起碼禮儀與姿態。

他來到閱覽室裡，環顧一下，見這裡的桌椅都有了歸屬，有的人不在，就在椅子上放本書或在桌子上擺上書包、文具之類的東西，以表明這塊地盤已屬於自己。這裡，同坐公共汽車一樣也有很多霸位子的。他舉目朝那熟悉的拐角處望望，那最不引人注意的地方也有了人。他每次都是坐在那個位子上，因為那裡僻靜不受干擾，更主要的是因為他從《馬克思傳》裡看到偉大的馬克思在大英博物館讀書每次都是坐在一個固定的位子上，這樣長期下去他的座位下面的地坪竟被腳磨出了深深的兩道溝，這表明了馬克思頑強的毅力和忘我的事業心以及他為探求真理而獻身的偉大品格。現在一位女青年正坐在那裡，她正專心致志埋頭閱讀。他在廠裡，經常站在路燈下面看書，所以他就乾脆拿本書走到那個拐角處站著看，反正站著對他來說也沒什麼不習慣的。一道數學練習題把他難住，看了半天也沒找到思路，後面雖附有答案，他卻不願翻看。他讀書總是力求獨立解決問題，題目解不開的時候，他再回過頭來看有關的概念、定理和例題。他從小挎包裡掏出一張白紙，拿著一支圓珠筆在上面劃，一邊劃一邊深深的思考。劃著劃著他眼前突然一亮，思路找到了，這道題可以用韋達定理解開二次方程，然後再用兩點間的距離公式解決點到圓的距離，然後再……他刷刷幾下，條分縷析，一會就把答案求出來了。接著他翻開書後附錄上的參考答案一對，完全正確，他心裡感到很高興，眉宇間即刻蕩起喜氣。然而他並沒就此滿足，現在只是用一種方法解開了這道題，他還要用另一種方法去解這道題，只有這樣才能舉一反三，將所學的概念定理熟爛於心，應用自如。很快他又找到了第二種方法，第三種方法……

數學太枯燥了，他感到有些頭腦發脹，然後就走到開架書櫃上換了本《古文閱讀常識》，這本書對他很有吸引力，看著看著就入了迷。閱覽室裡靜悄悄的，只聽到沙沙的寫字聲和翻書的響聲，他的整個身心都融入這求知的氛圍裡。一股春風掠窗而入，掀起他的書扉，他抬頭朝窗外望了一眼，見牆外的花叢裡蜂圍蝶陣，繞窗盤旋，一隻大蝴蝶落在一棵高高的大紅雞冠花上正吮吸著那上面的露珠。只聽「啪」的一聲，他抬頭看到坐在他前面的那個姑娘的書包掉在了地上。他想彎腰幫她拾起來，這時她卻猛然站起來，對他說：「我有事先走了，你來坐吧。」「啊……謝謝，謝謝……」他還沒回過神來，她就轉身離去了。她的肩膀在他視線裡晃動著，像隻舉翅而飛的小白鴿。他立即坐在她剛坐過的那個位子上，椅子上還留有她的微溫，桌子上還飄悠著她的馨香。他不禁又抬頭追隨她的背影望去，這背影輕盈、俏麗、飄逸……他猛回過神來，後悔自己剛才走了神，耽誤了閱讀。可是她那回頭一顧的光彩，那飄然而去的倩影總是在他面前閃耀、跳動，他面前那一行行字跡頓時化作一道道光彩，一串串叮噹叮噹的腳步聲……

突然，「噹」的一聲，大鐘樓的鐘聲敲響，接著是「東方紅」曲，與此同時圖書館閉館的鈴聲也驟然響起。時間過得真快，他覺得好像沒過多大一會，怎麼就到時間了呢？嘿，這幾個月的時間實在太緊張了，這麼多功課，這麼多知識點，這麼多參考書，還有這麼多練習題，可都得認真過一遍，兩遍……人們都走差不多了，管理員目視著他，手裡拿把鎖示意就要鎖門了，他只得將書放到書架上，慢慢走出來，走了幾步又回頭看看，記住那幾本書的位置，以便再來時，不花時間，伸手就能拿到。

2

張秋水剛讀過一本書叫《馬丁・伊登》，他被馬丁刻苦學習的精神所打動。他感到自己在很多地方都與馬丁相似，出身寒微，生活在社會的最下層，在羽毛未豐的時候就折斷了翅膀。同時他們都能吃苦耐勞，忍辱負重，都是意志頑強，精力過人，都有一顆奮發向上的心。出身低賤的青年只有靠自己不屈不撓的努力奮鬥才能進入上流社會，也只有靠英勇頑強地拼搏，才能從別人腳底下爬起來。

他從床底下的一只柳條筐裡翻出一本落滿灰塵的書，拿到外面輕輕拍去塵土，書名才現出來，那是一本《古文觀止》，是他上初中時，韓老師送給他的。他打開書皮，一行剛勁挺拔的字跡映入眼簾：「千里之行，始於足下。」落款是韓曦光，時間是六九年六月。他手捧著那本書，想起韓老師，心中湧起一股悲涼的思緒……

那是一個瘋狂混亂的年代，那是一個紅旗遍地飄揚的世界，那是一個烈火四起的時候，那是一個天寒地凍的季節。在一個大雪紛飛的早上，天不亮他就一骨碌從床上爬起來，穿上衣服，背起書包就往外跑。他一出門，一股刺骨的寒風卷著雪粒迎面撲來，他像一下子掉到冰窟裡一樣，身上的溫氣全被吸走了，渾身凍得直打哆嗦。他穿得實在單薄，光脊樑上套個破棉襖，兩隻胳膊肘處還磨爛幾個洞，冷風乘虛而入，一股股往身上灌涼氣，腳下沒有棉鞋，頭上也沒棉帽，家裡窮怎麼辦呢。他抬頭望望天空，天空像個灰濛濛的大篩子，雪絮從篩子底下一個勁往下漏；低頭看看大地，大地白茫茫一片；房檐上結出一尺多長的大冰柱，冰柱倒掛在簷上像銀蠟一樣；樹枝全披上了銀鎧，風一吹嘩嚓嘩嚓響。他掖掖棉襖，鼓足勇氣，一躥老遠，嘩通一聲就摔個仰扒叉。堅硬的冰地把他的手震裂了，滴滴鮮血往下流，很快就變成紫黑色的冰塊。他在地上打了幾個滾，咬咬牙又爬起來，看看前邊的路，一條寬大的冰帶一直往前延伸，一眼望不到盡頭，回頭望望自家的草屋，就想折回去。今天不去上學了，下這麼大的雪，老師也不一定去上課，他想。他回頭走了兩步就又轉回頭，屋裡是暖和的，可是就因為這天冷就不去上學嗎？這麼點困難都戰勝不了，將來還能幹什麼大事業。韓老師說：「勝人者勇，勝己者強。」要做強者就得首先戰勝自己。他索性伸長脖子直起腰來，迎著風雪往前走，反正是冷，怕也不行。大溶河被皚皚白雪裝點一新，路邊的麥苗子掙扎著從雪地裡鑽出頭來，露出一點青青的嫩芽，冬小麥只有經過寒冬才能成長起來。他走不了幾步就要摔倒，然後忍著疼咬緊牙爬起來再一步步往前走。他相信自己的勇氣，相信自己的意志能戰勝這困難，哪怕走到天黑他也要走到學校，哪怕是不上課他也得去。他聽大人們說過凡是有出息的人都要吃番大苦，受番大罪。不知摔了多少跤，反正只覺得身上火辣辣的到處都疼，除了鼻孔裡冒著熱氣，他活像個大雪人。

終於他望見了那兩排校舍，在這寂靜的曠野，在這冰封的嚴冬，校舍越發顯得孤獨。他幾乎拼盡了所有的餘力才掙扎著走到校園門口。他一邁進大門，腳下一滑又摔個仰面朝天。這次他掙扎幾下都沒能再起來，他乾脆閉上眼舒舒服服喘口氣。此時一隻有力的大手抓住他的胳膊將他從雪地上拉起來。他嗚咽一聲：「韓老師……」便一頭倒在韓老師的懷中。

韓老師把他背到宿舍裡，解開自己的棉大衣，像隻母雞一樣張開雙翼將他摟在懷裡。韓老師是被打成右派後發配到這裡來的。因為他勞動表現好，本村又缺教師，才讓他教學的，但右派帽子還戴著，說是讓他在新的崗位上繼續改造，因此他到現在還是單身一人。

「下這麼大雪，你怎麼還來？」

「我覺得學習不能怕困難，越是艱苦的環境越能磨練人。」他眼裡閃著淚花對韓老師說。

「好，有出息。孺子可教也，孺子可教也。」韓老師揉搓著他的臉，說：「今天全校就來你一個，平時上學都不正規，這麼個鬼天氣誰還來上學，老師也都沒來。這樣也好，等會我給你一個人上課。」

「給我一個人上課！」他很激動，一顆晶瑩的淚珠落下來，「走，上教室去吧。」他從韓老師懷裡掙脫出來。

「唉，別急嗎。等暖和暖和再說。」

「我不冷了。」

韓老師站起來，「那好，我正準備吃早飯，咱們一塊喝碗熱糊粥暖和暖和。」他從小鐵鍋裡盛出一碗熱氣騰騰的紅芋片子麵糊粥遞給張秋水。

「老師你吃吧，我不餓。」

「就是不餓也喝點暖暖身子嗎。接著，別扭扭捏捏的不像個男子漢樣子。」

「好，我自己盛，這碗你先喝。」

「噢，碗在牆上的吊板上，慢點，別打爛了。」韓老師捧著碗美美地喝起來，那樣子就像美食家在品嘗山珍海味。

張秋水盛了碗粥喝下去，身上頓時有了熱氣，手上、腳上、臉上像有無數小蟲在蠕動。韓老師讓他再盛一碗，他無論如何也不願再盛了。他知道韓老師過得非常艱難，人家國家教師有工資，民辦教師享受工分加補貼，韓老師除一天記十工分外什麼都沒有。教學與幹農活對韓老師說來都是勞動改造，區別僅僅是由原來的體力變成了腦力，勞動改造的性質沒變。望著韓老師那消瘦的面孔，那深陷下去的眼窩，他一下認識到榨人血汗的最好辦法莫過於這種戴著帽子的勞動改造。你看韓老師這不是一貧如洗嗎，那一張黑黢黢的破桌子，一個凳在土坯子上連腿都沒有的木板床，鍋碗瓢勺都放在牆上吊著的一塊木板上，房子被煙熏得黢黑，檁子上吊著串串灰嘟嚕子。誰能想到被稱為人類靈魂工程師人的生活竟會是這麼個樣子。

韓老師喝完粥，就走到床前，雙膝跪在地上，弓著腰將頭紮到床底下一根根抽出塞在床下的柴禾，最後猛一使勁便拉出一只破箱子。打開箱子一看，裡面全是書，書皮上的字有楷書、有草書、有隸書、還有行書，紅黃藍白黑五顏六色。《老子》、《墨子》、《莊子》、《孟子》、《論語》、《詩經》、《春秋》、《山海經》、《史記》、《兩漢文學簡編》……這些書名一個個在他面前跳出來，令他目不暇接，驚歎不已。這些書從前他根本沒聽說過，有的書名他都不認得，不知道這些書裡寫的都是什麼，從韓老師收藏的方式看，這些書一定是很珍貴的。

韓老師如數家珍似的翻弄著箱子裡的一本本書，最後拿出一本封面發黃的線裝書邊看邊走到他跟前說：「我看你有股子韌勁，將來肯定能幹出一番大事業來。這本書，《古文觀止》你知道嗎？它是一部我國古代優秀散文選集，今天我把它送給你。這是被批判的東西，平時我也不敢拿出來。你看的時候可千萬要小心，別讓人知道了。」說罷就將書塞到張秋水手裡。

「我知道，老師你放心，我保證不讓任何人看到。」

「好，今天我先給你講一篇明代宋濂的文章《送車陽馬生序》，以後你要把我用紅筆圈過的全部背下來，能讀懂的儘量自己讀，對每句話每個詞都要吃透它的意思。實在讀不懂的地方你把它記下來，我給你講解。」韓老師打開他手裡的書，接著念道：「余幼時即嗜學，家貧，無以致書以觀，每假借於藏書之家，手自筆錄，計日以還……」

校園裡靜悄悄的，唯有沙沙的雪落伴著韓老師那渾厚低沉的聲音在這間陋室裡迴響著。

3

從此，他一有空就捧著那本《古文觀止》看，那上面的文章很難懂，有時一句話啃半天也搞不明白是什麼意思。「大叔完聚，繕甲兵，具卒乘，將襲鄭。夫人將啟之。」讀著這樣的字句，簡直就像嚼牛板筋，嚼不爛，咽不下。前面的搞不通，後面的就沒法看。儘管如此他憑著自己的那股子韌勁還是一點點往下讀，哪怕一天學會一句也值得高興。昏黃的煤油燈經常搗蛋，不是沒了油，就是猛一下跳多高把他前額的鬢髮全燒焦。天寒地凍，大雪封門，學校不開課，他就在家閉門讀古文。他沒有書房，沒有書桌，總是扒在一個三條腿的方凳上苦讀。破茅屋到處透風，他的破棉襖也到處冒涼氣。夜深人靜，曠野漆黑一片，只有他的油燈從茅屋裡透出點亮光，給這孤寂寒冷的小村子帶來一些溫馨。凍得實在受不了啦，他就臥到床上看，但是床上光蓆也是徹骨的涼，一件破棉被緊緊裹著他瑟縮的身子。夜雖然很漫長，但他憧憬著未來，認定只有不怕吃苦才能有所作為，所以再苦他也不覺得苦。

他很快就讀出滋味來了，手捧著書本就忘記了一切。像范仲淹的《岳陽樓記》、歐陽修的《醉翁亭記》、王羲之的《蘭亭序》等名篇佳作，他一口氣能背上十來篇。

正當韓老師將全部心血都傾注在他身上，將那一箱子書一本一本地教給他時，大禍突然降臨了，韓老師書箱的祕密被人發現了。一位紅司令把塞滿柴草的床肚子挖空後，便發掘出韓老師的箱子來。這個發現在當時的豐功偉績可與伽利略媲美，他的功勳比第一次發射火箭的設計師還高百倍。韓老師遭到了殘酷的批鬥，張秋水因為家庭出身好被作為上當受騙的教育對象。在公社召開的萬人大會上，韓老師跪在磚頭上接受群眾的批判。批判小分隊走上台指著鼻子罵韓老師是地主資產階級的孝子賢孫，頑固堅持資產階級立場，販賣封資修的黑貨，藏的那些書就是變天帳，企圖在中國搞資本主義復辟。會後還讓韓老師戴著高帽子遊街，那高帽子糊得又尖又高，上面寫著「打倒地主資產階級的走狗韓曦光」。紅衛兵還在韓老師的脖子上掛了兩大串子書，那足足有幾十斤重。張秋水緊緊跟在遊行隊伍後面，他看到幾個同學——也是韓老師的學生押著韓老師讓韓老師呼口號，讓韓老師低頭認罰，他心如刀絞，背似鞭抽，怒火上沖。他一步跨上去對那幾個同學說：「韓老師有肺結核病，你們不能這樣對待他！你們也是他的學生。『一日為師，終生如父』，你們怎麼一點情義都不講！你們可以批判他，但不能對他進行人身摧殘啊。」一群人一擁而上把他擠趴在地上，接著是一陣激烈的口號將他的話淹沒。他被眾人踩在腳下，差點沒被踩死。等他從地上爬起來，遊行的隊伍已經走遠了，他坐在路旁的一棵老槐樹下，一拳拳捶打著那顆老槐樹，痛哭流涕，從胸腔裡發出一聲聲悲嚎。韓老師是因為教我讀古文才受的這個罪，可是我卻眼睜睜看著他遭人打罵，遊街揪鬥……

鬥爭會開過的那天夜裡，韓老師就自殺了，他割斷了自己的血管子，臨死時脖子上還掛著那一大串子書。縣裡知道後，就來了一輛救護車把韓老師的屍體拉走了，說是送火葬廠燒掉，當時張秋水和他爹一起帶著幾個村民把韓老師的屍體抬上車，灑淚目送那輛白色救護車逐漸消失在灰濛濛的原野中。

韓老師死了，像條狗一樣無聲無息地從這個紛繁擾攘的世界上消失了，連點灰也沒留下來。韓老師帶著遺恨，帶著冤屈、帶著憤怒、戴著右派的帽子走了，除了這本《古文觀止》什麼也沒留下，然而他的形象，他的聲音，他的錚錚鐵骨卻永遠刻在了張秋水的心中。

後來聽說上面給韓老師平反了，可是骨頭都漚爛了，平反又有什麼用？要說平反是對活著的人一種心靈安慰，可韓老師一個親人也沒有，客死他鄉，只有讓大溶河嗚咽的流水聲告慰他的在天之靈吧……

4

想起進城後混過的這幾年荒唐日子，張秋水感到無比痛心，感到對不起韓老師，對不起含辛茹苦供養自己十幾年的父母親。他現在為能重新振作起來而高興，為有這麼個考大學的機會而感謝上蒼。他像馬丁一樣勤奮，把所有的業餘時間都用在學習上，每天四點鐘起床，夜裡十二點多才睡覺，吃飯時嘴裡還默念著。一股無窮的力量支持著他，他整日都處在亢奮的狀態中，從沒感到疲勞過。就是在食堂排隊打飯也夾本書，搞得周圍的人對他直翻白眼，以為他讀書中了邪。他對歐陽修的「三上」加以改造就形成自己的「三上」，即「床上、路上、廁上」，因為他沒馬騎也就不存在「馬上」。他還吸取了古人讀書的三到，即「眼到、心到、手到」，不動筆不看書。他用工整的楷書寫下王安石的一句詩貼在床頭上，「吟哦圖書謝慶吊，坐室寂寞生伊威」。

集體宿舍裡住四個人，搞得亂七八糟，臭襪子破鞋到處扔，煙頭、果皮，火柴棒滿地都是，一到晚上甩起撲克吆三喝四的，頂磚頭、貼花臉，整個樓震得山響。在這樣的環境裡根本沒法學習。這點他感到他還不如馬丁，馬丁好歹總還有一間斗室，學習不受別人干擾。而他想學習，別人卻要娛樂，他要燈下苦讀，人家則想去睡覺，等他睡下的時候人家早已醒了在床上翻得咯咯吱吱響。他經常一睡著就被吵醒，沒辦法他就悄悄爬起來夾本書到路燈底下看。

一天傍晚，他拿本書來到廠大門外，然後沿著圍牆信步往前走，無意中發現一塊幽靜之地。護城河在這裡南行而東折，將這裡圍成一個三角洲。河對岸是一道綠色屏障，汽車在屏障裡穿梭奔馳，群鳥在樹枝間囀啼和鳴。河水嘩嘩流淌著，綠草叢中開著無數枝月季和野薔薇，野茴香散發出的清香和著花的芬芳沁人心脾。河裡支著一個搬魚網，一位老人在這裡自結茅舍，打魚為生，過著田園式生活，猶如葛天氏之民。在大工業社會裡很難有這麼個幽靜之地，找到這塊地方，張秋水當然十分高興，於是就給這地方取名叫「流芳園」，還乘興作了《流芳園記》，全文如下：

喜逢盛世，高考恢復，立志進取，發憤苦讀。三餐之不品味，衣帽之不暇顧，床榻作案，星月為燭，一朝一夕不覺而去，晦明變化唯恨其速，致其學也唯勤唯艱，唯勵唯勉。所恨者居室擾攘，不能靜心耳。今偶得流芳園，幸甚至哉！

此處流水潺潺，芳草萋萋，群鳥和流水而鳴囀，花氣共芳草而沁香，故謂之曰流芳園也。吾一日將三處其間，沐朝陽之光輝，踏清露之紅霧；浴落日之霞光，醉花香之馥鬱；戴星月之清輝，承燈火之光華。書聲朗朗兮與流水成韻，形影疊疊兮同芳草共帳。至若清風吹而神怡，白雲繞而氣爽，流連往返，容於徜徉，此間之妙，豈可勝道哉！

悲己生之不才，感上蒼之賜於，獲天造之書齋，得塵世之清境，此則心誠之所致矣！志篤而石開，心誠而感天，有志者事竟成，此其之謂與？為報上天厚意，不負此園之情，當以懸樑刺股，囊螢映雪，以追古今先賢之後。今作此文，銘情志喜而已矣。

早上一睜開眼他就骨碌從床上爬起來，僅用幾分鐘的時間就洗漱完畢，然後夾著書就來到「流芳園」。從廠裡到「流芳園」要跳過一個近兩米寬的壕溝，還要翻越一堵短牆。他來到這裡喚出東方的第一道白光，撕下天邊的第一片朝霞，晨光裡流動著他朗朗的書聲，河水中倒映出他矯健的身影，草地上印著他的足跡。他偶然興起，也學著古人吟哦幾句，是首小令《清平樂》。

「踏著晨霧，欲追聖人步。鶯脆啼兮伴我讀，花仙跳往以助。瞬息朝陽開路，更增少華容度。曙光英姿初照，喝令春光且住。」……

傍晚，這裡就更加迷人，夕陽映射在河面上，河水波光粼粼，金光明滅；一帶林蔭裡傳出一陣陣汽車鳴笛和下班人流的叮叮噹噹的自行車鈴聲；群鳥在樹林裡嘰嘰喳喳舉行一日一次的黃昏大典，有的在枝頭高蹈，有的在葉間起舞，有的在枝丫間歌唱，還有的在梢頭蕩悠鞦。對岸的河坡上坐著對對情侶，他們緊密的相依相偎，相愛相撫。每當看到這些他心中就不禁掠過一絲惆悵，這惆悵就像晚風一樣輕吹漫拂，又像這暮靄一樣輕籠漫捲，無邊無際。但是一種激情衝擊著他，一種奮發向上的追求鞭策著他，一種時不我待的緊迫感威逼著他，他立即將這股無名的惆悵壓下去，繼續學習。晚霞把西天染成桔紅色，他朗朗的讀書聲在落日鎔金裡流淌，他的背影在夕陽晚照中晃動……

晚上，他吃過飯就來到這裡，安裝在廠大門上的那隻碘鎢燈把「流芳園」照得通明。青青的茅草被塗上一層紫霧，氤氳的夜色盤繞在他的周圍，身臨其境，如羽化登仙。月季花半瞇著雙眼困倦嬌慵地站在他的身旁，燈光恰似高燭照著她們的紅裝，令人更加憐愛。身處其間，自然進入「紅袖添香夜讀書」的意境之中。

5

現在他真正感到了人生的樂趣，真正體會到什麼是幸福，「所謂幸福就是對理想的追求」。他腦海裡盤繞著求知欲，眼睛盯著通向知識王宮的路，血液裡流動著對人生追求的熱流。他現在感到唯一不足的是時間不夠用，總共幾個月的複習時間，政治、語文、數學、理化等都要學。高考複習大綱的內容他有許多都沒學過，因為他的中學時代是「學制要縮短，教育要革命」，許多內容被縮掉了，許多應該掌握的知識被革掉了。沒學過的要學，學過的東西經過這幾年也荒疏了。他不抱任何僥倖，每個知識點都下功夫去掌握。以前儘管讀了不少書，但應付高考用處不大，要考大學就必須按大綱要求把有關知識都掌握。光這歷史年代、歷史人物、歷史事件就夠他背的了，還有政治上的那麼多的名詞、概念、術語和一大堆時事政治。有些知識對能力的培養一點用處沒有，但也得背，一些範文已成為「新八股」，但也得學。他將所有的生活瑣事都壓縮到最低限度，儘量少占時間，衣服一個星期洗一次，也是在他大腦十分疲勞時用一個閃電式戰術完成的。一盆衣服先放在清水裡泡幾小時，洗的時候在關鍵的地方打些肥皂揉搓幾下，然後到清水裡沖幾下就行了。以前刷雙鞋用一兩個小時，現在一次大清洗也只要一二十分鐘。他就這樣夜以繼日的奮戰，像軍事家在組織一場偉大的戰役，滿懷信心，精神振奮，而又嘔心瀝血，一絲不苟，早晚出入於「流芳園」，節假日就是圖書館。

又是一個星期天，圖書館中午休息的時候，他就隨著簇簇的遊人來到白雨湖公園。這裡遊人很多，春風送暖，溪柳自搖，遊船畫舫蕩起陣陣歡聲笑語，一群群的遊人在假山前排隊等著拍照。舉目遠眺，東邊一帶廣闊的田野上正有農民在勞作。他想，農民為什麼就沒有星期天？

人為財死，鳥為食亡。靠那兩畝黃土地累死也扒不出黃金來，在那種勞動條件下筋累斷也趕不上城裡吃商品糧這部分人，城鄉差別這條鴻溝光靠勤勞能跳得過去嗎？

突然水面上嘩啦一聲響，一隻鷗鳥從水面上叼起一隻魚來，於是群鳥一起圍上來嗚嗚叫著向那隻叼魚的鳥襲擊。只見那隻小魚從一隻鳥嘴裡搶到了另一隻鳥的嘴裡，終於又嘩啦一聲落在了水中。

這些農民整日面朝黃土背朝天，為什麼不改變一下覓食的方法呢？他想起了自己的父母早上一睜眼就下地勞作，一直要幹到天黑才收工，晚上還要鍘草餵牛、推磨劈柴、掏糞坑子，一天到晚就睡覺那幾小時算是享福的——夏夜睡覺還得看場，其餘時間都是幹那永遠幹不完的活計。難怪城裡青年到農村去說是勞改，國家幹部犯了錯誤才打到農村勞動。照這麼看來農民自從出生的那天起就接受勞動改造，一直要改造到死為止，就這麼世世代代改造下去，他們的子孫都要承襲他們的罪孽，沿著他們的路子一直改造下去。他記得他十幾歲的時候就進行各種體力勞動，割草、砍柴、拾糞、放羊……什麼都幹。一年夏天他家分了一堆秫秸，當時爹不在娘又有病，他就一捆捆往家挑。鮮秫秸一小捆就有七八十斤，挑起來真沉啊。他一步三搖，一擔秫秸壓得他直不起腰來，走幾步就要歇一歇。他咬著牙，雙手托著扁擔，數著地頭上的一棵棵小樹，一步步往家挪，秫秸拖在地上，劃出兩道深溝。一個踉蹌跌倒了，他揉揉鮮血直冒的膝蓋，爬起來挑起擔子還走。那天一直挑了半夜才把秫秸挑完，結果累得兩天沒爬起來……

山坡叔沒吃的就偷了人家的一頭牛，被判了三年，刑滿釋放回家後說受不了家鄉的苦，說家裡的生活比勞改農場差得多，因此他又偷人家一條牛，又進了勞改隊。他不願做人民公社的社員，社會主義國家的主人，而寧願去當勞改犯，這是為什麼呢？「中國革命的主要問題就是改造農民的問題。」難道指的就是這些嗎？人人平等這赫然寫在憲法裡的條文又有多少實在意義呢？既然農民只能同犯錯誤發配下去的幹部平等，那麼這種平等對他們說來就是一種嘲弄！這些問題盤繞在張秋水腦子裡，他想不出個所以然，乾脆就不再去想它。他來到一個柳蔭下，坐在一只石凳上，打開書包，掏出兩只乾饃饃和一只裝滿白開水的玻璃瓶，這就是他的午餐，兩乾一稀。乾饃又涼又硬，可是細細的嚼起來香得很呢。小時候他連這樣的白饃饃也吃不到，在上中學的時候，他在學校的午餐還是兩個紅芋片子麵窩窩頭。記得那年快過年的時候，娘蒸了幾個白麵饃饃，那是剛過罷六〇年不久，過年能蒸出幾只白饃的人家在大溶河岸還沒有幾家呢。饃還沒放到鍋裡，他就急得直淌口水，恨不能抓個麵團子塞到嘴裡去。娘看到他那饞相，口水都流到了案板上，「啪」給他一巴掌，讓他到門口玩會再回來。他無可奈何地跑到門口，望著廚房裡冒出來的煙霧，似乎聞到了饃香，一口一口地往肚子裡咽口水。娘讓他數一千個數再回來，他數了八百就急忙跑回來，一看饃還沒出鍋。他又被娘攆出來，讓他再數五百個數。這次他就認真地往下數，不敢太快，也不敢太慢，太快了趕回去饃不熟又要被攆出來，太慢了又怕耽誤吃饃。他十分虔誠的把五百個數數完，跑回去一看，巧得很！饃剛好出鍋。他一步跳上去，一把抓起個熱饃，動作之麻利，行動之敏捷那是運動員也比不上的。饃太燙了，他把饃從這個手裡轉到那個手裡，又從那個手裡轉到這隻手裡，來回抖了幾下才像餓狼樣猛咬一口。他的牙齒被燙得酸溜溜的，他大張著嘴連噗幾口熱氣，連嚼都沒嚼就咽下去了，接著是一口一口往下吞。一個饃吃下去，娘問他饃可熟麼，他搖搖頭說：「沒吃出來。」娘看了他一眼，眼圈微微泛紅，接著拿圍裙拭了一下眼說：「再給你一個，娘今天讓你吃個飽，能吃幾個吃幾個。」娘又給他一個饃，他接過來一會又吃完了。這次他才感到真正的白饃饃的香味。接著他又一連吃了幾個，肚皮撐脹了，可心裡還是想吃。娘說：「不能再吃了，一下吃得太多，肚皮會撐爛的。反正這八個饃早晚都是你的。」

晚上躺在床上他怎麼也睡不著，身邊老是飄悠著白饃饃的香味，舌頭根子老是往外淌酸水。嘿，明天吃也是吃，不如今天一下子吃個痛快。想到這裡他一骨碌從床上爬起來，偷偷摸摸將那剩下的幾只饃拿到被窩裡就大嚼起來。第二天娘把他一下子吃八個饃的經過說給人聽，人家就送他個外號叫「八個饃」。一個十來歲的孩子一下吃了八個饃，這是怎樣的悲哀！

現在好了，別的不說，這白麵饃還是有吃的，只可恨這饃吃起來總是掉碴子。為了充分利用饃饃的每一個分子，他就弄一張紙托在手上，一隻手拿著饃啃，另隻手托著紙在嘴巴下面接碎碴子。正在他邊吃邊想心事的時候，幾個小青年走過來，他們圍坐在離他不遠的一張小石桌上。他們幾個坐下後便從包裡掏出啤酒、飲料、點心、易拉罐之類的東西，另外還有幾袋雞蛋糕和麵包，擺了滿滿的一桌子。張秋水掃視他們一眼，見他幾個都是二十歲上下的青年，也就是說跟他的年齡差不多，都蓄著長髮，穿得也很時髦，相比之下他顯得很寒酸。於是他就轉過身去再也不去看他們。

只聽到他們邊吃邊議論：「嘿，我們這代人真算倒了大楣，從小就沒上好學，現在連工作都沒有，待在家裡吃閒飯，真是活受罪。」

「慢慢熬吧，以後可能還要招工的，現在要招就是我們這些人，不會再從農村招工了。」

「你現在孬好總算有點事幹才這麼說，要是像我一樣看你可苦惱。還是你們父母單位好，子女都可以進勞動服務公司。」

「在勞動服務公司一個月也就幾十塊錢，頂什麼用，不夠一頓飯錢。」

「不過話說回來，我們現在不下放了，比著咱們的大姐大哥還是幸運的。我大哥下放在淮北農村，那裡真窮，一年到頭吃山芋片子麵，一條褲子一家人誰出門誰穿，勞動一天只能掙八分錢。」……

突然聽到「啪」的一聲，張秋水隨聲望去，只見一只空瓶子落在湖水中飄悠著。接著是罐頭盒子、塑料袋子一齊往湖裡扔，最後連一袋雞蛋糕和兩袋子麵包也都扔到了水裡。被拋入水中的果皮、紙屑、空瓶子總不甘沉沒，在水面上蹦跳著，張秋水望著那袋久久不願下沉的雞蛋糕和麵包，心裡很感可惜，他做夢都想吃這些東西，可就是買不起。我是國家正式職工每月三十八元工資在這裡啃乾饃，而他們這些剛畢業的學生卻喝著啤酒飲料，吃不完的東西還往湖裡扔。這是為什麼？說到底我是靠自己，他們是靠父母，因為我的父母是農民，他們的父母都是幹部，還有解放前扛過槍的幹部。雖然我的父母也在淮海戰場上抬過擔架，送過傷員，也為中國的解放流過血，多次出生入死險些喪命，但社會的功勞簿上沒記下他們的名字。當年我父母抬過的傷員活到現在都是將軍、首長、功臣、老幹部，而我的父母卻還是那個樣子，沒有官銜、沒有爵位，仍然夜以繼日地耕種那大溶河岸的幾畝黃土地。在硝煙彌漫的戰場上，那些奄奄一息的傷員見到我的父母會感激涕零，三呼恩人，而現在那些好了傷疤成為有功之臣的傷員們卻早已把我的父母忘得乾乾淨淨，即使見到我父母也會對那骯髒的衣服、粗糙的臉面和那刺鼻子的汗酸味嗤之以鼻，不屑一顧，像避瘟疫樣遠遠避開他們……

饃吃完了，一堆碴子掉在紙上，他將紙折成個小喇叭筒，把饃渣子點滴不漏地倒在嘴裡，然後抓過瓶子咕嘟咕嘟喝幾口就把饃碴子全部沖咽下去。喝完水，他將瓶蓋子擰上又裝進挎包裡以備下次再用，他沒那幾個青年那麼慷慨。然後他夾了本《宋詞選》就躲進那一片樹叢中去，讀了幾首詞，他自己腦子裡也跳出一些句子來，略加整理，加上詞牌，便成一首《西江月》：

碧波夕陽耀金，佳木起舞陽春。垂柳依依戀佳人，湖光瀲灩遊輪。
群芳爭奇鬥豔，嘻嘻釣叟入神。豪華競逐亂紛紛，誰人耕耘積薪？

他將這首詞細細品味一番，心裡想這吟詩填詞也不是什麼難事，生活本身就是詩，只要把你的所見所感記下來就行了。這時湖對面的大鐘又奏出「東方紅」的樂曲，圖書館該開門了，他彈去身上的草屑，邁開大步走向圖書館。

6

下午的人比上午少些，他仍然在那個拐角處自己的位子上坐下來，然後從書包裡拿出高考複習資料學習，碰到搞不懂的地方他就到開架書中去找有關的參考資料。下午的時間短，又沒什麼干擾，所以時間過得很快，聽到閉館的鈴響他才覺得壞事。廠食堂賣飯時間是六點到六點半，現在就六點了，星期天吃飯的人少，往往在六點二十不到就關門了。以前總是提前一二十分鐘趕回去買飯，今天看來要遲了，但又必須得趕回去，否則又要「過六〇年」。出了圖書館，他就慌忙往公共汽車站跑，沒辦法，他今天只得破費一下了，花一毛錢坐車，步行肯定是來不及了。他一口氣跑到站，上帝有靈，正好趕上停站的一輛車上完最後一個人準備關門。他一個箭步跳上車，呼啦一下車門關上了，可是他的一條腿還夾在外面，痛得他直叫。

「你這人是怎麼搞的，上不來就等下一班嗎，這麼奔喪似的幹什麼。」女售票員一邊重按門鈕，一邊朝他嚷叫。

車門夾了人，不說聲對不起，反倒責罵人家，真讓人不能容忍。一股怒火卷著濃煙在他嗓子眼裡直翻，他怒視著那位賣票員，只見她的臉抽搐了幾下，白嫩的臉蛋猛下變得焦黃，她的嘴唇抽動幾下像要喊叫又沒叫出來，她那無知的目光中流出恐懼。他這才意識到自己的神氣一定很怕人，她一定認為他會像怒獅樣即刻撲上去咬她幾口。「我應該原諒她的無知，只有無知的人才會這麼對待別人。我應該成為一個高尚的人，不能跟她一般見識，況且她已感到懼怕，她的心靈在發抖。我何必再懲罰她呢，讓她自己去懲罰自己吧。在這樣的場合，我要同她吵起來有辱我的尊嚴。」想到這裡他將滿腔的怒火壓了下去，終於什麼也沒說就將頭扭朝窗外。他覺得售票員那苗條的身材，俊俏的面孔，水靈靈的大眼，竟然表現出這樣的粗俗、愚昧和無知，猶如一只鑲金飾玉的盒子裡面裝的卻是爛稻草一樣，令人痛惜。他回過頭來，只見她在人縫裡擠來擠去，用票夾子搗搗這個，又碰碰那個催人買票。一會便累得滿頭大汗，碰到幾個小痞子不買票，她就同他們對吵對罵。小痞子罵的話不堪入耳，而她聽了卻面不改色，罵出的話比那幾個小痞子沁的還難聽。「回家×你自己媽去吧，我可不願做你媽。我要是你媽，不讓你落地就把你夾死在腿襠裡了……你媽要是不在家，你姐你妹都可以×，照樣能給你過小豬子、小狗子、小痞子……」聽，這話像個城市大姑娘說的嗎？但它確實出自這位售票員的口中。幾個小痞子被她罵得狗血噴頭，引起車裡的人陣陣哄笑。她這一手還真管用，幾個小痞子終於敗下陣來，腆著臉乖乖地掏錢買票。幹她這行還真不容易！張秋水想，她不這樣就降不住那幾個小痞子，她一天到晚在這樣的環境裡擠來攘去，喊破喉嚨就是為了能多賣幾張票，要是不負責任，她完全可以不這麼做，因為她無論票賣得多少都是拿她的死工資。想到這裡他就想掏錢買票，可是她一接觸到他那銳利的目光，臉刷下紅了，立即扭過頭去。她那表情分明表現出她對剛才發生的事情感到愧疚。她對每個上來的人都一一問：「有月票嗎？有月票請出示，沒月票請買票。」可就是沒查問他。張秋水想，儘管她沒讓我買票，我還是應該主動買票，他從口袋裡摸出一毛錢攥在手裡，想等她過來時再遞給她。可是該買的都買了，她再也沒到他跟前來，而坐在自己的座位上整理起毛票來。

「看來我今天可以免票乘車了，」張秋水想，「我應該感謝她的好意，可是我還是應該自覺買票的。」可轉念一想，「我現在囊中羞澀，我的一分錢比人家一兩黃金都金貴，不讓我買就省下這一毛錢吧，將來我會向國家、向社會加倍補償的。」這樣經過一番心理平衡之後，他就不再心慌意亂了，也不覺得逃票可恥了。文化知識給人聰明與智慧，同時也給人自我解脫的本領，使你無論做什麼事情總能說出一番道理來。現在他張秋水也是票混子，可他無論在行動上，方式上，態度上，還是心理上都與那幾個小痞子根本不同。

汽車到站，他慌忙下車，拔腿就往廠裡跑，那勁頭就像以前他看見自己家失火了一樣，路邊的人無不對他投出驚奇的目光。他一口氣跑到廠裡，到宿舍裡抓過碗筷又跑到食堂。他剛邁進食堂大門，只聽「啪」一聲，賣飯窗口關上了，兩扇飯窗如同魔鬼的兩隻大眼睛，黑洞洞地望著他發出猙獰的譏笑。他遲疑片刻，然後戰戰兢兢地走上去，用筷子輕輕地在那大眼睛上搗了幾下子。一點反映也沒有，他心想這下完了，今天非「過六〇年」不可了。他歎口氣，轉身就想離去，可仍有點不甘心，在離去之前他又壯起膽朝那窗洞猛搗幾下。突然大眼睛猛一亮，裡面露出一雙怒衝衝的小眼睛和一張下巴吃得像牛脖子耷拉著一樣的臉，隨即是一聲怒喝：「早死去了，到現在才來，你不知道今天是星期天嗎！」

他立即湊上去，打起笑臉，「老師傅，真對不起。我出去有事回來遲了，耽誤你下班了，請照顧，請照顧。」

「興你們出去有事，就不興我們出去！你們有星期天我們就沒有星期天？一天到晚侍候你們這些窮小子們，趕快討個老婆不就有飯吃了嗎。」

「是，是，對不起，對不起，抱歉，抱歉……」

「哎呀呀，快把碗拿來嗎，你這小子真是……」

他立即遞上碗去，口裡仍連聲說：「對不起，耽誤你下班了，實在對不起。」他這副奴相不圖別的，就是為了那一碗乾飯和一勺子菜，還是拿飯票買的，但那比街上便宜，街上的飯店他根本不敢問津，買不到食堂的飯就得「過六〇年」。因此這對他來說決不是件小事，而是關係到他的健康，關係到他的生命的延續，關係到他晚上的幾個小時能否再堅持看書的大問題。雖說一碗飯對他來說僅勉強糊個八成飽，但那遠遠勝過挨餓呀。

「喂，接住了。碰見你小子，今天算我倒楣！」大瓷碗塞到他手裡，接著是「啪噠」一聲，飯窗又關上了。

上帝有靈，今天的飯菜比平時排隊買的多了一倍。他接過碗來一看，不禁欣喜若狂，挨了那炊事員一頓臭哭也值得！他這麼一路像兔子樣往回跑沒有白費，今天的運氣不錯。這也許是炊事員氣糊塗了，也許是剩飯吃不掉反正也是倒掉，不如做個好人多賞他點，但不管怎麼說他今天真算是三生有幸，飯和菜堆了滿滿一大碗，光紅燒肉就有好幾塊，平時兩份也沒這麼多。要不是星期天，買飯的人那麼多，他絕對占不了這樣的便宜；不是快下班的時刻，炊事員急著回去，那也不行；不是他今天嘴甜會賣乖，陪著笑臉聽挨罵，更是不行。「天時、地利、人和」今天全讓他占上了，才得到這麼一大碗飯菜。

他不敢用筷子去挑那碗尖子，生怕撒掉一粒米，只是小心翼翼地一口一口用嘴去銜，等碗尖子吃得差不多了，他才一手托著碗一手用筷子扒飯大嚼起來。十來分鐘後他就把滿滿一碗飯吞下肚子，碗裡最後只剩一點青菜和半塊紅燒肉了，這是他克制自己有意留下來的。他拎過水瓶朝碗裡兌了一碗開水，一層油花子便漂了上來，真是一碗好湯啊！望著面前熱氣騰騰的「碗底高湯」，他不禁喜形於色，恨不能一口將它喝下去。可是湯熱得很，他急得直咂嘴，真像一條餓狗面對一只剛出鍋的熱紅芋。他耐著性子一口一口吹著將湯喝下去，碗也就不用再刷了。

今天他那只「農民牌」的皮口袋算是真的裝滿了，這樣他就不至於一到晚上十點鐘就饑腸轆轆了。吃過飯，他拿起毛巾到自來水龍頭上沖洗一下有點發脹的頭腦，就夾著書來到「流芳園」。繁星密密的綴在藍天上，夜幕像個無邊的大帷帳把地上的一切都籠在裡邊。習習的晚風梳理著他的頭髮，明亮的碘鎢燈撒下桔黃色的光輝，夜霧靡和著燈光將他手裡的書蒙上一層神祕的光彩。

第五章　大溶河水

1

這是臨近高考的最後一個星期，車間裡的事很多，要加班幹，張秋水就把任務安排給小隊長，實行小包幹，在保證質量的前提下早幹完早回家，他第二天再檢查，幹得不好就扣他們的工錢。這辦法很好，民工們也希望這樣，因為一天的活他們加點勁一上午就可以幹完，中午回家吃飯，既省了吃食堂的一頓飯錢，又可以回家幹一下午活。這辦法還是民工們提出來的，開始他還不敢答應，只是說試試看，幾次一搞，他就覺得這辦法是很好的，活不少幹，只要幹出活來，劉樹德也沒話講，時間又節省了，還少煩神，他不必跟著他們當監工頭了，他可以去圖書館靜心讀書。

同往常一樣，張秋水在圖書館一呆就是一天，白雨湖的景色依然那麼迷人，閱覽室裡的氣氛總是那麼令人神往，那沙沙的寫字聲，讓人聽了特別親切，一天的時間不知不覺就過去了。

下午閉館的時候，突然下起雨來。夏天的風雨來得總是那麼驟猛，密雨斜風飄灑在門前的大草坪上，花枝像洗浴中的佳麗嬌娃，更加顯得妖冶媚人。人群潮水般從圖書館裡擁出，一出門便四下散開，有的伸著頭往公共汽車站猛跑，有的用書包當洋傘遮在頭上急奔，有的拉過自行車騙腿就上。圖書館門前一時像剛散場的影劇院，這雨來得突然，人們都沒有帶雨具，天已黑了，瓢潑的大雨傾瀉而出，地上頓時白茫茫一片。

張秋水隨著人流一起湧出來，出門就往前跑。圖書館門前是個大下坡，坡度很陡，下了坡就是大馬路。正走著，突然聽到背後一陣急促的自行車鈴聲。他扭過頭一看，心裡不禁一驚，一輛自行車直對他衝來，那騎車的正是她——上次在閱覽室坐了他的座位的那個姑娘。他腦子裡立即閃過她那回頭一笑的倩影，那叮噹的腳步聲。他這一愣神，自行車已衝到他跟前了，只見她嚇得臉色煞白，雙手攥剎，渾身都在顫抖。顯然她已認出他來，心裡就更加慌亂，車把左右搖擺，口裡不住地喊：「讓開，讓開，你這人……」

他一下跳出兩步遠就躲開了，但這時一輛汽車正從馬路上駛來。不好！她這樣子非撞到汽車上不可。他心裡喊了這麼一聲便一縱身跳上去，猛一把抓住她的自行車把，只聽嘩通一聲，她連人帶車一起砸在他的身上，然後又被慣性推出好幾米遠。這時那輛汽車的後輪子正好從他們身邊劃過去，他只聽到轟隆一聲巨響，覺得自己像是被捲入汽車輪子，然後就什麼也不知道了……

他眼前出現一片汪洋，家鄉又發了大水。千頃良田一夜間都成了平川，大溶河的面目也早已看不清了，僅能從那湍急的流水辨認出它的一些輪廓來。他連摟都摟不過來的大樹都被洪水沖倒了，水面上浮出一枝枝楊柳的枝葉來。家裡的房子被水沖倒了，積攢十多年準備蓋瓦房的材料也全沖走了，家具沖走了，糧草也全被沖走了，一切都被洪水沖走了。那時他才十來歲，他爹是生產隊長，只顧帶著人搶救公家的東西，把自己家的東西都丟了。等到爹冒著傾盆大雨水淋淋從外面趕回來，屋裡已幾尺深的水了。見此情景，爹二話沒說就將幾根木頭捆成個筏子，準備將米麵、炊具等東西搬上去，可是筏子沒弄好，房子就泡倒了，隨即一個大浪把一切都卷走了，剩下的只是一支木筏子，一口鍋和幾只大瓷碗。一家三口上了木筏，將繩子拴在河岸邊的一棵倒下的大柳樹上，那就成了他們臨時的家……

傍晚的時候，爹站在木筏上將右手放在前額上罩著眼朝水面上望，望著望著突然叫了聲：「喂，秋水他娘，你看那河裡是什麼東西？」

娘從蘆蓆棚子裡鑽出來，也打起眼罩子看，「啊，是人，是個小孩，只露點頭髮梢。看，頭露出來了。啊，還沒死呢。哎呀，又沉下去了！咦，又浮上來了！他爹，你快去撈呀，再遲了怕就不行了。」娘一時急得直跺腳，一個勁催爹快下水去救。

「你別急嘛，救人也得講究個方法，你沒看我正在脫衣裳嗎。水流得太快，我得先游到他的前面，然後回頭抓，這樣既不會讓他從我跟前沖走，我也不會被他拖下水去。」說著，爹已扒去了身上的衣服，只穿個褲頭子。只見他噗通往水裡一跳，一個猛子紮下去。等他鑽出水面，正好在那小孩子的前面約二三尺遠，他迎著水，手一揚，就抓住了她的小辮子。「秋水他娘，還是個丫頭呢，沒死透，還有救——」爹的喊聲從遠處的水面上傳來。「快上來呀，上來再講話，留著勁踩水吧。」娘站在木筏上朝爹喊。

「放心吧——沒事的。」爹一手劃水，一手舉在水面上提著那小女孩的一根小辮子，使她的頭露出水面不讓她再喝水。

不一會爹就游上岸來，將那孩子放在木筏上，讓娘趕快熬碗薑湯來。然後就將那女孩的腳墊起來，頭放低，身子放平。只見那小女孩嘴唇烏紫，臉色發青，一動也不動地躺著像死的一樣。爹在她那撐得圓鼓鼓的小肚子上輕輕地按一下，然後鬆開，接著再按一下再鬆開，又按一下又鬆開……這樣反復弄了一會，只聽她哇一下吐出幾股黃水，然後便哇哇地哭起來。小女孩終於醒了，爹和娘臉上同時綻開笑容。

「這丫頭長得還怪俊的呢。」爹望了娘一眼說，「留著做個閨女吧。」

「你連秋水俺娘倆都養不起，還要閨女呢。」娘立即將那孩子抱在懷裡，將她身上擦乾淨，拿出自己的布衫給她穿上，一邊哄她「莫哭，莫哭」一邊給她餵薑湯。

小女孩喝著薑湯，還在飲泣。爹蹲在旁邊望著說：「秋水的娘，我看收她做咱家的兒媳婦不是挺好的嗎，你看咋樣？」說罷就望著娘嘿嘿一笑。然後又對他說：「你看咋樣，傻小子，可能相中？」秋水臉一下漲得通紅，「我不要媳婦，我不要，要媳婦啥用。」
「真是個傻小子，十年後怕你就不這麼說了」爹在他的腮幫子上擰了一把。
「看你爺倆喲，都在說啥子傻話嗎，我可要認這孩子作閨女咯。你看她這臉膛，這鼻子、這眼、這眉毛長得多好看。哎呀，還是雙眼皮來，俊得很呢。」娘仔細審視著那女孩已復甦過來的面容說。
秋水也仔細地看看那女孩子，見她站在娘的懷裡，同自己差不多高，喝過一碗薑湯後臉上泛起微紅，小辮子經娘重新梳理後，紮在腦後很神氣的，就是顯得太瘦了，頭髮也像茅草一樣又乾又黃。娘問她叫什麼名字，家在哪裡。她卻哇一聲又哭起來，哭得實在令人傷心。娘也跟著掉下淚來，一手攬著她的腰撫慰她說：「別哭，孩子，別哭了。對我說你家在哪兒，等大水下去後，好送你回家。」
「我沒有家了呀……」她抽咽著又說不出話來了。停了一會她才哽咽著說：「我的家給大水沖跑了，我娘也被水淹死了。開始俺娘倆抱住一根木棍順水漂遊，後來一個浪子把娘打下去她就再沒翻上來，我死抱住那根木棍，哭呀，喊呀，再也沒喊應。後來我就一個人抱著那木棍漂，後來木棍被水沖斷了，我就拼命在水裡掙扎。後來……後來，我就啥也不知道了。」
「那你爹呢？」娘問。
「我爹在部隊上，幾年不回來一次，一回來就跟我娘生氣，鬧離婚。我娘對我說我沒有爹，我也沒喊過他。有一次他跟娘生過氣要走的時候，拉住我的手哭了，他親我讓我喊他，我一甩手就跑開了。從那以後爹就再沒回過家。」

「真是個可憐的孩子。」娘歎口氣抹去女孩臉上的淚痕。「你叫什麼名字？今年多大了，上過學沒有？」

「我爹姓何，我的小名叫香蓮，今年十四了。家在太康縣的何營，上學上到五年級。」

「那麼你家還有什麼親人嗎？」

「沒有了，你們救了我，就是我的親爹親娘了。」她說著就跪在娘的膝下摟著娘的腿，淚目橫流，泣不成聲。

「起來吧，孩子，噢，香蓮，快起來吧，哭得真讓人傷心。」娘拭拭眼角上的淚說。「你只要不嫌俺這家窮，就跟著我們一起過吧。反正我沒閨女，有俺吃的就有你吃的。快過去給你爹磕個頭，你就算俺的親閨女了。」娘把香蓮扶起來，香蓮立即到爹跟前跪下磕頭。爹一把將她拉起來，「唉，都啥年代了，還磕啥子頭嗎，有這麼個意思就行了唄。」

「秋水你也過來，香蓮比你大一歲，今後就喊她姐姐。無論什麼事情都不許你欺負她，我要看見你欺負她，小心我打斷你的腿。」

「娘，看你說的，咱家多個香蓮就多一口人，我也不顯得孤單了，我一看香蓮姐就像咱家的人。娘，我看她長得很像你呢。」

「你這孩子，學會給娘開心了。過來吧，香蓮，讓我量量你的身子，明天找幾件衣服給你改件穿的。」娘又把香蓮拉到自己身邊。香蓮這時也不哭了，等量過身子後，她就過來跟秋水玩。她會剪紙，一張紙到她手裡三兩下就變成一隻小鳥。這天，娘將僅剩的一碗小米熬了一鍋香噴噴的小米稀飯，一家人高高興興吃一頓……

2

大水退去後，上級撥來了救濟款和救濟糧，他家又在原地上蓋起了三間麥草屋，這三間麥草屋一直到張秋水進城工作還保留著，雖然沒再遭過水災，但幾十年一直也沒能蓋起新房……

這年的秋天，他爹給他和香蓮每人買隻小羊羔，說好好餵，餵到過年的時候賣了買新衣服穿。這年大溶河岸上的青草長得特別旺盛，香蓮就像個大姐姐一樣帶著他在大溶河岸割青草、挖野菜、放羊羔、捉螞蚱。兩個人一前一後牽著兩隻小羊羔，在清晨的薄霧裡，在落日的餘輝中，在芳草萋萋的大溶河畔留下了一串串甜蜜的回憶……

秋收後，隊裡分了糧食，他就再不用同香蓮姐一塊挖野菜了，他們來到大溶河畔就專心餵那兩隻小羊羔。

學校開學了，秋水要去上學了，香蓮卻要承擔許多家務勞動，不能同他一起去上學，他感到很可惜，他幾次求爹也讓香蓮姐去讀書，可是沒用，爹堅持說女孩子家上學瞎搭工夫，上到後來連農活都不會做了。沒辦法他就將白天在學校裡學的東西晚上教給香蓮，當她的小老師。他十分驚奇香蓮姐比他記性好，字也寫得比他漂亮，心很靈，一學就會。

香蓮割起草來很麻利，他怎麼也比不過她，常常是她先把他的籃子裝滿，然後再割了往自己籃子裡裝。有一次他同香蓮姐比割草，看誰割得快，因為他不想讓香蓮姐替他割，所以才這麼提議。他一手拿鐮刀一手抓草，慌得要命可總是趕不上她，一會他就累得滿頭大汗，看看香蓮姐卻正在那裡望著他笑，慢騰騰地在等他，他心裡就更加緊張。「當心，慢點，小心別碰著手。」她的話音沒落，只聽「哎呀」一聲，他手上的肉就被鐮刀割掉一塊。香蓮立即抓過他的手噙在自己嘴裡，吮去他手上的鮮血，然後嘶啦一下從自己的褂襟子上扯下一塊布來給他纏住傷口……

有時他割草割累了，幹煩了，香蓮就讓他跳到河裡去洗澡，讓他扎猛子給她看，而她卻在不停地幹著。等到兩只籃子都裝得滿滿的了，她就讓他給她放哨，她自己也下河去洗澡。每當此時他就背過身去，直等到她下了水讓他轉過身來，他才轉過身來，這時他看到的只是香蓮露在水面上的一張笑臉和那白嫩的脖頸。他站在岸上像哨兵一樣一有情況就向她報告，讓她躲到河涯邊的水草叢裡去，那信號就是一句歌詞：「我是一個兵。」有一次，他聽到嘩啦一聲香蓮跳下水去，沒等她喊，他就扭過頭來。他一下子看到了她那白嫩的臂膀，她那已開始隆起的胸脯，心裡一陣突突跳。這時香蓮猛撩起一捧水對著他的臉潑來，他打了個激靈連忙扭過身去。

「多害臊喲，偷看人。」接著水面上便飄過一陣銀鈴般的笑聲……

一次場裡曬了糧食，娘讓他看場，不要讓雞鴨豬羊過來偷吃。他就拿本書坐在場邊上看，手裡拿根小竹竿。看著看著他就入了迷，一群雞跑到場裡來啄糧食，還有一群麻雀也來湊熱鬧，曬在場上的糧食上面落滿了麻雀和十幾隻雞，他都不知道。他看書看得正入神，突然聽到背後有人吆喝一聲：「糧食把雞撐死了——」一群麻雀撲棱棱從他頭上飛去，雞也打著撲翅跑開了。他抬頭一看，見香蓮姐滿臉怒容，跑得上氣不接下氣，對他怒喝一聲：「你是死的嗎！糧食都給雞吃光了，你就看不見。」她一把奪去他手裡的書，「走，去告咱娘去，看不抽了你的筋。」

「香蓮姐，千萬別，我……你饒了我吧。」

「這是咱家全年的口糧，你看被雞盤蹬成什麼樣子了，娘知道了該多生氣啊。」她仍氣乎乎地說。

「香蓮姐，求你了，千萬別對娘說。」

「看你那樣子，嗲嗲啦啦的，姐呀姐的煩死人了。快把書收起來，咱倆一起把糧食弄乾淨。」她將書又還給他，衝他翻個白眼，然後去揀糧食上的雞屎和髒物。他也跟著她一起去揀，一會他們把場弄乾淨，又將糧食翻了一遍，用掃帚一掃，雞鳥留下的痕跡也就一點也看不出來了。幹好後她說：「我沒啥事，可以替你看場，但咱得工換工，你得給我念書聽。」他欣然答應下來，他正在看《李雙雙小傳》，就坐在她的身邊往下念……

他家養了四隻雞，有隻蘆花雞最不聽話，總是撂蛋，把蛋下在外面。一個星期天，娘臨出工的時候讓他看著那隻雞，該下蛋的時候把牠攆回來按在窩裡。

他拿本書就坐在院子裡，看著那隻雞不讓牠往外跑。過了一會，他抬頭看看那隻雞還在，又過了一會他又抬頭看看，那隻雞仍在，於是，他就看起書來。不知過了多長時間，他又一抬頭，那隻蘆花雞就不見了，他左鄰右舍都找遍也沒找到牠，真讓他氣壞了。最後在一蓬石榴樹下終於找到了那隻雞，只見牠臥在地上，抬頭望著前方，臉憋得通紅，就要臨產了。他猛跑過去，上去一把沒抓住，雞嘎嘎叫著跑走了。他想把牠趕回家去，可牠東跑西躥就是不願往家跑。他十分惱火，氣得血往外湧，太陽穴直跳。他沒命地追趕，穿過石榴蓬，翻過了柴禾垛，鑽出了楊樹林，又進入了韭菜地。他跌了好幾跤，胳膊劃破好幾處，血直往下滴，可他一點也不顧，只是拼命追趕著。他認為那雞是有意在跟他鬥強，有意在跟他較量，有意同他賽跑。他非要抓住牠不可，他不能連隻雞都降服不了。就這樣他跑了一圈又一圈，跌了一跤又一跤，足足跑了一個多小時，那隻雞終於跑不動了，在他面前癱了下來，而他也快要累癱了。見雞不跑了，他便一下子撲上去，兩手一按，他自己也趴在了地上。那隻雞被他壓在身子底下，嘎嘎直叫。他立即爬起來，拎起大花雞，可牠在他的手裡還直打撲楞，把他的臉都抓破了。他掄起拳頭一拳一拳狠狠地打，打了一陣還不解氣，就攥著雞脖子使勁一擰，雞的翅膀立即耷拉下來，嘴裡一滴滴往下滴血。他仔細一看，雞死了，他立即後悔起來，心想不該動那麼大的氣，同雞鬥什麼勇呢。娘讓我看雞是不讓牠撂蛋，不是讓把牠打死呀。

娘幹活回來，看到他把雞打死了，心疼得直掉淚，拾起根柳棍就把他毒打一頓。「一家人吃鹽，灌洋油就靠這幾隻雞，讓你看牠下蛋來，你竟然把牠打死了。」娘一邊打一邊數叨，「這麼一來你就再不用看了是不是！」

爹吼叫著叫他跪在地上，堅硬的地硌得他的膝蓋真疼喲。

這時香蓮姐從外面回來，放下草籃子，戰戰兢兢地走上來說：「爹，娘，別打弟弟了，怪我回來晚了，我要早點回來就不會出這事了。」

「沒你的事，上一邊去。這孩子心太毒，好好的一隻雞硬被他活活打死了，這樣的孽種不打還行！」爹暴怒地猛喝。

香蓮撲通一下跪在他旁邊。「要打就打我吧，弟弟他還小，不懂事呀。」她說著竟哭了起來。

娘被香蓮姐的真情所感動，上去一把將她拽起來，「蓮兒這孩子就是懂事、聽話，快起來，快起來。」然後又向他怒喝一聲，「還不快起來，不是香蓮給你求情，今天我扒了你的皮！」

他立即爬起來，跑到屋裡倒在床上就睡。他恨自己的脾氣太強了，怎麼能同雞鬥氣，同雞比什麼高低呢……

一個夏季的傍晚，他和香蓮正在大溶河邊割青草，突然一陣緊密的鑼鼓聲從大官路上傳來，一群人簇擁著一輛汽車緩緩前行。汽車開到橋頭便停了下來，鑼鼓鏗鏘，紅旗飄揚，歡呼聲響徹四野。他和香蓮姐立即跑過去看熱鬧，原來是劉四爺回來了，他是全縣學習毛主席著作積極分子，到北京開過會，到大寨學過習。他目不識丁，但一本毛主席語錄和老三篇全能背上來。這是他出席全省學習毛主席著作積極分子代表大會剛回來。他已六十多歲的人了，可是紅光滿面，精神煥發，一下車就手捧紅寶書跳起「忠」字舞來。他一手舉著紅寶書，一手在胸前劃著，一邊跳一邊唱：「敬愛的毛主席，我們心中的紅太陽……」圍觀的人們無不捧腹大笑。看熱鬧的越聚越多，劉四爺也越跳越有勁，人們紛紛喝彩。劉四爺跳著跳著，腳下突然一滑猛一下摔了個仰面朝天，正好撞在橋欄上。他疼得嗷嗷直叫，掙扎幾下都沒能站起來。開始人們都以為他沒事，還在拍手大笑，後來見他的臉都變了顏色，便一起上去拉他。當時人們就把四爺抬上汽車，汽車掉頭又往縣城開去。這次劉四爺摔斷了一條腿，在醫院住了三個月，回來仍拖著那隻瘸腿，柱著拐棍，可口裡還在唱「語錄歌」……

這年的春節，小羊長大了，爹將兩隻羊賣了，給他和香蓮一人買套新衣服。香蓮姐穿上新衣，像個花蝴蝶，快活得直蹦，到處亂飛，去讓人家看她的新衣服……

3

一晃又過去幾年，張秋水已成了大小夥子，香蓮也長成個水靈靈的大姑娘，他們都懂事了，再不能像從前那麼形影不離，無拘無束地在一起玩了。他感到香蓮姐身上有種誘人的芬芳，他感到她不該是香蓮姐，要是隨便什麼別的姑娘就好了。這年公社裡調來一位何書記，原來他就是香蓮的爸，後來就把香蓮認走了。

那好像是一個暮春的傍晚，大溶河畔青草如茵，河堤上的柳葉由黃變青，桃花開了又謝去，柳絮夾著蜂鳴漫天飛舞，最後由大溶河將它漂走，送到很遠很遠的地方，流水無情，它們掌握不了自己的命運，只得隨波逐流。夕陽照耀在大溶河上，河水發出刺眼的光芒。他們一家剛收工回來，母親和香蓮正在準備晚飯，一個幹部模樣的中年人來到他家。那人穿件灰色中山裝，身材魁梧，方方的臉膛，滿面紅光，他手裡拎著一大兜子禮品，花花綠綠的盒子閃閃發光。大隊支書帶領著，一進門就喊：「張世清大哥在家嗎？有客人來了。」支書接著就是一陣哈哈笑。

爹慌忙從堂屋裡跑出來，一下子驚呆了：「啊，這不是何書記嗎！你……」他在一次三級幹部會上聽過何書記的報告，才知道他是新來的何書記，何書記拎著禮物來到他家，他以為一定是摸錯了門。

「是我呀，剛來的老何，你就是世清老兄了。」

「哦……快請屋裡坐，堂屋裡坐吧。」爹手忙腳亂迎接客人，一時顯得手足無措。支書在他的忙亂中，招呼一聲說有事先走了。何書記走到他的跟前，一把抓住他的手使勁搖了搖說：

「我今天特來拜訪，是向你們全家表示感謝的。」

「哦，哦，哪裡話，哪裡話，屋裡說話，屋裡說話。」他說話時，嘴都打摽。

何書記的到來，使他們一家人受寵若驚，娘和香蓮也都從廚房裡跑出來，跟隨何書記後面來到堂屋裡。娘一時很慌亂，兩隻手在圍腰上搓弄著不知如何是好。何書記說：「這就是老嫂子了，對吧。」

「是啊，是啊。」爹趕忙陪著笑臉說。

何書記又望了香蓮一眼，臉上即刻掠過一絲陰雲。隨即又笑笑說：「我要是沒猜錯的話，她就是香蓮吧。」

香蓮的臉一下漲紅了，一句話沒說出來便躲到了娘的背後。娘慌忙又是倒水，又是端板凳讓何書記坐，在端板凳的時候還用衣袖抹抹板凳上面的塵土。爹從口袋裡摸出幾毛零錢給他說：「去，買包香煙去。」他正要轉身走開，被何書記一把拽住了。「別去了，我這兒有。」說著何書記就從口袋裡掏出一個黃燦燦的小鐵盒子，打開，裡面排得滿滿的都是香煙。何書記捏出一根遞給爹，又捏出一根遞給他，他擺手說不會，何書記就把煙塞到自己嘴裡。然後「啪」一下將香煙盒子闔上，同時裝在上面的自動打火機就點燃了。何書記立即將火遞給爹，爹推著讓何書記先點火，可是何書記堅持要讓爹先把香煙點著。他看著何書記那精緻的香煙盒子，那自動打火機，看著何書記玩香煙盒子時那嫻熟的動作，就像看魔術一樣直發愣怔。

這時何書記禁不住又仔細打量起香蓮來，他的目光在香蓮身上凝滯了很長時間，手裡的茶杯都在抖動，同時見他猛抽幾口香煙，眉頭就皺了起來，空氣一時出現凝默。娘已看出何書記今天的來意是同香蓮有聯繫的，但她尚不知是什麼樣的聯繫，忙說：「何書記，你……咱鄉里人喜歡直來直去，有什麼話你就直說吧。」

「啊……」何書記好像是從遙遠的回憶中猛一下回過神來。「哦，我說，我……首先請你們原諒……首先我得向你們表示感謝。我……就是香蓮的親爸。那年咱們家鄉發大水，我沒能趕回來……後來回來一趟，聽人說她娘倆都被黃水沖走了，我就回部隊去了。回去後又成了新家，那女人連一個娃也沒生下，她倒怪起我來，沒過幾年我們又離了。我想到香蓮娘倆就感到對不起她們。後來我想，說不定她們還活著，說不定我還能找到她們，就請求組織上將我轉業到地方工作。我決心要找到她們……」他說到這裡便有點哽咽，頓了一下他接著說：「我以前做了糊塗事，讓她娘倆受了委屈，這都怪我……前天我同你們大隊的王書記談起你們大隊的工作，閒談中他問我這麼大歲數怎麼沒有家小，我才把香蓮娘倆的事告訴他，並說我調回來的目的就是為了找她娘兩個。王書記聽我說罷一拍大腿說咱大隊第六生產隊張世清的女兒就叫香蓮，同你說的情況差不多，你最好親自去看看，所以我就來了。」何書記又猛抽一口煙，抬頭望了香蓮一眼，這時香蓮已在飲泣，她手指塞在嘴裡竭力抑制著沒哭出聲來。全家人啞口無言，何書記又接著說：「我一眼就看出來了，香蓮長得跟她娘年輕時候一個樣。」她略一停頓，「沒想到她已長成個大閨女了，讓你們費心了，這感激之情我是沒法用話語表達的。嗯……不過，你們也不要誤會，我不是來要人的，我只是來看看，我知道你們把香蓮拉扯這麼大不容易，我知道這些年咱家鄉一直都非常困難……」

爹一直坐著抽煙，聽著何書記述說，始終沒說一句話。

娘聽著何書記的話，句句都表明他確實就是香蓮的親爸。她拉過香蓮的手說：「香蓮呀，你有這位當書記的爸爸，真是你的福氣呢。別哭了，快認過你的親爸爸，今後跟著他要比跟著我們強得多。」她話沒說完，眼淚就撲簌簌掉下來。

只見香蓮的身子微微顫抖，晶瑩的目光閃著淚花，盯著何書記的臉，極力搜索著她記憶中的爸爸。她記得她最後一次見到爸爸是那年的秋天，那時剛遭過饑荒，家裡一點糧食也沒有，她和娘全靠挖野草過日子，爸爸那天突然回來了，給她帶回兩只白麵饃饃，她吃得特別香。可是爸一回來就要跟娘鬧離婚，娘不同意，兩人大鬧了一場，他住了兩天就走了。臨走時他趁娘不在，一把將她抱在懷裡，在她那枯瘦的小臉上一個勁地親疼，鬍子紮得她好疼好疼的。爸走後，娘就要上吊，可是她卻死拖住娘的大腿哭，娘一把將她摟在懷裡，娘倆抱頭痛哭……「不，不！我娘說我沒有爸，我娘說我沒有爸，我不跟他走——」她一頭紮到娘的懷裡，嚎啕大哭。娘一手摟著她的脖子，一隻手撫摸著她烏黑的辮子，眼淚禁不住往下掉。「別說傻話，孩子。現在你爸來找你，這是好事。過去的事誰也別怨，那都是命啊……你看現在這不是好了嗎，你有這麼個當官的親爸，娘我也高興，臉上也光彩啊。別哭了，孩子，快去洗把臉，給何書記……哦，給你爸做飯去，我去燒鍋，咱一家人今天吃個團圓飯。」

何書記忙站起來擺手說：「我吃過了，真的吃過了，別麻煩，別麻煩了。」

「看你說哪去了，咱這既然是一家人了，你就別見外，要不是這，俺請你也請不來呢。今天是個值得喜慶的日子，咱就吃個團圓飯。秋水，你去到大隊代銷店裡買瓶酒去，再買點花生米什麼的。」娘說著就彎腰將頭鑽到桌底下，從一只小罈子裡掏出幾隻鹹雞蛋來，就帶香蓮下廚房了。他立即去買酒，爹陪何書記說些閒話。

一會他就把酒買回來了，娘也把四樣菜端到桌子上，那是一盤涼拌黃瓜，一盤鹹雞蛋，一盤涼調豆腐皮子，還有一盤炒豆角。這在鄉里已是很不容易了，平時誰家能有什麼菜，來個客人往往要找半截莊子才能湊出幾樣菜來。

平時他家裡來了客人都是爹一人作陪，今天娘說是吃團圓飯，所以全家就一起圍著桌子坐。

何書記坐在正位上面向南，爹坐在他的左邊，面向西，娘坐在西邊面向東，他和香蓮同坐在一條板凳上面向北。何書記首先站起來，雙手捧杯先敬爹一杯，又敬娘一杯，秋水也立即站起來敬何書記一杯，他不會喝酒，一盅酒咽下去，咳了半天，香蓮忙給他夾菜。

酒喝得差不多的時候，何書記看看秋水，又看看香蓮，然後對爹說：「世清大哥，今天我有句話不知該不該說……」

「我知道你想把香蓮帶走，這還用你說嗎。我早就打定主意了，香蓮跟著你比跟著我強，她不走，我攆也得把她攆走。」說完，爹就嘿嘿一笑。

「不，不，我不是這意思。」何書記連連擺手說。「我是說，我是想問一下秋水的情況，他今年多大了，上學嗎，可定親了沒有？」

娘忙接上說：「秋水比香蓮小一歲，今年上初二了，學習成績一直都很好。他這孩子別的不行，就是看書有勁，你看這牆上的獎狀。」她順手往牆上一指，臉上綻出欣喜的笑容。

何書記將目光投到牆上，連連稱讚說：「啊，不錯不錯，『優秀團員』、『三好學生』、『學雷鋒標兵』。好啊，這孩子要好好培養，會有出息的。」何書記話鋒一轉又對娘說：「我的意思是說，香蓮和秋水年歲差不多，也該……」

「你的意思我明白，我和他爹也早有這個打算，只是怕影響他學習，一直沒把這話說透。香蓮這孩子真好，沒有一點我不滿意的，這下我們真是都想到一塊去了。」

三位老人的目光一齊朝秋水和香蓮投來，香蓮一下羞得滿臉通紅，立即低下頭用腳踢秋水的腿，那意思是讓他表態。

他以前對此只是隱隱約約的有些感覺，但他從沒往這上面想過，父母也沒向他提過，所以他現在一點思想準備都沒有。他覺得香蓮姐處處都好，處處關心他，心疼他，可那是姐姐疼弟弟，是姐弟之間的情誼。如果娶了她，將反而沖淡了這種情感，那是對香蓮姐的大不敬。他不敢想像讓香蓮姐做自己的妻子，他在夜深人靜的時候在她身上做出一些動物性的蠢事來，讓香蓮姐在他的懷裡忸怩、掙扎、呻吟……這是他心靈上根本無法接受的。香蓮只能做他的姐姐，不能做他的老婆，這點對他來說，無論如何都是不會改變的。可是眼下，他不能把這些話說出來，況且這些話也確實沒法說出口。於是他就不吭氣，等以後有機會再說，反正還早呢，他想。

「啊，中學生還封建是不是呀？不好意思了是不是。」何書記哈哈一笑，端起酒杯，「來來來，喝酒喝酒。」他立即從窘境裡解脫出來，也舉起了酒杯。這時香蓮將自己杯裡的酒倒在他的杯子裡，朝他微微一笑，臉上蕩出紅潮。「你……替我喝了吧，我去弄飯去。」說罷她起身就走了。

飯後，香蓮就要同何書記一起走了，臨出門，她像孩子一樣拉著娘的手說：「娘，天下沒有比你再疼我的了，我真捨不得離開你啊。你放心，娘，我會常來看你的。」

「傻閨女，一家人不說兩家話嗎，你爸那裡是你的家，這裡更是你的家呀。你想到哪兒就到哪，想幾時來就幾時來，啥時來娘都高興，反正是俺張家的人嗎，這都是老天爺安排好的。」娘說完就樂不可支地笑起來，連那大溶河水也打著浪花伴著她笑。

他們一家沿著大溶河送香蓮送到老遠老遠的，恬淡的鄉村之夜處處靜悄悄的，西邊的天際懸著一彎嫩黃的月牙兒，稀疏的星星在天空審視著大地，濕漉漉的大地泛起薄霧，夾著泥土的清香一股股朝人臉上撲。他們踩著大溶河嘩嘩的流水聲一直把香蓮送上大官路……

4

又過了一年，他初中就要畢業了，畢業後他將要到城裡去讀高中，縣城對他的誘惑力太大了，還是五六歲的時候爹帶他去過一次縣城。那城裡可真熱鬧啊，賣啥的都有，馬路掃得乾乾淨淨的，比鄉里的鍋臺還油光。城裡有戲院、電影院，有游泳池、體育場，可是鄉里什麼也沒有，就連學校都沒個像樣的操場。他對將要步入的城市生活充滿新奇的嚮往。然而就在這時上面下來一批中學教師，公社裡也辦起了高中。公社有了高中，當然就用不著再去城裡上學了，方便倒是方便了，可是他的城市夢卻給打破了。

香蓮住在公社裡同她爸一起生活，她現在也上學了，不過是從初中上起的。她爸現在加倍疼愛她，無論什麼事總是讓她說了算。她每逢星期天就同秋水一起回來看看，幫娘做些事情，讓娘開開心。他們之間就是那麼若明若暗的，像遮了層輕紗一樣。香蓮是女孩子，又比秋水大一歲，開蒙當然早些，當他們倆單獨在一起的時候，她就經常向他進攻，而他總是竭力回避。他一心撲在學習上，儘量不去過早地考慮男女之間的事情。他總覺得他處在一種落後的封建勢力包圍之中，不擺脫他所處的環境就解決不了根本問題。農村青年到現在仍不能自由戀愛，婚姻之事還是父母之命，媒婆之言，多數青年思想中還不知道什麼叫愛情。男的結婚就是為了找個老婆過日子，以便傳宗接代，而對女的來說「嫁漢嫁漢，穿衣吃飯」，只要有飯吃，跟誰過都一樣。當父母的只是為了完成任務，早娶媳婦早抱孫子。就是生理有缺陷的，只要多給些彩禮，照樣可以娶到如花似玉的姑娘。

他很怕同香蓮接觸，怕她那嬌美的少女身韻，怕她那含蓄深沉的目光，怕她那惹人心煩意亂的青春活力，更怕她常常將他逼得走投無路。她看見一對大雁會對他說：「你呀，比那隻雁還呆。」一看到河裡戲水的鴨子，她會對他說：「你呀，比那隻綠脖子鴨還傻。」開始，秋水在公社上學同香蓮一起到她爸那裡吃飯，過了不久他就不願在那吃了，雖然那裡的生活要比自己家好得多，但他老是覺得彆扭。

放學以後，一群學生雀躍著湧出校園，他也慌忙往外跑。他要趕回去吃飯，吃過飯還要趕來上學，中間就個把小時的時間，來回十幾里路，慢一點就要遲到，村裡有幾個學生家境比較好的來回都騎自行車，方便得很，他沒自行車，就趁他們的座。今天他們幾個一出校門拉起車子就跑，誰也不願意帶他。他認為他們是在同他開玩笑，所以就拼命在後面追趕。一出校門他看他們幾個要甩掉他，他就撂起蹶子追，追了里把路他終於抓住了跑在最後的張明，一躍便跳上了他的車後座。張明回頭看到他已坐到自行車上，便喝令讓他滾下去，他不下，張明就在路上兜彎子，左一下右一下，一連兜了好幾下便把他甩了下去。他從車上摔下來，疼得在地上直打滾，可是他們幾個回頭看看，連車子也沒下就哈哈笑著一溜煙跑開了。這下他才明白，他們不是同他鬧著玩，他們是商量好的有意捉弄他，欺負他窮。他的自尊心受到極大傷害，「人窮就要被別人瞧不起」，他猛然悟出這千百年傳下來的道理。他的腿摔傷了，臉也被路旁的野藤劃破了。他一瘸一拐地走回家，爹娘問他怎麼回事，他死也不講，後來沒辦法才說是自己放學後為了趕時間跑得太快跌了一跤。娘讓他歇半天，不要去上學了，他怎麼也不願意。他要好好學習，不能辜負韓老師對他的希望，韓老師因為教他學古文才挨批鬥致死的，為了這麼一點點傷痛能隨便脫課嗎。他吃了兩碗麵條子，又一瘸一拐地來到學校，摔他的那幾個人連問他一聲都沒問，見了他就像沒看到一樣。同學之間，又是一個村子，從小在一起長大，又在一起上學，怎麼竟連一點情誼也不講，他不能明白這是為什麼。年紀大的受到塵世的薰染，自私、無情、狠毒、事故都是情理之中的事，可他們還都是未涉世的孩子啊，為什麼會這個樣子呢？

香蓮看到他那副樣子，心疼得直掉淚，一個勁追問他是怎麼回事，他被逼得沒辦法就照實說了。她一聽說，臉一下子氣得煞白。「這些王八羔子，心都黑了，看我不好好整治他們。不就是騎輛破自行車嗎，燒什麼燒！咱也能買，看我們買的比他們的還強呢。」他低頭不語，他不知道香蓮姐也會發火罵人，而且口齒厲害著呢。「你呀，你這人……嘿，讓你到公社去吃飯，你就是不去，連我爸都生氣了，他說我肯定是什麼地方對你不好，這豈不是天大的冤枉嗎。來回十來里路，就是為了吃那一碗飯，何苦來呢。」他一言不發，聽著她的數叨。

一個星期後，香蓮就讓她爸給買了輛嶄新的永久牌自行車。那天她一大早就特意將新車騎到學校裡讓秋水騎著，帶著她在操場上溜彎子，引得全校的學生都去看，所有的人無不咋舌稱羨。買輛自行車可不是容易的啊，別說沒錢，就是有錢，沒有門路也買不到。一個公社一年才能發到一兩張票，一般社員根本別想。香蓮的爸是公社書記，對他來說買輛自行車並不費事，可一般社員是可望不可及的，最多只能到黑市上去買輛破的。

這天放學後，他騎著那輛嶄新的自行車，鈴搖得當當響，得意洋洋地開路前行，摔他的那幾個同學則面帶愧色，一個個耷拉著頭推著自己的破自行車出校門。他們幾個的車子不知怎麼搞的，車胎一下子全癟了氣。張秋水心裡明白，那一定是香蓮姐幹的。張秋水經過他們身旁的時候瞟了他們一眼，然後昂頭將鈴鐺搖得更響，傲然從他們身邊擦身而過，然後就一溜煙跑了。他得意地騎著車子，心裡甜滋滋的，清風在耳邊忽忽吹過，路邊的柳枝撲拂著他的頭。突然，前面出現一道壕溝，他猛一剎車，連人帶車摜進了溝裡……

第六章　慘澹的人生

1

他好像一下沉睡了幾個世紀，終於蘇醒過來，感到渾身疼痛，疲憊不堪，一點氣力都沒有。他的第一個意識就是「我現在在什麼地方？」他慢慢睜開倦怠的眼睛，見自己原來是睡在醫院的病床上，頭上纏著繃帶，胳膊上綁著吊針的軟皮管子，一盞壁燈將室內撒布一層朦朧的光，同室的幾位病人此起彼伏地打著鼾聲。一雙通紅的大眼噙著淚花凝視著他，一副疲倦、焦急、緊張的面孔見他醒來，立即放出喜色。「啊，你……終於醒了。」她用手背抹一下眼睛，猛然站起來，兩手撐著床沿，俯身對他說：「你已經昏睡一天一夜了，現在可算醒了。你覺得怎麼樣？嗯，很痛嗎？」

「我……覺得很累，很累，頭有點痛。你是……啊，原來是你。」他說話很吃力。

她臉上立即綻開笑容，輕聲說：「你還認得我嗎？我是……」

「怎麼不認得呢，上個月二十號，星期天，在圖書館裡，你把座位讓給了我……」

「啊，這麼說你的大腦還清楚，沒摔壞！真是謝天謝地。那天要不是你動作快，我早給汽車軋死了。你……那天本來是可以躲開的，可是為了我，你竟傷成這個樣子。都怪我騎車太猛了，讓你受了傷。」

「啊，沒什麼，你別難過，這不怪你。你怎麼樣，摔著哪兒麼？」他打量她一下，發現她的左手腕也包著紗布。「你的手……」

「我這隻手不過有點扭傷，一點都不礙事的，不信你看。」她說著就舉起手來在空中劃一下。「有你墊底，還能摔著我嗎？」

「沒摔著就好。你……這深更半夜的還陪著我，我……讓我怎麼感謝你呢。」

「看你說哪裡話呀，你救了我的命我還沒說感謝呢，你倒客氣起來了。你這人也太……」她低下頭歎了口氣，忽然又抬起頭來，瞪著一雙明亮的大眼望著他。「你……難道真的認不出我來了？我是沈冰啊，秋水哥哥……」她抑制不住自己的感情，一把抓過他的手攥在自己手裡。「那天我們在火車站分手的情景，還記得吧？啊，你是不是早把我忘了，我可沒忘記你啊。」

「啊，是你！沈冰？」他猛然坐起來，盯著她那雙明亮的大眼。

沈冰一把掀起額前的頭髮，露出指甲那麼大的小傷痕。「這是那次在火車上留下的，當時流了好多血，是你給我包的呀。」

「啊，這……我不是在做夢吧。」張秋水腦子裡立即閃出一副天真活潑的娃娃臉來，可現在這張臉變得有些漫長了，下巴略微有點尖，鼻子比以前更加秀氣，一雙鳳目也比先前更加明媚動人，神情變得更加清秀高雅。

「怎麼會是夢呢，這是在醫院裡。那天出事後，幾位好心的青年攔了一輛車將我們送到這裡，我當時還是清醒的！」

「啊，真是女大十八變，幾年不見，你變得竟讓我認不出來了。」

「真的嗎？」她眨動著歡快的眸子。「可是同學都說我一點都沒變。你說是變美了還是變醜了？」

「當然是變美了。」

「不過你的變化從外表看也是很大的。你比以前顯得莊重、深沉，面部的肌肉都鬆馳了，現出楞角來，不是從你書包裡裝的書上看到你的名字，我也不敢認你了。」她將枕頭墊在她背後，讓他坐好。

「你看，我們終於又見面了，而且以這麼個方式。正是山不轉水轉啊……」他咧嘴一笑，一陣疼痛使他又皺起了眉頭。

「你，疼得很嗎？」
「啊，沒什麼。」他擺擺手示意讓她坐下。
「唉，人沒有情天有情，有什麼辦法呢。」
「這是我們有緣嗎。」
「是冤家路窄。」她笑笑，折身去到床頭櫃上拿隻蘋果。「你一天多沒吃東西了，先吃個蘋果吧，待會再給你沏杯麥乳精。」
他順眼往床頭櫃上一瞟，這才發現那上面擺滿了水果、罐頭等食品，大部分都是他從沒吃過的。他又將目光落在她那優美的身姿上，一件淡黃色羊毛衫束在牛仔褲上將她那青春的線條勾劃得特別優美，一頭烏髮瀑布般從肩上瀉下來，那春潮湧動的胸脯恰似一片未開墾的處女地，只要他願意在這塊土地上丟下一粒種子，就會開放出燦爛的奇葩。
「噯，我問你，我們分別的時候說好了的你到廠裡安頓好就給我來信，我那幾個月天天盼你的信可總也沒盼到。」
「怎麼，我給你去的信你沒收到？」他十分驚詫。
「怎麼，你給我去過信？」她同樣很驚疑。
「誰還能騙你，我到廠裡報過到，沒幾天就給你去信了。」

「可我確實沒收到呀，你不知道我那些時候等你的信等得有多心焦。那些時候我天天都想到你，可是時間一天天過去了，我就想我們之間的差別太大了，萍水相逢，說不定你早把我忘掉了，我就下決心也把你忘掉。可是你的音容笑貌老是在我面前轉悠，我一閉上眼你就出現在我面前，我下再大的狠心也攆不走。我所認識的青年沒一個能像你這樣一下子就用神箭射中了我的心。」她臉上泛出紅潮，含情脈脈地望著他。

「信怎麼會收不到呢？是不是我把地址搞錯了。」

「農村送信很不規矩，特別是平信，搞不好就給弄丟了。」

她削好一隻蘋果遞給他。「過去的事就別管它了，有緣千里來相會，你看我們這不是又見面了嗎。」說到這裡她一把掏出那只手帕，「這是那年在火車上你留給我的紀念，看到這只手帕，彷彿就看到了你那矯健的身影。」

他接過那只手帕，只見白色的手帕已變得有點淡黃了，邊沿上散佈著點點血痕，像桃花瓣似的，四角的蓮荷依然清晰可辨，中間添了一行小字「靈台無計逃神矢」。他久久凝望著那只手帕，胸中湧起一股股狂瀾，脫口而出：「別來幾向夢中看，夢覺心尚寒。」

沈冰馬上對道：「從別後，憶相逢，幾次魂夢與君同。」

「你們什麼時候回城來的呢？」張秋水從追憶中回過神來說。

「去年年底。」

「上邊給你爸平反了？」

「還沒有，不過我覺得也快了，春天既然來了，還怕沒有陽光嗎。學院領導說讓我爸一邊教學一邊改造，因為目前人才奇缺。其實呢，那是我爸在省委工作的一位同學幫的忙，那人以前也受了衝擊，現在官復原職，他上臺後就給學院打招呼將我爸調回來了。你呢，現在怎麼樣？」

「嘿，怎麼說呢，一句話說不清。你有工作嗎？」

「沒有，我準備今年考大學。你咋樣，也準備考吧？」

「當然我也想試試，不過今年看來不行了。」

「都是我不好，耽誤了你。」她很難過地低下頭。

「不，不要這麼說，這是命運。要不是這樣我們怎麼能……再相會。」

「再幾天就要考試了，你怕真的跟不上了。」

「沒什麼，今年跟不上還有明年呢。」

「我們國家的政策一年一個樣，誰知道明年會有什麼變化呢。」

「無論怎麼變，高考制度怕不會變的吧。」

「這也難說，耽誤了你，我很難過。」

「不要這麼說，你這樣倒使我過意不去了。高考就要到了，你得趕快離開這裡，看你的書去。我跟不上了，你可不能再耽誤了。」

「不，你不出院我就不離開這裡，我寧願不考大學也要在這裡陪著你。我知道你在這城裡一個親戚朋友都沒有，讓你一個人留在這裡，我怎能放心。」

「你呀，女孩子家就是這樣子，有什麼不放心的呢。醫生護士一天要來多少遍，我這傷也不算重，很快就會好的。」

「還不重呢，一下子昏迷這麼長時間，把我都要嚇死了。你要有個什麼好歹，我的靈魂是永不得安寧的啊。」

「我沒那麼嬌嫩，小時候一群孩子在一起攢頭，頭碰得哐當哐當響，一點事也沒有。」

「這麼說你是訓練有素了。」

「小時候沒什麼玩的，一群孩子在一起野瘋。」

「那也滿有意思的，不像我們城裡的孩子一天到晚關在家裡。」

「還是你們好，有幼兒園，條件好的還有保姆照顧。我們農村孩子一天到晚都在土裡滾，從小就營養不良。」

「我小時候家裡也很苦，我媽教中學，我爸教大學，你知道咱們國家的教師都是很苦的，後來全家下放就更苦了。」

「現在不是好了嗎。」

「是啊，可是失去的卻永遠失去了。就在我們快回城的時候，我媽在貧病交加中去世了。」說到這裡她眼裡充滿淚花，一副痛苦的表情。

這時，天亮了，醫生和護士走進來。

「啊，李醫生，這小夥子終於醒了。」年輕護士說著就走到張秋水床前。

「我知道他該醒了，他的腦電圖是正常的，一覺睡這麼久主要是因為疲勞過度。」醫生走到張秋水跟前。「怎麼樣？小夥子，這一覺睡得很香吧，現在感到怎麼樣？」

「感到很好，就是有點頭疼。」

「那是正常的，頭部傷這麼重，流那麼多血，怎能不疼呢。不過很快就會好的。」醫生說著就揭開被子檢查他的腿部的兩處傷。

「那我什麼時候能出院？」聽了醫生的話他感到很高興。心想說不定還能趕上高考呢。

「這個嗎，既來之，則安之，出院還早吶，至少也得半個月吧。」

「啊……」他的心又一下涼了半截子。

醫生給他量量血壓，聽聽心臟，然後將靜脈注射管略微調大些。「要好好護理，藥吃了嗎！」

「吃了，按規定吃的。」護士站在醫生背後回答。

醫生又望望站在一邊的沈冰說：「你是他什麼人？」

她的臉即刻漲紅了，「是……朋友，啊是同學。」

「同學？你們是哪個學校的？」

「啊，不是學校，是……圖書館裡的同學。」

「噢，有意思，有意思。」醫生嘿嘿一笑說。「病人要好好休息，不要同他多講話。你也去休息一下吧，看你眼都熬紅了。」醫生對沈冰微微一笑，就走到另位病人床前去了。

張秋水望了沈冰一眼，「聽到了吧，醫生讓你去休息呢，你趕快走吧。」

「你看你，怎麼那麼信醫生的話。來，快將這杯麥乳精喝下去，讓我來餵你。」她扭身到床頭櫃上端起那杯剛沏好的麥乳精，一手拿著湯匙到他跟前，俯下身去舀了一匙送到他唇邊。

一股熱流頓時灌注他的全身，既而又化作一股淚泉奪眶而出。他那顆寂寞孤獨的心乾渴得太久了，太缺乏雨露的滋潤了。現在他的心像個大冰窟遇到了春天的陽光，一滴滴開始融化。

「你，怎麼了？怎麼哭了，嗯，你哭什麼啊。」她立即拿那只帶有血痕的手帕給他拭把淚，緊接著就在他那帶淚的臉頰上吻了一口。「你別……別難過，我……我是你的親人，你的親妹妹，你最知心的朋友。」

他一把摟住她的頭，讓她那滾燙的面頰緊貼在自己急速跳動的胸膛上。一股烈焰迅速升騰起來，兩顆心頓時熔鑄在了一起。

2

第二天上午，沈冰終於被張秋水勸走了，她走了不大一會，廠工會主席就來了。見到方主席，張秋水非常激動，連忙從床上坐起來，拉過一個方凳讓方主席坐。

方主席坐下來，詢問一下他的病情，「怎麼樣，好些了嗎？」

「我很好，很快就會出院的，請領導不要掛念。」

方主席歎口氣說：「我是個人來看你的，不是代表廠領導。對你這件事，廠領導開了幾次會意見都沒統一，有的認為應該算工傷，有的認為要算病假，還有的認為你星期天加班不堅守崗位，往圖書館跑，這是嚴重的違紀行為。」

張秋水聽到這裡，滾熱的心一下子涼了，剛才的感激之情一下煙消雲散，頓時化作一股怒火與怨憤。「既然這樣，方主席你還來看我，我真感到三生有幸。我很好，請你轉告他們，想怎麼算就怎麼算，想給什麼處分就給什麼處分，我張秋水不需要任何仁慈與憐憫！」

「你看你，別激動嘛，作為我們工會還是應該儘量為職工考慮的，要算病假，不但要扣發獎金，工資也要按規定扣。我想……我想你是不是寫個困難補助的申請給我，從工會的角度給你點救濟還是可能的……」方主席滿懷同情地望著他說。

「不，我不要救濟，但我還是從心眼裡感謝你。我需要的不是錢，我需要的是組織上的關懷與溫暖，我需要的是當我遇到困難的時候能切實地感到我們這個社會主義大家庭裡同志之間的關懷與愛護。可是這一切都根本不存在，這不是因為別的，就是因為我是一個小工人，我不能給任何人帶來好處。假如我是一個什麼官，廳長、局長、廠長……總之隨便什麼都可以，那你再看，那情況就大不相同了，來看我的就會擠破這醫院的大門，因為這正是一些人獻殷勤的好機會。」他瞥了方主席一眼，見他的臉紅一陣白一陣的，十分尷尬。「對不起，你是來看我的，我不該說這些，非常抱歉。我非常感激你，你來了，這起碼可以證明我仍是咱們電建廠的一名職工。」

「哦，那是，那是，我來得匆忙，也沒給你買什麼東西，真是……實在的……」

「我不需要任何東西，我只渴望友情，你能來看我，我真感激不盡。不過，我現在頭疼得厲害，方主席你也一定很忙……」

「是的是的，我不打擾你了，你好好休息吧。別想得太多，安心養病。社會就是這個樣子，要學會自我心理平衡，自我心理調節。我走了，我走了。」方主席說著便從口袋裡掏出一張蓋有廠醫務室的醫院記帳單放下，轉身就走了。

張秋水拿起那記帳單審視一下，見它不過是一張四指寬的紙條，紙的顏色都發黃了，可是它卻有那麼大的神通，有了它，你就放心在醫院住吧，住得越久醫院越歡迎；有了它，所有的好藥你就盡情地讓醫生給你開吧，開得越多醫院收益越大；有了它，你在醫生眼裡就有了一定的地位——公費醫療，他們會對你格外客氣。就憑這張記帳單，住院吃藥可以免費，他感到這就是社會主義的優越性，這就是他當工人的最大好處，農民就不行了。

一陣痛苦的呻吟從旁邊的病床上傳過來，打斷了他的思緒。他扭頭一看，見那位農民老大爺正痛得在床上打滾。他是開山的時候一隻腿被砸斷了，已經花了一千多塊錢還沒治好，現在急等用錢，家裡差不多花乾賣淨了，打了兩封加急電報回去，也沒見人送錢來，兒子專程回去湊錢，好幾天了也沒回來。醫院見他交不出錢來就停了他的藥，現在已停藥兩天了，只等出院回家。陪同他的老伴整夜整夜地哭，但她除了哭似乎是什麼辦法都沒有的，一雙半小的裹腳走起來一拐一拐的，本身還有氣管炎，一口道地的山裡話說起來總離不開翻譯。年輕的小護士見她那濃鼻拉吭相，說話又聽不懂，從來都沒給過她好臉色。她除了哭也確實沒什麼別的能力了，現在她眼看著老頭子在床上疼得打滾卻一點辦法都沒有，嘴裡只是咕嚕著那麼一句：「他阿爸，你疼得很，我知道的，可有什麼辦法呢。忍著點吧，忍著點吧。」

張秋水看到這情景，心裡十分難過，那位老人的每一聲呻吟都揪著他的心。他想幫助他們，可是他自己也是病人，也是個不暇自顧的弱者，怎麼辦呢？他的鎮痛藥是吃一片由護士送一片的，身邊沒有多餘的，他不禁又瞥了一眼那張記帳單。這時正好那位年輕的護士走過來給他換吊針，他就對她說：「同志，你看那位老大爺，他疼得實在受不了。你，能不能給他弄點藥來。」

「他已是辦過出院手續的了，怎麼能給他藥吃呢。再說他吃藥，錢誰付呀？」她一邊給他插吊針管子，一邊朝那位老大爺看了一眼說。

「我想……如果可以的話，能不能記在我的帳上。」

「記你帳上？」她吃驚地望著他。「他這腿再兩千塊也不一定能看得好，你……能擔得了嗎？」

「啊，我是說，我只想讓你給他弄點藥來，解除下他的痛苦，你能不能幫個忙呢？」

「這……我們護士沒有處方權，得跟醫生說。」

「那就麻煩你給醫生說一下吧，最好多給他開點藥讓他拿回去吃。」

她望著他，笑靨綻開了。「你真是菩薩心腸，自己不知怎麼受的來，還想著別人。這醫院裡進來出去的沒錢看病的多著呢，回家等死的也多著呢，誰能管得了。」

「你說得也是，不過我覺得我們應該盡力而為，能幫多少幫多少。」

「那好吧，就讓我試試看。嘿，我們對這樣的事情見得太多了，也就慢慢的麻木了。不過，現在像你這種人確實不多。」

「那就太謝謝你了。」

「事還沒幹呢，謝什麼。」她給他插上吊針，微微一笑，就走開了。

一會兒，那護士果然手裡捧著好幾瓶子藥，笑咪咪地走進來。

「搞來了，真是麻煩你了。」張秋水朝那護士點點頭說。

「有什麼麻煩的，一點小事。」她走到他跟前將藥都攤在他的面前說：「這是SMZ，是消炎的，這是維生素C，這是止痛的，這是去熱的，這是……。」她將藥一瓶一瓶地翻弄著給他看。

「趕快給那老大爺送去吧。」他指著那位正在床上呻吟的老農民說。

「先給你看看嗎，一百多塊錢的藥呢。」

「我知道了，管它多少錢呢，快讓老大爺去吃吧。」

那位護士將藥送給那老奶奶，又告訴她怎麼個吃法，然後又望了張秋水一眼，笑笑就離開了，臉上留著為做件好事而放出的光輝，十分聖潔。那位老奶奶連聲道謝，一直把她送出屋門。護士扭轉身指著張秋水說：「你別謝我，你應該去謝他，是他出錢給你們買的藥，我只不過跑個腿。」

老奶奶立即又走到張秋水的床邊，「你這位同志心真好，將來定有好報，讓俺怎麼感謝你呀。」

「不要謝我，我花的也不是我的錢。」

「別糊弄俺了，花的不是你的錢是誰的呢，就是親戚朋友的，那也得算你的嗎。」

張秋水覺得一下同她說不清，就擺手說：「你趕快去幫老大爺吃藥吧，你看他痛得多難受。」

「啊，啊，是啊是啊。」她喃喃著立即一拐一拐走回去，將藥給老大爺吃下。

一會兒那位老大爺就停止了呻吟。這時他那回家湊錢的兒子趕回來了，只見他滿臉的懊喪，沒精打采的，那神情分明表示出他沒湊出錢來。

老奶奶不用問，一看她兒子的神色就明白了。「你可回來了，我知道你回去也是白跑空趟的，家裡能賣的都賣了，咱又沒一家好親戚，上哪兒一下子湊那麼多錢呢。咱回家吧……」老奶奶說著就傷心得掉下淚來。

「回家咋辦呢？」兒子木然地站在那裡，瞪著一雙愁苦的眼望著老奶奶。

「回去回去！馬上就走，我一刻也不願再待在這兒，再待下去要把我給氣死的。」老大爺吃了藥，大概已經不疼了，瞪著一雙悲忿的眼睛對兒子說。

老大娘立即將老頭子扶起來，對兒子說：「出院手續都辦好了，就等你回來咱就走。」說著她就去收拾東西。

他們的全部行李不過是一條破被子，一只水瓶，兩只大瓷碗。老大娘把那些藥瓶子小心翼翼收起來。兒子上去問：「這些藥，哪來錢買的？」

「是那位好心的大哥花錢給咱買的，快去向人家道個謝吧，咱馬上就要走了。」老奶奶望著張秋水說。她兒子一步跨到張秋水床前，撲通跪下，「這位大哥，你太好了，我們……」

張秋水伸手想去把那小夥子拽起來，可是一折身隨即又倒下了，「你這是幹什麼呀，快起來，快起來，這麼一點小事，你怎麼能這樣。」

那小夥子站起來，含著熱淚說：「你能告訴我你的工作單位嗎？我……要寫信給你們領導，我……至死也不會忘記你的大恩大德。」

張秋水感到有瓢涼水劈頭澆下來，「哎呀，使不得，你千萬不能把這事告訴我們領導。這事讓他們知道，那就糟了。」

「怎麼？」他瞪著疑惑的大眼，「你……」

「哎呀，別說了，我不能幫你們幫到底，已經夠慚愧的了，我心裡很難過。你們……既然決定出院，那就快走吧。」他一把掏出身上所有的零錢都塞在那小夥子手裡。「這些，都拿去吧，路上買杯水喝。我實在……身上就這些了……」

「不，不能，這……這怎麼行呢。」

「嘿，互相幫助嗎，我相信你處在我身上也會這麼做的，快拿去吧。」

小夥子顫抖著拉住張秋水的手，熱淚撲簌簌掉在他的手面上。「我們全家終生忘不了你的……我們……」

「快別說了，你們走吧。」

這時老大爺已坐起來，讓老伴攙著掙扎下床，來到張秋水跟前，拉過他的手，許久許久才從胸腔裡迸發出一句：「你……你這位同志真是好人，我們永遠也忘不了你的恩情。我們走了，再見了。」他老淚縱橫，揮手向張秋水道別。

「回去好好養病，有的小醫院治你這樣的病比大醫院還強呢。你不要難過，抗過去就是勝利。」張秋水朝他揮揮手說。

「謝謝，謝謝。」老奶奶說。

張秋水目送他們走出病房，眼看著那小夥子蹲下去將老大爺背在身上，兩行淚珠不禁從他眼眶裡溢出。從他們的身上他彷彿看到了自己的爹娘，看到了大溶河畔的父老鄉親。

他們一家人走出病房，同時都回過頭來深情地向張秋水點頭，然後就含悲飲泣地離去了。他們一家人對他的感激，對醫院的憤懣以及對人生的悲哀與悽楚都在那回頭一望中表現出來。

3

那農民老大爺一家剛走，同病室的另一位病號就進來了，他是照例一大早就出去散步的。那人得的是膽結石，是用中草藥和磁療相結合的方法進行治療的。每天查過病房他就回家，直到吃過午飯才回來，晚上吃過藥又回家去，等吃過晚飯看完電視才回來睡覺。像他這麼住院的，張秋水還沒聽說過，更沒見過。他是一家工廠的勞資科長，來看他的人絡繹不絕，都喊他趙科長。他才剛四十出頭，吃得很胖，走起路來像孕婦樣挺個大肚子。有人說膽結石這種病是因為吃得太好，油脂把膽管糊住了，膽液排放不暢才形成的。這種理論是否正確暫且勿論，不過用這種理論去分析眼前的這位趙科長倒覺得是很有道理的。

從張秋水清醒過來，他就看到來看這位趙科長的人從沒間斷過，有他們廠長和書記，有他們的工會主席，還有其他科長，也有機關幹部和工人。他們廠是幾千人的大廠，光他們廠來看他的就不斷人，加上其他單位的一些關係戶，一些有求於他的局長太太、經理夫人、平頭百姓，當然也有真心來探病的至親好友。這樣以來，這病房簡直就成了趙科長的會客室了。雖然醫院規定有一定的探病時間，可是要進來的總能夠想辦法進來，無論如何該進來看他的還是要進來看他。

趙科長住院期間，從早上九點到晚上九點都有人來看他，有的碰到他不在就硬等在醫院裡非見到他就不走，有的一連跑了三四趟才能見到他，那虔誠之心是進香拜佛也沒法比的。來看他的大到局長太太、經理夫人、小到辦事員、工人老百姓。有的是小兩口一塊來看他，有的是老子帶著兒子來看他，也有的是老太婆帶著媳婦來看他。各種情況千差萬別，但有一點是共同的，那就是有求於他。那些來看他的手裡都拎著厚禮，臨走時不免留下那麼一句話：「我那事，你可得多操心啊。」

你看現在他剛進門，後面就跟進來個五十多歲的婦女，她上身穿件青色羊毛衫，下面毛料褲子燙得筆挺，一頭短髮梳向腦後，一看就知道是位闊老太。她一進門就笑呵呵地說：「小趙呀，你怎麼樣？老劉讓我來看看你，他本來打算要來看你的，可是一天到晚也不知忙些什麼，總是抽不出空來。」

趙科長立即迎上去，誠惶誠恐地站在她面前，「哎呀呀，我這麼一點小病哪敢驚動你老人家。劉局長他身體好嗎？他那麼忙還惦念著我，太謝謝了。」

「謝什麼呀，我今天到市委去辦事，正好經過這裡順便來看看你。」

「謝謝，謝謝，馬處長你請坐，請坐。」

那老太太環顧一下四周，皺皺眉頭說：「這裡條件太差了，這麼多人，這麼髒亂，這怎麼能住。這醫院是怎麼搞的，明天讓老劉給醫院說一聲，把你調到高幹病房去，這裡哪能住。」

「哦，不用了，不用了，住在這裡自由些，想什麼時候出去就什麼時候出去，想回家也可以，反正我一天在這裡也待不了幾個鐘頭。」

「既然這樣，那就算了，我不能坐了，司機還在下面等著呢。我走了，有空再來看你，你可要安心養病啊，好好休息，身體是革命的本錢嗎。」

「是，是，謝謝，謝謝。」

「你才四十多歲，正是幹事業的時候，不像我們這些老朽，什麼都無所謂了。革命的事業眼看就落在了你們的肩上。」她朝趙科長高深莫測地眨眨眼，然後樂呵呵一笑，笑得那麼和藹可親。

「謝謝，謝謝，還望你老人家多栽培。」

「哦，哦，那當然，培養接班人嗎。我家老劉在局幹部會上幾次提到你呢。哎呀呀，我真的要走了，今天還有好多事要辦呢。下午還得開會。」說著她就轉身朝前走。趙科長笑盈盈地跟在他後面，她走到門口猛回頭，微微一笑說：「我那兒媳婦在你們廠最近表現怎麼樣？」

「很好，很好，她很能幹，黨委已研究決定提她為勞資科副科長了，文件馬上就下。」

「啊，不錯不錯，可是你們要對她嚴格要求喲，不要因為我們就……啊，哈哈哈……不過這也是暫時過渡一下，以後……啊，呵呵……」

趙科長會意地和著她的笑聲哈哈一笑，那樣子就像巴兒狗在主子面前搖頭擺尾一樣。

「我那表妹的堂弟調動的事，你可得抓點緊，他的確很困難，分居兩地，今後小孩讀書、就業都是問題。現在正好上面有政策，趁機會儘快把這事辦了。啊，你看我，今天是特來看你的，怎麼竟說這個……你思想要放鬆，精神治療也是很重要的嗎。膽結石這病在我們國家多得很呢，沒什麼大不了的，實在不行來一刀也就解決問題了。嘿，我們的水源污染這麼嚴重，生活環境這麼差，怎麼能不生病。」

「是的是的，我也沒把這病當回事，讓你們掛念著，我心裡很不過意。那位親戚調動的事，我已聯繫差不多了，等我出院就把這事了掉，你放心吧。」

「哦，小事情，小事情，實在困難也別勉強。」

「困難嗎總歸是有的，不過事在人為嗎。」他說罷又朝老太太諂媚地一笑，接著兩人便走下樓去，樓道裡傳出他們的說笑聲和皮鞋踏在地上的咯噔咯噔聲。

來看趙科長的人中，這位老太是唯一沒帶禮品的，那樣子像是來談一筆生意，成交之後便樂呵呵地離去了。

趙科長回到病房，正好醫生帶著護士來查病房了。趙科長立即躺在床上讓醫生仔細檢查一遍，回答了醫生提出的一些問題——「大便怎麼樣？」「腹部脹不脹？」等等。醫生在捺他的腹部時嘴裡直咕嚕：「脂肪太厚了，脂肪太厚了，按都按不下去了。」

查房的醫生剛走，又進來一位二十多歲的小夥子，他手裡拎著蘋果、香蕉、麥乳精、桂圓等一大兜高級營養品。只見他徑直走到趙科長床前，畢恭畢敬地站著說：「趙科長，你好些了嗎？」他將那兜禮品放到床頭櫃上。

趙科長仍躺在床上，欠欠身算是對他的招呼。「啊，是小王呀，你今天沒上班？」

「我這星期上的是夜班，嘿，就為這個我老婆又跟我鬧彆扭了。你知道她在紗廠上班，三班倒，也要上夜班，還有那麼遠的路。我倆都上夜班，孩子就沒人問了。所以我要求調換一下工種，可是報告遞上去那麼長時間了，領導總是說研究研究，可是兩年多了也沒研究好。趙科長，你知道，我們在這裡一個親戚朋友也沒有，有困難就得找組織上幫助解決，領導不幫忙，誰能幫我們呢。」小夥子滿臉的愁容。「我知道你在住院，我不該給你說這個，可是我們實在沒辦法啊，今晚我就要帶著孩子去廠裡上班。」

「別急嗎，事情總得慢慢來呀。我出院後就把你的事再向廠領導反映反映，你先克服一下，雇個保姆吧。」

「哎呀，我的趙科長，我要能雇起保姆就不讓我老婆上班了，況且廠裡沒房子，讓我們租房子住在外面，雇個保姆讓人家住哪呢。」

「是啊，是啊，你確實很困難，可是領導也有領導的困難呀。你們一個車間就有二十多人要求調工種，都有一定的困難，怎麼照顧得了呢。擺不平啊，所以乾脆就誰也不照顧。

「可是人家該調的還是照調呀，有的連自己的名字都寫不好，照去坐辦公室。我們這些人不敢有非分之想，調個工種就這麼困難。」那小夥子有點氣乎乎的。

「你是說凌海潮吧，人家走的是上層路線，局長寫條子下來的，我們敢不辦嗎。嘿，我們幹這一行也難吶，四面八方，上下左右，哪方面糊不好就出紕漏。」

「這麼說，我的事……」

「你的情況確實特殊，其他幾位雖說很困難，但相比之下你困難最大。這樣吧，你抽時間再給你們的車間主任談談，讓你們主任再向廠領導也反映反映，我再做做工作。這樣多頭努力，看能否把你的問題儘快解決了。」

「啊，那就太謝謝你了，趙科長。這事搞好了，我……我不會忘記你的。」

「噯，說這些幹啥，都是同志，有困難找我們也是應該的嗎。」趙科長望著那小夥子笑笑說。

小夥子深深地鞠了一躬。「我太謝謝你了，我走了，你安心休養啊。」

趙科長又欠欠身，「你走好，沒事到我家玩去。」

「一定去，一定去。」小夥子說著就離開了。他走出病房立即罵了一句：「什麼玩藝，手伸得這麼長，還想讓我把禮送到你家去，事情還沒辦呢，今天才說我確實困難，以前在辦公室找他，睬都不睬。共產黨就敗在這些傢伙手裡。」他使勁地踩著樓梯子，噔噔跑下去，那聲音特別響，一個樓裡幾乎都能聽得到。

快十一點的時候，趙科長的老婆來了，她每天都是這個時間來領趙科長回家吃飯，每次來手裡總是拎個大提包，將堆放在床頭櫃上的、藏在床頭櫃裡的、放在床上的、塞在床下的各種東西一古腦全裝在那只大提包裡提回去。裡面裝的除了探病的人丟下的水果、罐頭、高級營養品外，還有從醫院開出來的人參蜂王漿、人參蜜酒之類的高級補藥以及檸檬露、可蒙霜等高級美容品。趙科長的老婆長得像個胖娃娃，雖說四十多歲的人了，打扮得仍然很時髦，手上戴著金戒指，耳上還有金耳環，走起路來一扭三搖的。她的嘴很甜，見誰都是副笑臉，口齒也很流利。她跟這裡的醫生護士全都熟得很，她拿出來的補藥和化妝品總不全部收歸已有，多少都給醫生護士點，反正花的是公家的錢，她落個做人情，另外也為下次方便鋪個路。由於她的「統戰工作」做得好，醫生和護士對趙科長特別照顧，趙科長打針從來沒叫過疼，有時拿藥他夫人不在，醫生和護士就替他從藥房取出來送給他。因此取藥、劃價、記帳這類事，他們從來都不用去到窗口排隊。醫生和護士見了她就親熱得如同一家人一般，這樣大家都有好處，只有公家倒楣。據趙科長自己說，他住了一個星期院已花掉了將近五千塊錢，還不包括住院費。這是他在閑吹牛的時候說出來的，他還說：「我住院，工資獎金可是一分也不少的，一個月住下來，我家就可以開商店了。然而這些東西是那麼好吃的嗎？弄不好把喉嚨都刺破，比魚刺還厲害。可是怎麼辦呢，人家既然拿來了，我總不能讓人家拿走吧，人家一片熱心來看你，你總不能把人家拒之門外吧。可是那一片熱心背後藏的是什麼，我心裡清楚。現在的人，都精得跟六個眼的猴樣，誰能白送你東西。可是話又說回來了，我這算什麼，不過是大海裡的一隻小螞蝦，不信你往上瞧瞧看，只怕讓你的眼珠子驚掉下來都找不到。」

張秋水望著他那副得意洋洋的樣子，聽著他的官場雜談，心中好不詫異。通過趙科長的言談，他認識到一個他從來不瞭解的世界，那世界像污水溝一樣腥臭污濁，像股票市場一樣變幻莫測，像交易所一樣爾虞我詐，像鬥牛場一樣驚心動魄！

在趙科長與那位無錢看病的農民老大爺之間該有多大的差別啊。然而這些差別僅僅用城鄉差別就能概括得了嗎？我張秋水也算是城裡人啊，在我與趙科長之間不也橫著一道不可逾越的鴻溝嗎，這又怎麼解釋呢？真想不到啊，這病號之間也有如許之不同。人到什麼時候才能平等呢？就是進了火葬場，那燒的規格也是大不一樣的。「社會主義人人平等」，見鬼去吧！現實對這種論調作了多麼無情的戲弄與嘲諷！啊，不，究竟是現實對理論作了無情的嘲諷，還是理論對現實作了無情的嘲諷？是馬克思的社會主義就是這樣子，還是我們現實的社會主義背離了馬克思主義？他陷入深深的困惑與迷惘中……

4

沈冰又來了，她步履輕盈，像影子一樣落在張秋水的身邊，亭亭玉立，翩鴻照影。她身上散發出炙人的熱浪，臉上閃耀著迷人的光彩，胸前籠著輕紗樣的夢境。張秋水覺得自己身上滋潤著溫柔的綿綿細雨，眼前彌漫著薄薄的雲霧，心中流淌著輕歌：「你來到我身邊，帶著微笑，也帶來了我的煩惱……」昨夜他像在夢裡一樣糊裡糊塗地將沈冰的頭摟在懷裡，騰雲駕霧一般接受她那一陣陣狂吻，後來他又像燕子銜春泥樣噙起掛在她那長睫毛上的幾顆晶瑩的淚珠。奇怪的很，人家都說淚水是苦澀的，可他感到沈冰的淚花看上去像寶石，吮下去卻像糖豆……

「你怎麼樣，頭還疼嗎？」沈冰望著他那癡呆的表情，那凝望著她的目光，心中漾起漣漪，臉上放出霞光。她今天換了一套時裝，臉上的疲倦消失了，更顯得光彩照人。「你別這麼看我……」她羞澀一笑，低下頭去。

他這時才像從夢中猛醒過來。「啊……我很好，你怎麼……又來了。」

「怎麼，我不該來嗎？」她脈脈含情，望著他說，隨即從小挎包裡掏出一只飯盒子。「你看我給你帶什麼好吃的來了，猜猜看能不能猜著。」她舉起飯盒子對他笑著說。

他搖搖頭，「我猜……啊，猜不到。」

「是水餃呀，是我自己包的，這是我第一次弄這個，包得不好。我知道你最喜歡吃這個。」她臉上洋溢著幸福的光，說著就掀開飯盒子，裡面立即彌漫出一股熱氣。一股噴噴的香味立即鑽入他的鼻孔，他頓時感到暖融融的。「你怎麼知道我愛吃餃子？」

「你幾年前就告訴我了呀。」她甜甜一笑，「你說有一次過端午節，你一下子吃了五大碗還不覺得怎麼飽。你忘了吧，當時我聽到你說這段故事，肚子都笑疼了。」她說著就將飯盒子放到床頭櫃上，轉身側坐在他的床邊上，扶他坐起來，並將被子墊在他的背後。「來，趁熱趕快吃吧，涼了就不好了。」她伸手端過飯盒子，用湯匙舀起一只餃子送到他的唇邊。

「讓我自己來吧。」他想去接過她手中的湯匙，當他的手接觸到她的手時，心中一陣震顫，她那隻手也瑟瑟抖了幾下，不由自主地又縮了回去，湯匙裡的餃子隨即掉在地上。她嗔怪地說：「你看你，都怪你。老實坐著別動，現在你是病號，我是護士，你必須得聽我的。」

「不，我自己能幹的就應該讓我自己做，後天就要考試了，你這樣耽誤下去怎麼行呢。你必須立即離開這裡，並且不許再來。」

「今天我要一直待在這裡，哪兒也不去，你想攆也攆不走的。」她態度十分堅決，表現出女人的摯著與任性。

「你不走，我就向你宣佈絕食。這餃子我一口都不嘗。」他板著一副嚴肅的面孔說，「高考是決定人的一生前途和命運的大事情，你現在就是不看書也得好好休息，養精蓄銳，以保證臨考時有充沛的精力。你趕快走吧，我能自己照顧自己了。」

「你胡說，醫生說你仍在發燒，我一眨眼就能聽到你痛苦的呻吟，你現在的病情仍很嚴重。你逼我離開這裡是為了我的考試，可是離開你我的心能安得了嗎，你想想？你為我差點沒把命送掉，我在這個時候哪還有心去趕什麼考。我決定放棄這次考試，等明年咱倆一塊考。」

「什麼？你說你不考了！就是為了在這裡照顧我。你……」由於激動，他的臉漲得通紅，頭上的傷口立即產生一陣劇疼。他咬著牙，忍耐著，整個面部神經都在抽搐。

沈冰慌忙放下飯盒子，手支著床沿問：「怎麼，痛得很嗎？我去喊醫生。」望著他那痛苦的表情，她難過得直掉淚。他搖搖頭說：「不用，不用。」

「你看你傷得這麼重，沒人護理是絕對不行的，我說什麼也不能走。」

「你非走不可，你要知道，你在這裡反而使我心裡更加不安，所以我求你立即離開這裡吧。剛才你說要放棄這次高考，這等於在我身上猛抽一鞭，等於在我的傷口上撒把鹽。不要去做這種無謂的犧牲，早一年考上就早一年工作，你還沒有工作，這點你要明白。我反正已有了工作，早晚去考都沒什麼，今年考明年考，對我來說都一樣。我相信我的頭腦還管用，明年我會考上的，你今年考進哪個學校，我明年就報哪個學校。」

「請你別說了好不好，你現在最要緊的是安心養傷，其他什麼都別想。」

「你在這裡，我不安心，你非走不可。」他板起面孔，怒目圓睜。

「……」她吃驚地望著他。

「你……你現在來了，在我痛苦困難的時候你到哪裡去了呢？你……你們這些城裡人最會作假的了。我……我現在討厭你，我要安靜，我要休息，我……你趕快給我走開！」他一口氣爆發出這些，連看也不看她一眼，便閉上了眼睛。

「啊……」一聲炸雷從她頭頂炸響，她被震得搖搖晃晃差點沒跌倒。「你……要是我不能給你帶來安慰，要是我惹你生氣，那……我就走。」她眼裡蓄滿淚水，猛轉身就往外走，走到門口又回頭望了他一眼，見他仍緊閉雙目，略一遲疑就含悲飲泣往外跑。她一口氣跑下樓，才掏出手帕堵在嘴上啜泣起來，大把的淚珠湧流而下。

他提著心聽著她那漸漸遠去的腳步聲，直到她的一點影子都沒了，最後一點聲息也消失了，他才感到悵然若失，心裡翻起一股股酸水。她一離去，他的面前便出現一片黑暗，愛的火燄既然已經燃起，那是再也撲不滅的了，他的整個身心都隨著她那一陣急促的腳步聲飄走了。他要使她離開就必須下狠心，但這樣一來是不是把她傷得太重了呢？然而不這樣又有什麼別的辦法能讓她走呢？他多麼希望她守在自己跟前啊，多想看她那迷人的笑臉，多想聽她那醉人的笑聲啊。可是為了不影響她參加考試，他必須下狠心把她攆走。他沉默了許久，許久，才慢慢抬起頭來，他一眼瞥見她的小挎包還擺在床頭櫃上，顯然是她忘了。他雙手托著那只小花包，眼前立即閃出她那如花似玉的笑臉，那笑臉隨即又化作彩蝶在他面前翩翩起舞。他將小包打開，見裡面裝著一本書，是張揚的《第二次握手》，還有一支鋼筆和一把零錢。他拿出那本書，從折疊的地方打開，顯然她正讀到這裡，那正是蘇冠蘭和丁潔瓊在醫院裡的一段描述，他們是溺水被救後住到醫院裡的。他心裡咯噔一下，蘇冠蘭和丁潔瓊忠於愛情，歷盡坎坷，堅貞不渝，但他們終於沒能成為眷屬，他和沈冰今後又會怎麼樣呢？哎呀，小說畢竟是小說，小說裡面的事情怎能信以為真呢，可是他和沈冰的奇遇不也正像小說嗎？

他正要將書闔上裝進包裡，突然從書裡掉下一張紙條來，因為他是仰臥著的，所以那張紙條正好落在他的臉上。他撿起來一看，見上面寫著首小詩，題目是「獻給你」：

一朵花蕾在你的腳下搖顫，
她期待著那雨露的澆灌。
莫讓高傲和自尊遮住你的雙眼，
一顆燃燒的心時刻把你思念。
…………

他讀到這裡，心情很激動，真後悔剛才不該對她那麼無情。她的一顰一笑都是那麼令人神往，一言一行都是那麼純潔而晶瑩。他曾魂牽夢繞地思念過她，現在她已來到他身邊，伸手可接，俯身可就，他能再失去她嗎。於是他就拿起鋼筆，抖抖索索地在那首小詩的後面續上幾句：

既然心中已燃起愛的火燄，
誰也阻擋不住它的蔓延。

你的心既然早已中了神箭，
另顆心也同時被那箭射穿。
這顆心將用生命的血和淚，
去將那花朵澆灌。
經過風雨的洗禮，
花朵將會開得更加鮮豔。

寫好後他仍把它夾在書中，然後又把書裝到那包裡。這時他才猛然想起餃子還沒吃，怕已涼了。他將包放回原處，拿起飯盒子，用湯匙在裡面挑了一下，頓時升起一股嫋嫋的香霧，這表明還是熱的。他立即舀起一只送到嘴裡，慢慢咀嚼起來，真香啊！他眼前立即浮現出他那次端午節吃餃子的情景。那時他大概十三四歲吧，他放學回來，一掀鍋蓋，呵，一股香氣撲鼻而入。娘給他留了一小瓷盆餃子放在鍋裡保著溫，他上去就抓起一只塞到嘴裡，咕嚕一下就咽下了。娘上來照他手上打一巴掌說：「看你多大人了，還用手抓食，沒人給你爭，快拿碗盛去。」他立即拿只碗來將盆子裡的餃子盛到碗裡，一碗接一碗，他一連吃了五大碗，最後盆裡還剩幾個，他索性捧起盆子，一口氣連湯一起掃個精光……他出來工作，臨出門時娘也特意給他包頓餃子，讓他吃飽了才上路。自那以後，這些年來他都沒吃過這麼香的餃子了，單身漢吃食堂想吃餃子，那是白日做夢。現在他又吃到了這香噴噴的餃子，而且是沈冰親手給他包的，這餃子不吃心裡也甜啊！這餃子比美酒還醉人，他一口口地慢慢嚼，越嚼越香，越嚼醉意越濃……

第七章　蓮葉田田

1

張秋水傷好出院，高考早已結束，他又失去了一次踏入仕途的機會，但他一點也不覺得遺憾，他失去了考試的機遇，卻得到了沈冰的愛，沈冰來到他身邊，恰似一陣和煦的春風吹到他的心田。他一出院就投入到緊張的學習中，他認為學習不光是為了學知識，更重要的是學習怎樣做人，不光是為了「進仕及第」，關鍵是提高自己。人類之所以逐漸從動物世界走出來，根本原因就是人類有不斷促進自己朝文明社會前進的自我進步能力，而知識正是人類文明的階梯。

一大早他就起床，拿本書來到「流芳園」。個把月沒來這裡了，原來踏出的一條小徑又被萋萋的芳草遮沒，大青蛙就藏在草叢裡，他走過時，它們一個個猛然躍起，伸直四肢做出姿態優美的跳水表演，一個個撲撲通通跳下去，水面蕩起陣陣綠波。他站在河沿，望著平靜的河水，聆聽著對岸林叢中流瀉出的晨曲，心中不禁高呼：「流芳園，我回來了！」這時天剛微亮，幾株野玫瑰還在睡夢裡，一副慵懶的嬌態，當他從她們身邊經過，她們才猛然驚起，嘩啦啦將串串露珠撒在他腳上。一束紅絨絨的花朵扯住了他的褲腿，他一抬腿褲子被扯了個洞，他猛然想起沈冰的那首小詩：「一朵花蕾在你的腳下搖顫……」他立即俯下身來，小心翼翼地把那枝花朵掐下來夾在書裡面。

突然，「撲通」一聲，不知什麼東西落在他面前的河水裡，濺得他一臉都是水，手裡的書也落上許多水珠子，隨即傳來一陣清脆的笑聲。他像從夢中被驚醒，扭頭一望，見沈冰已來到他跟前。她今天穿一件很漂亮的連衣裙，辮子盤在後腦勺上，臉蛋像剛沐浴過的一樣紅撲撲，嫩瑩瑩的，正迎著初升的朝陽向他走來，腳踏在草地上真像凌波的仙子，嬌美的身姿披著層淡淡的晨霧，又好比迎風扇翅的蝴蝶。他一陣驚喜，「啊，沈冰，是你，你怎麼找到這裡來了？」他迎上去，高興得一跳多高。

「只要你能走到的地方，我就能找得到，這就是心有靈犀。」她彎腰拔起一根牛尾草在手裡搖動著。

「這麼早找我，有什麼事麼？」

她翻眼瞪他一下，「怎麼，沒事就不能來？」

「啊……我的意思，我是說……」他一時語塞，臉憋得通紅。

「你這人真壞，把人家的心偷了去，慢慢拿到一邊去揉搓，自己像沒事似的。」她嗔怒地捶他一拳。

「我是不想多耽誤你的功夫，你得明白我的心。」

「難道只讓我明白你的心，你就不明白我的心。」

「啊……」他深情地望著她，打開手裡的書，取出剛采下的那束鮮花。「來，讓我把這鮮花給你戴上，今天，你太美了。」他拉過她的胳膊，同時唱了一句黃梅戲《天仙配》的唱詞，「隨手摘起花一朵……」她背轉過身去，靠在他的懷裡。「這花真漂亮，是特意為我摘的嗎？」

「那還用問。」他扳過她的頭，將那束鮮花插在她那盤起的辮子上，然後在她前額上輕輕一吻。

一陣叮咚的泉水從沈冰的心裡流過，一曲美妙的仙樂將她托起，她像那初綻的花朵一樣沐浴在陽光裡，立即將那櫻唇微微翕開，慢慢地，慢慢地送到他的唇邊……

將近八點鐘的時候，他們離開「流芳園」往圖書館趕。經過一家早點店，沈冰從人縫裡擠上去買了兩只燒餅夾了兩根油條，遞給他說：「快吃吧，我知道你早該餓了。」

「你呢？」他接過燒餅，「我一個人哪吃得了這些，咱一塊吃吧。」他將燒餅和油條送到她跟前。

「我早吃過了，這是給你買的，快趁熱吃吧，又不是什麼好東西，讓個啥呢。」

張秋水感到心裡一陣溫熱，他想我並沒想吃東西，她就知道我該餓了，這些年從沒誰這麼體貼過我，自己常常因為跑圖書館而誤了買飯的時間，人家星期天聚會、加餐，自己常常是在圖書館的路上獨來獨往，回到廠裡吃不到食堂就「過六〇年」。他這樣想著，不覺喉頭發哽，咬下一口餅子卻怎麼也咽不下去，沈冰看到他咽不下，以為是燒餅太幹了，立即又擠過去買了碗豆漿，又端了個板凳讓他坐下說：「慢慢吃，別急，時間還早。」

他一句話也說不出來，依照沈冰的指令坐下來，大口大口吃起來。工作以來這是他第一次在街上吃早點，而且又是沈冰給買的，幸福與悲涼同時纏繞著他的思緒。

沈冰手托著下巴望著他大口大口地咀嚼食物，心裡覺得十分甜蜜，臉上放出喜悅的光芒。

「你別急，當心噎著，吃慢點。」

「我這麼饞相，你一定感到好笑是吧。我不是餓才吃這麼快，而是習慣了。啊……你猜我剛才想什麼來？」他抬頭望她一眼說：「我想在一個女孩子面前吃東西一定要表現得斯文些，要控制自己不能像平時那樣狼吞虎嚥的，你看這又失敗了不是。」他嘿嘿一笑。

沈冰也笑了，笑得分外甜，「你知道我為什麼看你嗎？」

「那是你想看唄。」

「廢話。通過你吃飯的動作與神態，能使人看出你的個性。你的剛毅與果敢，你的敏銳和頑強，你的一身浩然之氣都從你吃飯的神態中表現了出來。」

「那是因為你瞭解我這個人，然後戴上有色眼鏡才這麼看的。像古人懷疑鄰居偷了他家的斧子，『舉手投足無不竊斧者也』。」說著他又嘿嘿一笑。「你現在這麼看，將來天天看只怕就厭了呢。」

沈冰面頰漾起紅暈，忙扭過頭去說：「快吃吧，人家在看咱呢。」

張秋水三下五去二將燒餅和油條吃下去，又一口氣將那碗豆漿喝完，一抹嘴巴就往外走。沈冰嗔怪地瞪了他一眼，立即掏出潔白的手帕遞給他，「什麼習慣，一點也不講究，哪像文人的樣子。」

「本來也就不是文人嗎，原來是農民，現在是工人。」

「將來就是學者、專家、教授、大文豪。」她笑著說：「快走嗎，時間都被你耽誤了。」

「那根子還在你，要不買吃的咋能耽誤這麼久。」

「你這人真叫便宜怪，占了便宜，你還怪，肚子吃飽了不是？」

他們一路說說笑笑，不知不覺便來到圖書館，今天這裡人不多，到處都是空位子，顯然部分參加高考的青年考試結束，學習也就告一段落，自然要休息了，天這麼熱，沒事誰還往這兒跑。張秋水仍坐在他的那個老位子上，沈冰就坐在他的對面。他們將書包放下，沈冰問：「你看什麼書？」

「隨便什麼都可以，今天沒什麼目的。」

沈冰立即拿出證件到服務台去借了兩本書，一本是《德伯家的苔絲》，一本是《宋詞選》。她知道張秋水喜愛古典詩詞，而她自己卻喜歡西方文學。

微風透過窗櫺吹進來，分外涼爽，陽光映射在玻璃上，閃射出耀眼的光芒。時間無聲無息的從他們跟前駛過，兩顆心都沉浸在無邊的甘甜之中。他們各自埋頭看了一會書，然後抬頭對望一眼，相視一笑，又各自埋下頭去。上次他們在這裡相遇的情形自然又出現在張秋水的面前，想來令人回味無窮。牆壁上的一幅秋荷圖朝他們綻開笑靨；鴛鴦鳥在水中遊戲，也不時朝他們偷望一眼；窗外幾株高高的雞冠花將頭探過來；嗡嗡的蜂陣哼著一曲醉人的歌，正忙著採蜜、傳花、授粉……

過了一會，沈冰寫張紙條遞到張秋水面前，「我的胸膛就是一張床，要給你將養。」他接過來紙條看看，在下面又添上一句：「衣帶漸寬終不悔，為伊消得人憔悴。」遞過去……

忽然，下班鈴響了，時間總是這麼不盡人情，你若想多留他一會，他卻拼命往前跑，你要是想讓他走快點，他便在那裡磨磨蹭蹭不願走。你看現在，兩顆心正沉浸在欣悅的海洋裡，兩張臉正陶醉在輕輕的薰風中，他又來搗亂了……

2

他們收拾起書包文具，出了圖書館便來到白雨湖公園。夏日的白雨湖蓮葉接天，一碧萬頃，縠波綠縐，沙鷗翔集。面對平靜的湖水，張秋水不禁心潮起伏，他每次來這裡都是孤獨一人，除了在這草灘上睡一覺，也無心領略這大自然賜予的怡人景色。今天就不同了，他不再是一隻孤雁，不再以冷眼去審視這湖面了，也不再以嫉妒的目光去望那從他旁邊擦身而過的對對情侶了，他在心裡說：「白雨湖啊，白雨湖，士別三日當刮目相看了。」同時他又猛然感到人的弱點就是容易忘記過去，前些時他還是一隻離群的孤雁在長空中發出陣陣哀鳴，今天他倒有點得意了。

這時沈冰拉著他的手便跳上了一隻小划船，不知什麼時候她已把船票買好。張秋水從沒划過船，一跳上去，船在水中直歪，似乎一不小心就會把他翻下去。他嚇得趕快蹲下去，兩手抓住船舷一動也不敢動。

沈冰見他那個樣子，笑得前仰後合的，有意將小船弄得左右搖晃。「你呀你，真是個大笨瓜。坐好別動，看我的。」她用划槳朝岸上一點，小船便刺溜一下離了岸。接著她又回過頭來用木槳在小船的左右各划幾下，笑著對他說：「看見了嗎，就這樣划，別害怕。來，給你，我們一人拿一個，我划左邊你划右邊。」她將划槳遞一支給他，他接過槳子在水中連划幾下，小船果然搖搖盪盪的朝前駛去。

小船在清澈的水面上蕩悠著，清風吹拂著無數荷枝，水面上泛起一層層的綠浪，湖水倒映出兩張笑臉，一會又被浪子打破，重疊擴散，變成一圈圈的漣漪。沈冰表現得歡快活潑，天真爛漫，一副情竇初開的少女形象又復活了。她一會兒讓秋水看那落在荷花苞上的小蜻蜓，一會兒又讓他看那空中盤旋的沙鷗。她的裙裾被水濺濕了，一點都不在乎，嘻嘻哈哈笑著掬起一捧清水往旁邊的荷葉上撒潑，葉中立即出現許多來回滾動的珍珠。

「棹動芙蓉落，船移白鷺飛。荷絲傍繞腕，菱角遠牽衣。」望著沈冰那嬌美迷人的神態，一連串的詩句在他的腦子裡跳出來。

小船穿過了一座小石橋，便進入一帶荷花池中。船在蓮葉間穿行，一株株的荷花箭向他們點頭致意。張秋水想起剛讀過的一首詞，不禁脫口而出：「花底忽聞敲兩槳，逡巡女伴來尋訪。酒盞旋將荷葉當，蓮舟蕩，時時盞裡生紅浪……」

沈冰順手掐下一枝大荷葉，掬起一捧清水放在裡面，荷葉裡馬上映出她那嬌美白嫩的面龐。張秋水望著荷葉中的一張笑臉，心中有些微醉，沈冰一手托著那枝荷葉癡癡地望著他笑。他覺得不是一隻小船載著他們在水面上蕩漾，而是一隻大仙鶴托著他們在藍天白雲中翱翔。忽然船兒一顛，荷葉裡的水掀翻下來，一下全灑在她的石榴裙上。張秋水立即掏出自己的手帕給她擦拭，沈冰一動不動地讓他去擦，只是目光迷離地望著他。「這下可好了，裙子全弄濕了，不擦還好些，越擦越難看。」

「等我以後給你買件更漂亮的吧。」他輕輕碰到她那豐腴隆起的胸脯時，便猛然停了下來，心中產生一陣劇烈的狂跳，感到了一陣頭暈目眩，手有些顫抖，立即低下頭閉上眼睛。

沈冰一把抓過他的手握在懷中，臉上洋溢著幸福的光輝，迷迷離離地望著他說：「秋水，你在想什麼呢？」她將他的手緊緊按在自己怦怦狂跳的心口上。

「啊，沒想什麼……」他像從夢中醒來。「不知怎麼回事，我突然想起了我的父母。他們這時候大概正頂著烈日在泥田裡勞作呢，我閉眼就好像看到他們那汗流如注的面孔，聽到他們那發自心底的悲歎，而我卻能在此逍遙自在。更令人不能理解的是他們終日辛勞卻不得溫飽，而一些城裡人整天無所事事卻吃得走不動路。」

「哎呀，你這人怪不得有點未老先衰，玩的時候就盡情的玩嗎，別想那麼多。你既不是高級幹部又不是社會學家，考慮那麼多幹什麼呢。」

「不是我要想，不知怎麼無意中就想到這上頭來了。」

「是啊，社會主義的原則是要縮小最終消滅差別的，可是我們的社會主義實踐卻人為的拉大了差別，並且這種差別越拉越大。農民除了要為城裡人提供廉價的商品糧、商品豬、商品蛋，還要為城市修馬路、蓋大樓提供廉價的勞動力，以前農村青年也可以招工進城，以後這些就不存在了。不過這也沒辦法，農村勞動條件差這是一時半時改變不了的。我們是農業國，工業革命的結果就是城市剝奪農村。」

「嘿，我們是社會主義呀，社會主義是應該徹底消滅剝削的，對不對？」

「那是理論上，現實和理論根本就不是一回事。尤其是今天，在信仰危機，理論混亂的時候，理論與現實的矛盾更大。我們不能硬拿某種理論去套實踐，而要根據實踐去改變理論。在我們下放的那個山村裡，農民整天連肚子都吃不飽，一家人只有一床被子。那裡也是人民公社，然而就因為他們成立了人民公社就可以說他們進入了社會主義？就因為他們實行集體勞動，土地歸公就可以說他們成了生產資料的主人？這主義那主義，吃不飽肚子什麼主義都沒用。在我們下放的那地方賣人的、討飯的、依仗權勢打死人不用償命的，還有買賣婚姻的……封建文化捆綁著人的靈魂。難道社會主義就該是這個樣子？」

「啊，真想不到你對社會還有這麼深刻的思考。」

「這也算個時代症吧，我們這一代多災多難的青年，命中註定要皺著眉頭生活。我們有過狂熱，有過盲從，有過太多的幻想，可一旦幡然悔悟，就會懷疑一切，思考一切。」她說完又猛划兩槳。

「看來農村的艱苦生活留給你的並非都是痛苦的回憶，在艱難困苦中你拾到了許多閃光的貝殼，不到農村去磨幾年，你怎麼會有這樣的思想感情，不沉到社會底層怎能產生如此深刻的思考。好了，我們不說這些了，我問你這次考得怎麼樣？」

「你希望我怎麼樣呢？」她忽閃著一雙大眼反問他。

「我當然希望你考得好，能夠榜上有名。」

「我卻不希望那樣。」

「那是為啥呢？」

「很簡單，想同你一起明年再考唄。就是考上我也不想去，我不能丟下你，我要等著你一起，明年上同一個大學。」

「那又何必呢，你千萬不能那麼想，考上就得走，為什麼要白耽誤一年呢。就是明年我們都能考上也不一定能上到同一個大學呀。」

「怎麼不能，我們努力爭取嗎。我們現在像一對大雁，一隻走了，一隻留下，那滋味多難受啊。那樣我們就天各一方，早上去眺望東方的紅霞，晚上去數那點點的繁星，深夜輾轉反側，神接夢會，那日子多難熬呀。」

「人有悲歡離合，月有陰晴圓缺，此事古難全啊。事業對我們說來是非常重要的，不能只顧兒女情長。」

「我以為愛情比事業還重要。」

「也許吧。在愛情和事業之間我說不好誰更重要，但我覺得人生是不會十全十美的，要想有所得就必須有所失。」

「在這個問題上我可只想得到而不願失去。」

「這我理解，你同一般的人不一樣。現在的一些青年做什麼出發點都是自私的，所以只想得到不想付出，為了個人的利益什麼都幹得出來。你是為了我……」

「難道愛情不是自私的嗎？為了我們的愛情我可以犧牲一切，包括生命。你能冒死救我，我為你而死也是幸福的。」

「別這麼說，人有時即使做出了高尚的事情也往往出於本能。人之初性本善嗎，你看幼兒園裡的孩子們，他們幼小的心靈多天真純潔。可是等他們漸漸長大了，社會的塵埃污穢就慢慢將他們的心靈給污染了，漸漸將他們那天真的臉上蒙上陰影，他們也漸漸的學會去適應社會。因此我覺得一個人多大部分屬於社會的，多大部分屬於自然的，這是衡量一個人高尚與卑微，偉大與渺小，善良與醜惡的標誌。」

「你這不是盧梭的反歸自然嗎？」她抬手又划了幾欒，一枝蓮梗掛在她的胳膊上，白皙的皮膚立即現出幾道血暈。

「怎麼，疼嗎？」他拉過她的胳膊審視著。

「不疼。」她搖搖頭。「跟你在一起，再疼也不覺得。」

他將她的那隻胳膊擱在自己腿上，撫弄著她那嫩藕樣細膩的手腕，觀察著她的手紋。

「你會看手相？」

「啊，不會。你難道相信那個？」

「當然不信。不過有的人講得頭頭是道，也覺得怪有意思的。」她縮回自己的手。「我們對副對子吧，我出上聯，你對下聯怎麼樣？對上就吃了這塊麵包，對不上就別吃。」

「好好，你說吧。」

她吟哦一聲，「蓮舟輕盪，蓮花蓮葉接天碧。」她望著湖中瀰漫的蓮葉說。

他略一沉吟，答道：「煙抑自搖，煙花煙雨繞山青。」

「一池湖水潑船綠，」

「滿把香腮映荷紅。」他凝視著她的臉蛋。

「好啊，你還真是才子呢。」

「那麼，你就是佳人了。」

兩人同時哈哈大笑起來，笑聲拍打著水面，驚起一群沙鷗……

3

一個月後，沈冰接到了華東師範大學的入學通知書，她一接到通知就立即打電話把這喜訊告訴張秋水。張秋水聽到這個消息當然十分高興，他為沈冰能考上這樣的名牌大學而歡欣鼓舞。高興之餘他又不免感到幾分惆悵，感到心裡酸楚楚的，他沒能參加這次高考，不能同她一起去上大學，分別的日子很快就要到來。他剛剛嘗到的一點人生歡樂很快就要消失了，隨之而來的將是無邊的兩地相思。

張秋水放下電話，第一個念頭就是要買樣什麼東西送給她作個紀念。下班後，他匆匆吃過午飯就跑上街去，百貨大樓、工藝品商店、新華書店、禮品門市部、還有「十竹齋」、「醉墨軒」、「藝文軒」等等大小商店他都跑遍了，也沒買到合適的東西。高級禮品他買不起，也沒有合他心意的，商店裡所有的小玩藝他都覺得太俗氣，他想送給他一件高雅精緻，又能象徵友誼和愛情，還要能讓她帶在身邊時時看到的東西。這東西是什麼呢？他一時真想不起來。沒辦法，他只得暫時罷休往回走。當他經過一個小巷子時，聽到一戶人家的收音機開得很大，收音機裡傳出：「現在是文化與生活節目，在這個節目裡播送『怎樣自製書籤』……」聽到這裡他心裡猛然一亮，對啊！何不送給她一套自製書籤，這主意太好了。他立即停下來，站在路旁仔仔細細地聽完收音機裡的介紹，然後掉頭就往回跑。真是柳暗花明，他感到特別高興。他覺得自製一套書籤送給沈冰比什麼都強，因為它是自己製作，可以完全體現自己的意圖，寄託自己的情思，上學總要讀書，讀書總需要書籤，再說那書籤上有他的手印，有他的情思，他可以通過那書籤時時陪伴在她的身邊，每當夜深人靜的時候，她打開書本拿起書籤就自然會想起他來。他想，無論買什麼東西總歸是買的，是別人做的，而最能寄託深情的必須是他自己親手做的。他一掉頭就往回跑，他要馬上把材料買回來照著收音機裡的介紹立即動手製作。他跑到一家工藝美術門市部，買了一張加厚的硬白紙，又買了幾張彩紙，一瓶膠水，幾縷彩穗子，總共才花四五塊錢。他像地質學家找到了稀有礦石一樣感到高興，出了商店，抱著這些東西一口氣跑回去就幹了起來。他先將白紙剪成長十五釐米，寬四點五釐米的長方形紙片，然後將彩色紙條黏貼在白紙條的四周，又在左下角用彩筆勾出梅花、菊花、蘭草、松、竹等各種圖案。在上方正中間打個小孔拴上彩穗子，這樣一只書籤就基本上製成了，剩下的工作就是在書籤上寫字了。

這時上班鈴又響了，他只得暫時擱下手裡的活，趕到車間去上班。他的工作一如既往，「上班就是扛大鐵」。同他一塊進廠的幾位青年有的提到廠部坐辦公室了，有的調走了，有的當了車間主任，唯獨他沒什麼變化，還是同以前一樣帶著一二十個民工整日在大料場上頂著火辣辣的太陽幹活。他並沒什麼太多的幻想，他知道這年頭就是這麼回事，裙帶關係，近親繁衍，老子英雄兒好漢，老子無能兒笨蛋，龍生龍鳳生鳳，將門自然有虎子。這幾年興起內部就業制，年輕人都願到自己的父母單位去工作，一家人在一個廠子裡，兩口子在一個辦公室，兒子開車老子坐等現象比比皆是。老子娘在這電建廠的青年當然各方面都要比他張秋水優越得多，特別是一些老子在廠裡掌大權的青年人，就更令他望塵莫及了。他有才，他能幹，他不怕苦，不嫌累，踏踏實實，埋頭苦幹，勤奮好學，可這一切又有什麼用！所有這些美好品質在裙帶關係面前都變得分文不值，讓人不屑一顧。誰讓他張秋水出生在農村，誰讓他投錯了娘胎，沒有一個當官的爸爸！他現在好像已看破紅塵，工作只是謀生的手段，說到底也就是混碗飯吃。只要每月幾十塊錢的工資不少，別的什麼都不在乎。什麼理想呀，事業呀通通都是騙人的鬼話，都是政工幹部叫賣的狗皮膏藥。他有理想、有文化、有道德、有事業心，但他的理想決不是一天到晚在這裡扛大鐵，他的事業也決不是在這麼個落後沉悶的廠裡帶民工幹活。「行行出狀元」，那完全是騙人的說教，他不信一天到晚跟著他扛大鐵的那些民工們一輩子能扛出個什麼「狀元」來，他也不相信手握大掃把的掃路工掃到七老八十能掃出個什麼名堂來。說穿了人來到這社會上就得設法求生存，就得從事某種勞動，但要從事什麼樣的勞動那是社會安排的，絕不是個人說了算，想幹什麼就能幹什麼的。反過來說，你不想幹什麼也得幹，否則就沒飯吃。就因為人們所從事的勞動不同，或者說謀生的方式不同，才有高低貴賤之分。按照理論來說，社會主義應該最大限度的去發揮人的才智和創造力，在選擇職業上應該比資本主義更自由。然而事實卻恰恰相反，在資本主義的西方，總統有小汽車坐，普通工人也有，普通百姓買東西排隊的地方總統也得排隊；而在我們社會主義國家，高級領導人坐小汽車老百姓只能站得遠遠的看，高級領導人享受特供，老百姓買點糧都要拿一大把的票證在糧站門口一站幾小時，上等人一席酒菜吃掉上千塊，老農民只能吃黑窩窩頭蘸辣椒……

想通了什麼都不在乎了，看開了就消除了許多煩惱與不快。扛大鐵就扛大鐵吧，不管幹什麼，能掙工資就行。他經常一天活幹下來，晚上總感到十分疲乏，今天他卻格外興奮，渾身像有使不完的勁。吃過晚飯他就接著做書籤，書籤上的題詞令他頗費躊躇。首先得確定每只書籤上所寫的內容，他草擬了一個清單，經過反復推敲與修改，直到他認為沒有更好的能夠代替了為止。他找出幾本評法批儒的學習材料，準備將所需要的字剪下來貼到書籤上去。沒想到這些大批判材料今天才派到用場，他以前從沒看過，因為這些文章都是大報抄小報，千篇一律，令人膩味，也許這裡面也有一些有價值的東西，可是一將它作為宣傳品強加於人，就沒人願意接受了。

「狠批叛徒林彪孔老二的『中庸之道』」一行醒目的黑體字映入他的眼簾。什麼叫「中庸」之道？他接著往下看，「不偏不倚謂之中，不左不右謂之庸」。這與列寧的「超過真理再多走一步就是謬誤」不是一個意思嗎？毛澤東一貫既反對左傾也反對右傾，這不也是中庸嗎？然而列寧和毛澤東都是偉大的無產階級革命家，孔老二怎麼就要遺臭萬年？他猛然感到自己的知識太淺薄了，對這樣的問題他找不到答案。他找到所需要的字一個個剪下來，然後排好版再貼到書籤上。這樣做很費事，可他樂在其中，幹起來津津有味，一點也不覺得麻煩。他一邊剪一邊想，這些字句在書裡面充滿嗆人的火藥味，而放到書籤上便成為優美雋永的詩句。

深夜十二點多，倦意逐漸襲來，這時他才做好一只。這只書籤白底紅邊，右下角是一束臘梅，題詞是「一片冰心在玉壺」。照這樣的速度要個把星期才能將十二只書籤趕制出來，時間還來得及。他把東西收拾起來，往床上一倒就睡著了。一覺醒來，天已大亮，一隻喜鵲掠窗飛過，喳喳幾聲把他喚醒。他這才想起沈冰在電話裡還告訴他，這個星期天要到白雲山去玩，八點鐘在山腳下的公共汽車站會面。現在已經七點多了，還有這麼遠的路，公共汽車又特別難坐。他用自來水沖把臉就急忙往外跑。

他緊趕慢趕，轉了幾次車，趕到地方已遲了二十多分鐘。沈冰正在那裡翹首以待，她今天又換套新裝，明媚豔麗，光彩照人。她手捧著一束鮮花，在陽光的照耀下耀眼奪目。張秋水一跳下公共汽車，她就張開笑臉迎上去，將那束鮮花遞給他，「獻給你，親愛的，表示我衷心的感謝，寄託我美好的祝願。」

「我該向你獻花才是，你看我這腦筋怎麼就沒想起來。」

「我能考上大學，應該歸功於你啊。」

「哪裡話，這是你自己的努力，我向你表示祝賀。」

「不是祝賀我，是祝賀我們，『我們』你懂嗎？」她甜甜的微笑著，走上去用她那雙纖細的小手梳理一下他那一頭亂蓬蓬的烏髮，然後攜手前行。

今天的遊人很多，他們沒走盤山大道，而是從左側的亂石小徑披荊斬棘，尋路而上。陡峭的山徑像根帶子從山頂彎彎曲曲掛下來，抬頭仰望，團團白雲在山頭盤繞，參天的古木昂然挺立，群鳥集於枝頭對歌鬥情，野兔子在草叢中蹦來跳去。他們一會兒便汗下如注，可依然勁頭十足，攀枝牽藤，相互提攜，不停地登攀，身後留下一陣陣歡聲笑語。

突然，腳下一滑，一塊石頭在張秋水腳下一滾，他便跌趴下去。沈冰上去抓住他的胳膊被他一帶就跌在了他的身上，兩人抱在一起往下滾。沈冰嚇得面色煞白，高喊：「快停下，秋水，危險！這樣滾下去要摔死的！」她的話音沒落，張秋水瞅準旁邊的一棵小樹伸手一抓，口裡喊：「抱住我，沈冰！」慣性將那棵樹推得一陣搖盪，他的腿被甩得老遠，可是他卻死抱住樹不放。

躲過這次風險，他們停下來，略微喘息一會。沈冰說：「都怪你，放著大路不走，非要從這裡往上爬，差點沒粉身碎骨。」張秋水望著她只是嘿嘿一笑：「怕什麼呢，這才夠味來，登山莫畏險嗎。」

「還笑呢，看你的臉都劃破了。」她心疼地望著他，掏出手帕去給他擦。他卻將她拂開，「沒事，不要緊的。一程未盡，猶恐壯志終不遂。走，繼續上。」他一把將她拽起來，拉著她一步步往上攀登。

他們終於登上山頂，迎風而立，下視人寰，襟懷頓開，心中充滿勝利者的喜悅。此時日朗風清，惠風和暢，仰觀宇宙之大，俯察品類之盛，足以遊目騁懷，神思奔放。他們攜手並肩立於高山之顛，振臂高呼，回聲四應。山風勒勒，吹起她的長髮像飛流的瀑布隨風飄灑，揚起她的裙裾，如舉翅而飛的山鷹翻舞翺翔。張秋水下視山道上的簇簇行人，見一個個躬腰屈背，傴僂提攜，正拾級而上，便脫口而出：「下視人寰，九階千岩皆拜我；仰傲蒼穹，一驚三歎樂有誰？」

沈冰望他一笑，掄起小拳在他肩上捶了一下：「哎呀，你簡直出口成章了呢。我們就每人作首詩吧，別限韻，以免束住了思想。」

「好，我贊成。」說罷他就低頭沉吟起來。他來回踱了幾個方步，便吟成了，走到沈冰跟前說：「怎麼樣，你好了嗎？」

「還沒有哪，你好了？這麼快。」

「嗯，」他點點頭，「你別急，我等你。」

「你才思真敏捷啊，我真望塵莫及了。快念給我聽聽，噢，給你張紙寫出來吧。」她從挎包裡掏出紙和鋼筆遞給他。他接過來，匆匆在上面寫出首七律《登白雲山》：

豔陽熏風破曉霧，雲海松濤入畫圖。
巉岩崚嶒鎖蛇道，荊棘野藤牽衣褲。
幾驚回首仰脇歎，一勇直上有神助。
把手浮雲納晴嵐，臨風絕頂騁遊目。

他寫好遞給沈冰，沈冰接過來看了一遍，連連稱讚。「我這方面不行，就填了首小詞，心想詞比詩好弄些，可是有了一半，下面就想不出來了，你給參謀參謀吧。」說罷，她也將她的未完之作寫在紙上，詞牌是《憶秦娥》：

山風勒，飄雲卷霧扯鬢髮。
扯鬢髮，伸手可接，風景如畫。

「你給改改吧，我實在弄不好這個。」她說。

張秋水接過來看看，說：「滿好的嗎。還是有點意境的，下面的應該補上。」說著他就接過沈冰手裡的筆在那首詞的下面續上：

英雄豈必悲往事，莫對流景感物華。
指點江山，雄姿英發。

沈冰接過來一看，又連連稱讚。接著他們一邊評論這兩首詩詞一邊往前走。一會兒他們來到了一個寺廟，這裡正在舉行佛事活動，一隊隊善男信女虔誠地拜倒在幾尊佛像的腳下，磕頭作揖，對神祈禱。廟內鐘磬齊鳴，香煙彌漫，他一進去就被嗆得直打噴嚏。

方丈領著一群穿袈裟的和尚正在念經，來這裡燒香的有工人，有農民，也有國家幹部。這裡自古就是佛教聖地，方圓幾百里的人們都來這裡朝拜進香，山上隨處可見刻在斷崖峭壁上的佛像，文革破四舊全被破了，現在又興盛起來。張秋水向來是不相信有什麼神靈的，面對一尊尊泥胎土塑，別人頂禮膜拜，他卻嗤之以鼻。你看那兇神惡煞的十八羅漢，他能為人做出什麼好事來嗎？人們求他們敬他們，是怕他們，並不是崇拜他們。佛祖如來有善行受人膜拜，凶神惡鬼行惡道也會受到人們的膜拜。人啊，人，豈不是太可憐了嗎？然而沈冰卻買了幾把香，拉著他一起進了大雄寶殿。她面對佛祖如來，南海觀音，虔誠地奉上香火，便跪在一只蒲墩上兩手合抱連拜九拜，又默默禱祝一陣。

看著沈冰那般認真的樣子，他很覺好笑。自從恢復宗教信仰以來，許多原來不信佛的人現在也信了佛。他不明白國家為什麼要花那麼多錢來塑神修廟，人們又為什麼費那麼多工夫天天來這裡做佛事。他讀小學時，書上就說宗教是麻醉人的精神鴉片，相信宗教就必然相信上帝，相信天命，逆來順受。批判了多年的精神鴉片今天又被人們大抽起來，更想不到沈冰也會相信這個……

從寺廟出來，他感到心中有些壓抑，問沈冰說：「你也信神嗎？」

「當然不信。」她很隨便地回答。他卻感到很詫疑，「那你為什麼還要膜拜？」

「尋找心靈的寄託唄，你知道嗎，我是為你祈禱的。」她微笑著望著他。

「為我祈禱？」

「是啊，求佛祖保佑你明年也能考上大學，最好是讓我們在一個學校裡，求觀音保佑我們的愛情天長地久。」

「你想得太天真了，如果每個人的願望都能實現，那麼這個世界早就沒悲劇了。小偷在偷別人的腰包時也在祈求神靈保佑呢。賭徒圍在賭桌上都祈求神靈保佑，可是他們總得有輸的。你看看所有求神拜佛的都是求福，咋沒一個求禍的呢？」

「你怎麼說傻話，別人聽了準以為你有精神病。求神拜佛哪有求禍的。」

「是啊，這恰恰說明佛祖不可信。天下的事往往福禍相倚，此虧彼盈。」

「你這話不是沒道理，可是有點不近人情。人們雖然能用辨證的觀點去看待是非福禍，可是現實的人都希望走運，誰也不希望自己倒楣呀。再說，現在的人不信神信什麼去呢？信共產主義嗎？那是官老爺的巫婆咒，老百姓只講衣食住行，柴米油鹽，有奶就是娘，才不管什麼主義呢。誰能給他們幸福他們就信誰。」

「這麼說神靈能給他們幸福？」

「神靈能否給他們幸福，我說不清。但是我可以肯定他們在現實中找不到幸福，得不到精神安慰，沒有精神寄託，才到這裡乞求神靈的。我覺得神是你自己塑造在心中的一個幻影。每個人的心中其實都有一個幻影，諸如理想呀、希望呀、憧憬呀……沒有這些就失去了精神支柱。」

說話間，他們又來到一個小山包，站在山頭舉目遠眺，整個城市盡收眼底。「你看這裡景色多美啊，別盡談這些了，背段古文我聽吧。」她從挎包裡拿出旅遊水壺，倒了杯水給他，「渴了吧，喝點水吧。」他接過水一飲而盡，望著星羅棋佈的建築物，嗅著清風送來的陣陣花香，隨口背了段《滕王閣序》，接著又往前走。

他們玩得很開心，不知不覺中，夕陽西下，白雲山被鍍上一層金輝，群鳥雲集於山巔的樹叢中開始唱晚，他們才隨著遊人往回走。

4

分別的日子很快就到來了，一場秋雨過後，天氣轉涼，秋風吹落黃葉片片飄下，秋草搖晃著秋蟲嘶嘶哀鳴。護城河邊的林蔭道上兩個身影在晃動，長長短短，短短長長，一會兒融合，一會兒分離。一輪皎潔的明月給他們身上蒙上層紗霧，嘩嘩流淌的河水為他們彈奏出「昭君出塞」的樂章，曲曲彎彎的石子甬道靜靜地聆聽著一對心靈的和鳴。

「你明天就要走了，我很窮，沒什麼饋贈，自製了一套書籤送給你作個紀念吧。不知你是否喜歡？」他將一個精緻的小紙盒子遞給她。

「是你給的我都喜歡。」她雙手接過紙盒子，見上面寫著萊蒙托夫的一句詩：「我無可饋贈，貧窮得很，但上帝賜給我的這顆心和你的完全相像。」她打開盒子將一只只精美的書籤從裡面取出來，就著月光審視，驚歎不已。「太好了，虧你怎麼想得出，真想不到你還有這麼一雙巧手啊。」她非常高興，翻弄著書籤，愛不釋手。「這對我來說比什麼都珍貴，比什麼都強。我打開書就能看到這書籤，看到這書籤就能看到你的音容笑貌。當我孤獨寂寞的時候，拿起書籤，就等於來到你的身邊。你看這圖案設計得多典雅，啊，特別是這書籤上的詩句更有意義。『汩餘若將不及兮，恐年歲之不吾與』、『路漫漫其修遠兮，我將上下而求索』、『時時為安慰，久久莫相忘』、『兩情若是長久時，又豈在朝朝暮暮』、『但願人長久，千里共嬋娟』……啊，這些都是誰的詩句？」

他接過書籤一一指給她說：「這是屈原的《離騷》裡的兩句話，這是《孔雀東南飛》裡的，這是秦觀的《鵲踏仙》，這是蘇東坡的《水調歌頭》。這個是李商隱的《無題》『春蠶到死絲方盡，蠟燭成灰淚始幹』。」

「你真行啊，你太了不起了！對我國的古典文學這麼嫺熟，將來你一定能成為世界第一流的文學家。」沈冰樂呵呵望著張秋水，讚不絕口。

「我這不過是以一學當十用。你對西方文學也是很有研究的嗎，記得我們第一次見面時，你看的是《紅與黑》。」

「談不上什麼研究，比你還差遠呢。不過我覺得中國古典文學成就固然輝煌，名篇佳句也俯拾皆是，但在字句的錘鍊上太用功夫了，不能從大處著眼，像西方文學那樣廣闊而又深刻的反映社會生活，探求人生，揭示社會發展的規律和真理。我們古代的名篇佳作總是淒淒楚楚的，你看西方十八世紀的浪漫主義文學，十九世紀的批判現實主義文學概括生活多有力度。一部書就是一個時代，一個典型人物就是一個社會，這在中國文學史上是沒有的。一部《紅樓夢》吹得那麼響，我覺得在描寫社會生活上仍是淚水淹沒了憤怒，同情扼殺了抗爭，輪回報應的色空思想減弱了對封建社會吃人本質的批判力度。也許我這話有點偏激，你覺得怎麼樣？」

「對於中西方文學，我還沒用比較法去思考過。不過我覺得文學這東西是一定社會生活的產物，各民族都有各自的政治、經濟、文化特點，文學又是一個很複雜的意識形態，各民族的文學都有各自的特色，不能用一把尺子去衡量。就說我們中國自己的文學吧，你看魏晉南北朝時期的南朝民歌和北朝民歌，其創作手法，思想內容，藝術風格都是截然不同的。不信你讀一下《西洲曲》，再讀一下《敕勒歌》，就自然會感到二者的區別，一個細膩、纏綿、一詠三歎，像春蠶抽絲，一個豪邁、奔放、雄偉壯闊、如萬馬奔騰。評判這二者的優劣我覺得就不能用一個標準，一個尺度。你再仔細觀察一下南方人和北方人，他們不僅生活習慣不同，性格愛好，為人處世也都有很大的差別。」

「噢，這個我可沒注意。我媽是湖南人，我爸是河北人，我看他們相處得也很好嗎。」她朗朗一笑。

「當然，我說性格是有差別的並不是說不能在一塊相處，相反的一個南方人和一個北方人可以取得性格上的互補，反而更加和諧。」

「是嗎？那我問你，你算是北方人還是南方人？」

「照地理書上說，秦嶺和淮河是我國的南北方分界線。我生長在淮北平原上，當然可以算北方人了。」

「那我呢？」

「你從小生長在這個城市裡，這裡古時候是算作南方的，現在是江淮之間當然是南方人了。」

「這麼說，我們也可以互補了，嗯？」她用胳膊肘碰他一下，甜甜一笑。

「啊，沒想到繞了半天卻進入了你的圈套。你真是個機靈鬼。」兩人含情脈脈對望一眼，同時都大笑起來。嫦娥窺視著兩張笑臉，星星眨巴著眼睛偷聽著他們的竊竊私語，玉兔蹦蹦跳跳地回去傳說牠所看到的人間幸福……

他們就這樣天南地北，海闊天空，無邊無際，無拘無束地談著，談著。像是總有說不完的話語，訴不完的衷腸。他們就這樣在叢林中慢慢走著，走著，不計路程，不計時間，只是一心聆聽那一曲曲心聲的和鳴。月亮已西沉樹梢，地上濕漉漉的散發出氤氳的霧氣。

「沈冰，」秋水收住腳步，望著她，「你明天就要走了，我剛剛撲捉到的幸福即將化作無邊的相思之苦。『請君試問東流水，別意與之誰短長』啊。」他說罷便長歎一聲。

沈冰停下腳步，拉著他的手，在他前額上吻了一下說：「你不要太傷感，我們很快就能在一起共同學習，明年這個時候我們就可以在一個校園裡讀書了。」

「但願如此吧，多情自古傷離別啊。」

「說心裡話，如果能替換的話，我寧願讓你先走。」

「誰先走不是一樣，況且考大學也不是唯一的出路，條條大路通長安嗎。」

「對，有志者，事竟成，你一定能幹出一番大事業來。只要有信心，有毅力，沒有幹不成的事。」

張秋水看看手錶，已是凌晨四點多了，再有個把小時就要天亮了。一陣倦意襲來，他打個哈欠說：「你明天要趕路，該回去休息了。」

沈冰目光朦朧地望著他說：「啊，不，我想讓你多陪我一會，你不覺得這樣的時光是多麼珍貴嗎？這樣的時刻太美好了，你看這月亮多明，這夜色多美，這環境多清幽，這繁星點綴下的萬家燈火又是多麼迷人啊。我一點都不覺得困，你困了嗎？要麼咱們就歇會吧，在這裡坐一下好嗎？」她轉身給他一個香吻。

「我不累，也不困，我是怕你太累了。只要你願意，我願永遠陪伴著你。」

「真的嗎，你太好了，我心中的王子。」她說著就一把挽住他的胳膊在路邊的一個小石凳上坐下來。她緊緊偎依在他身上，「我感到有點冷呢。」她縮縮脖子，兩手抱肩靠在他的懷中，微微閉上眼睛，坐在他的大腿上。嗅著他身上散發出來的溫熱味，她彷彿進入一個童話般的世界裡，頓時覺得整個身心都融化在他身上了。

月光透過密密的林叢將一把清輝撒在她身上，她那嬌美的面龐像霧中一束鮮花那麼似虛似幻的，神祕而又迷人，不禁令他心蕩神搖。他心中怦然一動，眼前即刻閃出一股火苗，那火苗就在她那紅紅的櫻唇上燃燒著。他覺得沈冰的肉體猶如一塊溫馨而輕柔的海綿，而他的整個身心立即化作一股春水一下子全被海綿吸去了。他覺得自己的肉體在消逝，眼睛朦朦朧朧的，靈魂早已飄走，他變成一隻小鳥口裡銜著那顆紅櫻桃飛啊，飛啊……飛向大海，飛向高山，飛過天宇，飛越三山，飛到瑤池……他見到了海市蜃樓，看到了蓬萊仙境……

當他再次睜開眼睛，看到沈冰已將頭枕在他的胳膊上睡著了，她腮幫上嵌著微笑，靨窩裡儲滿醉意，嘴唇邊蕩漾著春情，面龐上籠著輕紗般的夢境，長長的睫毛上還掛著幾顆晶瑩的淚珠。他翕開嘴唇，慢慢俯下頭去在她那靨窩上輕輕咂了一口，又吮去她那睫毛上的淚花，頓時像喝了一杯醇濃的玉液瓊漿，沉入朦朦的醉意之中……

突然，一道霞光透過林叢穿進來，立即將沈冰的臉上灑布上一層紅光，七彩的光環像無數隻金蝴蝶在她身邊翩翩起舞，淡淡的晨霧像飄忽的紗帶子在他們身邊纏繞。他托著她那輕飄飄的腰肢，聆聽著她那勻細的呼吸，望著她那被朝霞輝映得更加明媚豔麗的面頰，將臉輕輕的，輕輕的貼在上面，立即又醉入沉沉的夢幻之中。

第八章　自強不息

1

送走沈冰，張秋水又投入緊張的學習中，聽說「九三學社」辦了高考補習班，每天晚上上課，他覺得不錯。跑去一問，需要八十塊錢的學費，講義費又要二十多，他囊中羞澀，手無分文，只好作罷，上個月住院工資扣了一半，還剩下十幾塊錢勉強夠吃食堂的，在這個城市，他舉目無親，告借也沒路。他有吃苦耐勞的精神，有過人的精力，有堅韌的毅志，他要靠自己頑強的拼搏去攻克學習中的難關，他相信功夫不負有心人。按照高考複習大綱的要求，他用了比別人多幾倍的功夫，過了一遍又一遍。晚上「流芳園」裡路燈下，蚊蟲在他頭上嗡嗡盤旋，知了在樹梢嘶鳴，汗水濕透衣服，他正在用古訓告誡自己「盛世不再來，一日難再晨，及時當勉勵，歲月不待人。」

上班就是扛大鐵，這工作越來越乏味，臨時工也越來越不好使了，他幹他們就幹，他不幹他們就歇著。他們都清楚的認識到，無論怎麼幹反正就是每天一個工，一塊五毛錢，他們同電建廠的關係，同張秋水、劉樹德的關係就是這每天一塊五毛錢的關係，不想要這一塊五毛錢，他們幹嗎要來受這個罪呢。每到月底，廠裡要趕進度，報產值，就特別忙，成品車間的工作量特別大，幾百噸塔材全靠肩扛手抬分撿出來，六米多長的大角鋼一根好幾百公斤，要十幾個人一齊上才抬得動，張秋水像個作戰指揮員一樣，分佈好每個人的位置，交待好怎麼抬起，怎麼上板車，然後「一二三，放！」四個人將鐵棍插入角鋼頭上的孔洞裡將一頭先抬起來，兩個人推板車將板車塞進去，最後一起上，將角鋼一根根弄上板車。一根，二根，三根，一車，兩車，三車……抬到第五車的時候，他的手指沒拿出來，角鋼砸在他手上，他猛一抽，中指和食指連肉帶指甲被帶著毛刺的鍍鋅角鋼咬掉了，頓時鮮血如注，染紅了寒光冷冷的大角鋼，滴濕了冷冰冰的水泥地。臨時工一擁而上將他背到廠醫務室。醫生立即給他清洗手指上的血污，然後進行包紮。他這時才體會到什麼叫真正的疼痛，他的手像被一支燒紅的大火鉗夾著，夾得他大汗珠子直滾，夾得他透不過氣來。他咬緊牙關忍受著，連哼都不哼一聲。年輕女醫生皺著眉頭問他：「痛得很嗎？」那樣子好像是她在替他忍受著似的。他咬咬牙，搖搖頭，哼了一句「沒關係」，就再也說不出話來。包好傷口，他走出醫務室，感到嘴裡有股鹹腥味，隨口一吐，吐出口鮮血，原來嘴唇被咬破了。醫生給他開了一大包藥，又開了一個月的休息。他接過休息條心想，「好啊，這下我又可以一個月都不要上班了，可以在宿舍裡複習功課，這真是壞事變成了好事。」

回到宿舍，他的第一個念頭就是如何充分利用這一個月的時間。他立即擬訂了一個學習計劃，右手不能寫字就用左手寫：早上六點起床，洗漱後就背歷史和地理，七點半吃早飯，八點到十一點做數學，十一點到十二點讀文學作品，十二點半吃完午飯休息會，下午一點到三點複習政治，三點到六點複習語文，晚上閱讀古文。這一個月要把複習大綱的要點再理一遍，並彙編出各門功課的提綱。他要感謝上帝賜給他這一個月的時光，掉兩個指甲換來一個月的時間，划得來。他在一張白紙上寫下：「合理地利用上帝所賜予的一切。」然後把它貼在自己的床頭上。四個人住間屋，公用一張桌子，光碗筷茶杯等用具就把桌子佔滿了，根本沒看書學習的地方。他就充分利用那唯一屬於他的那張床，晚上鋪上被子睡覺，白天將被子一掀當書桌，從床底下拉出那只破木箱就是板凳。他夜裡疼得睡不著，就躺在床上背誦古詩文，後來慢慢就睡著了。睡了一會又疼醒了，他還接著背，每夜都要這麼反復多次，《洛神賦》、《木蘭辭》、《醉翁亭記》、《蘭亭序》、《赤壁賦》、《岳陽樓記》……

一個星期後，他感到麻煩來了，床底下搗了一大堆髒衣服，他衣服本就不多，再不洗就沒換的了。求別人幫忙也許可以，但他不願開口，於是他就用一隻手一件一件地將衣服濕上水，然後在水池裡再將水壓出來。他正洗著，臨時工杜高芝跑來找他，說：「劉師傅找你有事，讓你到車間去一下。哎呀，你這手怎麼能洗衣服，放那兒等下班後我幫你洗吧。」說著她就將他手中的衣服奪過去放到水盆裡。

「不用了，我自己能幹，怎麼好意思麻煩你。走，咱們到車間去吧。」說罷他就朝先走了。到了車間，杜高芝進門就說：「張師傅手砸得那個樣子，還自己洗衣服，真傷心啊。」她扯了一把站在她身旁的王小翠說：「我們中午去幫他洗吧。」王小翠滿口答應說：「好好，張師傅可要給我們買糖吃呢。」說著她格格笑著拉杜高芝一起幹活去了。

張秋水來到車間一問，原來是有一批鐵塔分檢時劉樹德不瞭解情況，搞不清楚沒法幹，就喊他下來。張秋水把有關問題交代明白就馬上回宿舍了，人家在幹活，他站在旁邊看多彆扭呀。

杜高芝帶著兩個女孩子，共用了兩個中午時間就把他的床單、被子、蚊帳、衣服等等所有的東西都洗了一遍。他有滿腹的感激之情，卻沒法表達，對於他這個土包子，那城裡的闊小姐是不屑一顧的，而這些農村姑娘真是純樸又善良，不讓他開口她們就主動幫忙把他的衣物收拾得乾乾淨淨的。他又突然想起了沈冰，沈冰要在這裡，這些問題也就根本不存在了。沈冰要知道我現在這慘像該會怎麼樣呢？由沈冰他又想到了香蓮姐，她要知道我受了傷會心疼死的。接著沈冰和香蓮的影子交替出現在他的面前，一個高雅，一個樸實；一個天真活潑，一個溫柔敦厚；一個鳳眼，一個修眉；一個玲瓏剔透，一個端莊秀麗。後來她們一起怒目瞪視他，含悲飲泣，獻愁供恨，接著她們大吵起來。一個說：「秋水是我的」，另個說：「秋水是我的」；一個說：「他是水我是冰，我們本是一體」，一個說：「他是秋水我是蓮，正是綠水映紅蓮，我們更完美」……叮鈴鈴一陣響，他被驚醒，原來他靠在被卷上做起夢來。他長歎一聲，望著天花板上一隻正在攀網的蜘蛛出神。工作後他同香蓮的關係越來越疏遠了，姐弟之間的情誼故然存在，但與兩性之間的關係決不是一碼事。香蓮對他仍像一盆火，經常給他來信，鼓勵他努力工作，努力學習，還建議他寫入黨申請書儘快向黨組織靠攏，可是他卻很少給她回信，實在不行了他就給她回封信也極力避開那敏銳的話題，純粹是弟弟給姐姐的平安信。對於香蓮，他一直處在十分矛盾的心理狀態中，他不能像愛沈冰一樣去愛她，但又不忍心去傷害她，不願去打破她的夢幻。他要向她和爹娘說明他的想法，又怕他們罵他「一年土，二年洋，三年不認爹和娘。」「等等吧，再等等再說吧。」無可奈何，他想不出什麼好辦法……

一個月很快就過去了，他的學習計劃也完成了，休息期滿他就準時上班。上班的第一件事就是劉師傅通知他說王書記找他。他不知書記找他有何貴幹，立即來到書記辦公室。他一進門王書記就笑容可掬的招呼他。對書記的這種笑臉，張秋水在幾年前就領教過了。王書記是廠黨委副書記兼團委書記，那次向他彙報劉樹德和鄭小芹的事，第二天劉樹德就知道了，從此劉樹德懷恨在心，才讓張秋水跳進了陷阱，受到行政記大過處分，學員延期一年轉正。王書記開始寒暄幾句，問他的手怎麼樣？不行再休幾天，等等。然後他就話鋒一轉便入了正題：「有人說你讓臨時工給你洗衣服，這是真的嗎？」

張秋水腦子裡轟隆一聲響，心想我的手傷這麼重沒人看我一眼，這一上班怎麼就找麻煩，肯定有人打小報告了，而這人只能是劉樹德，不會是別人。他的血一下子沖到腦門上，梗著脖子說：「不錯，有這麼回事。怎麼樣？」

「這可不行啊，這是資產階級思想，是剝削階級的行為。洗衣服嗎哪能讓民工們幹呢？你還年輕，可要注意影響啊。」

「有什麼影響？是她們自覺自願給我洗的，況且又不在上班時間，互相幫助，有什麼影響不影響的，這純是無事生非，整治人！」

「啊，啊，你別激動嗎，雖然這樣，你一個小夥子讓人家大姑娘為你洗衣服，這總歸是不好的。我們青年人對自已要求應嚴些，防微杜漸嘛。對別人的意見要能聽得進去，有則改之，無則加勉嗎。」

「什麼有則改之，無則加勉，這是整人的邏輯。有就是有，沒有就是沒有，對就是對，錯就是錯，根本不存在什麼勉不勉的問題。按照這種邏輯，告黑狀的，誣告別人的人就永遠是對的，永遠得不到懲罰。我們一大批一大批的人被整死，受冤屈，最後又為他們平反昭雪，為什麼就不追究那些整人的人，不去懲罰那些誣陷栽贓的人？」

「你這是什麼意思？你說我們的歷次政治運動都是整人！你太狂了，你！你才工作幾年，就這麼洋貨，老虎屁股摸不得了是不是？」王書記被刺疼了，他一下從椅子上跳起來。

張秋水知道，王書記也是靠整人起家的，也是踩著別人的肩膀子爬上去的。這樣的幹部總是一貫正確的，是時代造就的一批「民族精英」，沒有大氣候這樣的人是不可能改變自己的主張和行為的。張秋水直觀感覺到這樣的大氣候快到了，世界上將來容不得吃人的人，更容不得整人的人，因為整人的人是慢慢的一口一口地吃人，所以他比吃人的人更狠毒，罪惡更深重，而被整的人則比被吃的人更痛苦，更淒慘……想到這裡，張秋水不甘示弱地說：「我並不以為我狂，我不過是說了句實話而已，而我覺得現在能像我這麼說實話的人太少了。對不起，我冒犯了你，你是做我的思想工作的，我應該洗耳恭聽才對，就是聽不進去也起碼要裝出個恭聽的樣子來，可是我沒這個耐性，我做不到，由此而論我是有點狂妄。你要沒別的事，我就告辭了。」他一昂頭，沒等書記反應過來，就傲然離去。只聽背後哐當一聲，他扭頭一看，見書記臉氣得鐵青，一手拎起椅子使勁往地下一摜，那樣子看上去他一心的憋氣都出在椅子上了。張秋水真想對他大喝：「那是公家的東西，別不心疼，有氣回家摔自己的椅子去！」可是話到嘴邊又咽了回去，他今天將書記頂撞得夠可以的了。王書記在訓導人的時候，在做別人的思想工作的時候從來都是凌駕於別人之上的，碰見他張秋水竟敢不服訓教，這還得了嗎，他眼裡還有沒有我這個書記，還有沒有黨！兩道目光對視，碰得火星直冒，他們都不示弱。正相持不下，胡幹事從外面趕來要向書記彙報工作，王書記才放過張秋水，張秋水也趕快走開了。

走回車間，財務科小史正通知人去領獎金，他問小史：「我這月多少？」小史看看他笑笑說：「你一分也沒有。你休息一個月沒上班，哪還有獎金呢？」

「那劉師傅病休了半年怎麼獎金一分不少？」他漲紅著臉說，「何況我還是工傷呢。」

「哎，我說小張，這是領導的事，有意見到上邊提去，給我們這小不拉子發火沒用。」

「啊，對不起，我是說……」

小史並不聽他多解釋，扭頭就走，又到別的車間去下通知去了。

張秋水傻子一樣站在那裡，憋了半天都透不過氣來。真是，天下哪有什麼理可講啊，政策一落到他頭上就和別人不一樣，這分明是劉樹德作梗。可是官官相護，找誰去說理去。「好吧，扣吧，讓你們這些王八孫子扣吧，老子餓不死。」他破口大罵一聲就跑出車間，到醫務室說手疼，又開了一個月休息。不上班在家學習，不要獎金也合算，老子考大學走了，看你們這些王八蛋還卡誰去。他心裡痛罵一聲，接著就一頭紮在書裡。

2

送走冬天，又迎來了一個春天，高考報名開始了，張秋水興沖沖到廠政治部要求報名考大學，胡幹事翻開他的履歷一看，「啪」下又合上，「你的年齡超過了，今年國家規定年齡不得超過二十五周歲，你剛好超過一個月。」胡幹事像個機器人，冷冰冰的臉毫無表情，像法官宣讀判決書一樣，說話時連頭也沒抬，只是說完了才望他一眼。胡幹事年紀還沒張秋水大，是某局長的外甥，一進廠就在政治部當幹事，全廠有名的胡鐵嘴。

聽到這樣的判決，他雙目瞪得圓圓的盯著胡幹事那扁扁的薄嘴唇，那嘴唇像槍口樣對著他的心窩射擊出一顆顆子彈。他只感到肉皮一陣陣發緊，眼前忽忽的發黑，這突如其來的打擊把他的腦漿都攪混了，他一下成了個沒有靈魂的乾軀殼。過了好幾分鐘，他才明白過來，他的希望又泡湯了。

「這……是真的嗎？」

「這是紅頭文件，明文規定，還能是假的。」

「啊，我是五四年出生，沒超過二十五呀。」

「可你檔案裡寫的是五三年五月。」

「那是遷戶口時地方上給弄錯了。」

「那也沒辦法。」

「那……你們能不能照顧照顧，不就是差一個月嗎。」他嘴巴抽搐著。

「差一天也不行，這是政策。我們也沒有辦法，這又不是我們卡你，是國家規定。你也要想得開，要體諒國家的困難，大批的學生和社會青年都沒法就業。現在百廢待興，國家一時拿不出錢來去辦更多的大學。一顆紅心兩個打算嗎，上學也是更好的為黨工作嗎。黨需要我們上學就去上學，需我們當工人就當工人……」

那兩片薄嘴唇像收音機的揚聲器又開始振盪了。這考大學與就業什麼關係呢？他不明白，不考大學就算是體諒國家的困難嗎？也許現實本身就是這麼一灘爛泥，沒什麼道理不道理，也許是這突如其來的打擊使他的思維混亂了，對胡幹事的話他總理不出頭緒。這時，王書記從隔壁套間裡走出來插嘴說：「你看我們的許多老幹部，老黨員，還有大批的知識分子，他們含冤抱屈幾十年，平反後仍能體諒國家的困難，什麼要求都不提。上大學說到底也是報效祖國，祖國現在不需要我們去考大學，我們就該安安心心服從黨的安排。這就是以實際行動熱愛黨，熱愛社會主義。我們青年是塊磚，哪裡需要哪裡搬……」

一堆牛頭不對馬嘴的廢話，一副政工幹部的官腔，一陣賣狗皮膏藥的叫囂，一段讓人噁心的廣播錄音。他實在聽不下去了，憤憤地說：「按你這麼說，我不考大學就是熱愛黨，熱愛社會主義，我想考大學就不熱愛黨，不熱愛社會主義？那麼黨為什麼要辦大學，為什麼鼓勵青年要努力學文化？」說罷，他機械地轉過身一步步朝外走。

「就你這樣子還想考大學，憑你的一貫表現，就是符合條件我們也不能推薦你。」王書記的話像一把利劍在他的脊背上劃了一下，頓時他覺得胸中鮮血直淋。

他本來已經麻木的神經被猛一下刺疼了，腦門上彷彿挨了沉重的一擊，頓時血往上湧。

他轉過身，機械地朝回走了幾步，怒目圓瞪對著王書記說：「為什麼？請你把話解釋給我聽聽。」

胡幹事嚇得面色煞白，立即上來勸說，「沒什麼，沒什麼，我說小張你快走吧，以後咱倆好好聊聊。」他立即去拉張秋水，想把他拉開。

可王書記一貫是講人的人，當著胡幹事，張秋水對他如此不敬，怎麼能受得了。他立即上前一步指著張秋水說：「為什麼，你自己明白，我們決不能推薦像你這樣的人去考大學。大學是為國家培養又紅又專人才的，不是垃圾站。」

這血淋淋的一口正咬在張秋水那根脆弱的神經上，他感到自己的人格受到侮辱，他的尊嚴被踐踏，他腦子裡是一片燃燒的烈火，他上去一把扼住王書記的咽喉。

「你，要幹什麼……你，敢打人……無法無天了！」王書記嚇得面無人色，瑟縮著往後退，猛然被一張椅子絆住，嘩通一下便跌在地上。胡幹事一把將張秋水推開，又慌忙把王書記拉起來。

一瓢冷水嘩啦一下澆到張秋水頭上，怒火一下被壓下去。「我今天這是怎麼了，我怎麼能有這麼愚蠢的舉動。我不該跟他這個『金玉其外，敗絮其中』的傢伙一般見識。」他腦子裡一連跳出這些信號，便大嚷一聲：「打你，打你還怕弄髒了我的手。」胡幹事又一把將他推出門外，只聽背後傳來王書記那一陣癩皮狗樣的呻吟。

這時門口已圍滿了看熱鬧的人，他感到無限羞愧，立即從人縫裡鑽了出去。他覺得他和王書記像耍猴子似的，而招來許多人圍觀，以滿足他們的好奇與快感，他感到自己今天太蠢了。真正的英雄在突如其來的打擊面前應該表現得沉著冷靜，而他今天卻完全受本能的衝動竟然發起瘋來。君子威而不屈，激而不怒，今天這是怎麼搞的！

回到宿舍，他倒頭就睡，他要睡他七天八夜，把失去的睡眠都補回來。可是他又睡不著，他思索著王書記說他的所謂一貫表現，那就是不聽話，敢跟劉樹德對著幹，還敢跟書記頂牛。他的缺點是生性鯁直，個性強，而王書記不推薦他就是因為他不聽他的訓教。王書記要的是聽他的話，跟他們走的人。往下想，就是今天衝動的後果，向組織作檢查，向王書記賠禮道歉，直至開除團籍，受行政處分等等。嘿，大丈夫敢做敢當，隨它去吧……

他在焦慮中過了幾天，可是奇怪得很，一直沒人找他，明明知道「打了書記」廠裡不會放過他，可是幾天來一點動靜也沒有，他感到納悶。這天早上他上班經過廠門口，見宣傳欄前站著一大堆人。他也擠上去，一看原來是「關於號召全廠職工向王炳玉同志學習的通知。」內容如下：

廠黨委副書記兼團委書記王炳玉同志，一貫工作積極認真，堅持原則，在工作中與成品車間青工張秋水發生爭執。張秋水性情粗暴，目無領導，竟一把扼住王炳玉的咽喉，致使王炳玉同志險些喪命，至今咽喉出血，不能進食。廠部再次重申絕不允許類似事件再發生。為嚴肅廠紀，本應對張秋水進行嚴肅處理，但王炳玉同志再三要求不要給張秋水處分，並說自己也有一定責任。

廠黨委經過反復研究，同意王炳玉的請求，決定不給張秋水任何處分。同時決定給王炳玉同志調升一級工資，並申報局黨組給王炳玉同志嘉獎。局黨組現已作出決定，授予王炳玉同志模範共產黨員的光榮稱號，並提任為我廠黨委書記。

全廠職工要向王炳玉同志學習，學習他大事講原則，小事講風格的高尚品質，學習他以身作則，實事求是，以自己的實際行動加強黨的政治思想工作的革命精神，學習他……

張秋水再也看不下去了，他覺得人們都在用異樣的目光看他。這樣的結果是他沒有預料到的，看來王書記真是棋高一籌，他又抓住了一次向上爬的機會，其手段之高明令人歎為觀止，踩著你的肩膀上去了，還讓你從心裡去感謝他，心機之妙算令諸葛亮愧不敢對。他一下明白過來不給他處分僅僅是出於王炳玉升官的需要，他早就盯著黨委書記這個空缺了；不給他處分不是顧憐他張秋水那瘦弱的肩膀，正是他的肩膀撐著王炳玉又往上爬了一梯。這在別人，要是對這件事的內涵看不清楚，真要對王炳玉感恩戴德，感激涕零，而這事偏放在讀過幾本書的張秋水身上，他感到又一次被人利用了。要是看不出這一切來那也倒好，正像猴子被人玩的時候自己也非常快樂一樣，可是他對此事的本質一目了然，當然十分憤慨。

3

張秋水的精神被徹底壓垮了，不但大學夢徹底破滅了，更主要的是他切切實實感到自己所處的可悲地位，他覺得自己的一切都被別人佔有著，連靈魂也是屬於別人的，扒了皮，抽了筋，踩破肩，不准反抗，也不准憤怒，相反還得向人家道謝。他有本事，有才幹，又有什麼用？孫悟空筋斗翻得再高，總也跳不出如來佛的手心，這就是中國的人文哲學，而普羅米修斯盜火的故事，中國人就想不出來。

半個月下來，張秋水精神萎靡，顴骨突起老高，眼窩深深凹陷下去。這半個月裡，他感到異常疲勞，時時思睡，可是一到床上就失眠，他又迷失了航向，前後左右一片黑暗。動輒得咎，欲益反損，不如躺倒別動，人家下了班玩撲克、下象棋、喝酒、閒逛、打情罵俏、尋歡作樂，他為什麼非要過這種苦行僧的生活呢。

他買了一瓶燒酒，又買了一斤滷耳朵皮，人們都說酒能消愁，他要體驗一下，同室的幾個青年見他買了酒，都一齊湊上來，兌上各自從食堂裡打來的一份菜，就喝起來。

「我們張秀才今天破戒了，稀奇啊。」

「蒼天有靈，我們的隊伍又擴大了，可喜可賀。」

「能同你這麼個大文人在一起共飲，老弟我真感到三生有幸啊。」

「是啊，是啊，我們秀才今天也與咱們同樂了。」

「好啊，為張秀水同志加入我們的行列乾杯。」

「乾杯。」

「乾杯，乾！」……

幾個人七嘴八舌，你一言我一語的舉杯邀張秋水喝。張秋水端起杯學著他們的樣子猛一口將一杯酒喝下去，頓覺嗓子眼裡發燒，肚子裡邊發熱。

接著是一杯，二杯，三杯……一會兒他就不覺得酒辣了，同時感到臉上發燒，口裡似乎像是往外噴火，話也多起來了。他歷數了他所讀過的古今中外文學名著，向他們幾個介紹了牛虻、于連、馬丁、裘德、拉斯蒂涅、呂西安等文學名著中的主人公，評述了中國各個歷史時期的文學成就及其有影響的作家作品。他談到歐洲的文藝復興運動，日本明治維新，談到了中國的王安石變法，戊戌維新……他口若懸河，滔滔不絕。聽著他的談論，幾個酒友無不咋嘴稱讚，點頭嘆服。他們一起攛掇讓他背段詩給他們聽，他已有幾分醉意，只覺胸中懋悶，心口堵塞，不吐不快，於是隨口就來：「帝高陽之苗裔兮，朕皇考曰伯庸。攝提貞於孟陬兮，惟庚寅吾以降。皇覽揆余初度兮，肇錫余以嘉名……」

「啊，好，好！」

「太棒了！」

「那架勢，真像個大詩人呢。」

幾個人齊口誇讚，其實他們一點也聽不懂，只是看他背得如此流利，情緒那麼慷慨激昂，感情又那麼熾烈，臉上閃爍著熠熠的光彩，才感到他背得不錯。張秋水也知道他們幾個根本聽不懂，也不去管他們，一任感情傾瀉：「紛吾既有此內美兮，又重之以修能，扈江離與闢芷兮，紉秋蘭以為佩。汨余若將不及兮，恐年歲之不吾與。朝搴阰之木蘭兮，夕攬洲之宿莽。日月忽其不淹兮，春與秋其代序。惟草木之零落兮，恐美人之遲暮。不撫壯而棄穢兮，何不改乎此度？豈余身之憚殃兮，恐皇輿之敗績……長太息以掩涕兮，哀民生之多艱……」他猛然意識到前邊有幾處漏掉幾句，但他毫不遲疑，想到哪兒就說到哪兒。「民生各有所樂兮，餘獨好修以為常……欲少留此靈瑣兮，日忽忽其將暮……路漫漫其修遠兮，吾將上下而求索……世混濁而嫉賢兮，好蔽美而稱惡……」兩行淚珠從他面頰滾落下來。「何昔日之芳草兮，今直為此蕭艾也。」……

他嘴上掛著白沫，手在空中一劃一劃的，眼淚撲撲嗒嗒往下掉，那樣子十分滑稽，讓人一看準以為他瘋了。

他們幾個一起鼓掌，連聲喝彩，「好，好啊，太漂亮了。」

「好個屁！這中間漏掉許多，你們知道嗎？這詩裡面的血和淚你們體會出來嗎？作者在什麼樣的背景下寫出這樣的詩句，這字字句句表現出作者什麼樣的思想感情，你們知道嗎？我敢說你們連一句也聽不懂！」他朝他們幾個大聲吼叫，似乎把一肚子的怒氣和憋悶都發了出來。然後他一把抓過酒瓶，將剩下的酒一氣喝光。「啪」一下又將空酒瓶甩了出去，酒瓶正好砸在路燈上，外面頓時一片黑暗。他一個踉蹌跌倒在床上，身上一陣痙攣，嘴裡嗚嗚咽咽一陣，不知是哭是笑還是在說些什麼。

他們幾個開始聽他發瘋訓人，面面相覷，臉紅一陣白一陣，不知如何是好。見他倒在床上，便一起上來扶他睡覺。「他喝醉了，他喝醉了。」幾個人咕嚕著就幫他脫掉鞋，讓他和衣躺到床上，然後又拉過被子蓋在他身上，才各自帶著醉意睡去。

第二天醒來，他頭疼得像要爆炸似的，愁一點沒澆掉，反而陷入了更大的痛苦之中。他覺得自己好像掉到了一個臭水溝裡，當時還把它當浴池洗個痛快，現在他才感到渾身發臭。他的生命之樹才剛冒出點新芽來，又被一場嚴霜打蔫了，等待他的只是慢慢乾枯，慢慢死去。他心中像壓塊巨石，搬也搬不動，挪也挪不開，壓得他喘不過氣來。又是一個星期天，同室的人都走了，他獨自一人躺在床上望著天花板出神。他丟掉書本，便感到從未有過的孤獨、寂寞與無聊。學習生活雖然十分艱苦，可他心中卻充滿追求者的幸福，躺在床上不動雖然舒服，但他心中在流血，他今後的路該怎麼走，如何去戰勝這無邊的人生痛苦？他才二十五歲，不，實際上他還不到二十五歲，人生的旅途還長得很呢。是倒下去，還是站起來，是隨波逐流，還是蘇世獨立？是就此夭折，還是重整旗鼓？他頭腦裡像有無數隻蒼蠅在嗡嗡叫，鬧得他心煩意亂。

快十一點的時候，他頭痛得實在受不了，才慢慢爬起來，想到「流芳園」呼吸一下新鮮空氣。房間裡空氣污濁，彌漫著衝人的怪味，地上殘碴菜梗也沒人打掃，昨天喝酒用的杯盤碗筷還放在那裡沒洗，再待在房間裡非得憋死不可。他皺眉環視一下狼籍的宿舍，也沒心去收拾，就往外走。他像被窒悶得太久了，一出屋門便感到頭暈目眩，走起路來像發高燒，腳下像踩著棉花團子一樣。

他走到大門口，老王師傅老遠就把他喊住，遞給他一隻潔白的信封。一看那上面娟秀的字體，那剛柔相兼的書寫風格，他就認出是沈冰寫的。他心裡咯叮一響，好像他做了什麼見不得人的事，馬上就要面對耶穌懺悔。他的酒勁還沒醒過來，沈冰就帶著微笑走來送上她那迷人的櫻唇。我就用這腥臭的嘴接吻她嗎？他腦子裡跳過這個念頭，急忙一揮手才把沈冰的影子揮去，然後用顫抖的手將信撕開。

秋水：

很長時間沒收到你的信了，不知是怎麼回事？你曾說再忙一個月至少要給我寫兩封信，我天天翻看日曆數日子，都快兩個月沒收到你的信了。這期間我給你去過兩封信，可是一直沒收到你的回信，為什麼不給我寫信？啊，你看我太激動了，提筆就興師問罪，請你原諒。我想你最近一定是出了什麼事，想到這裡，我的心就要碎了，你獨自生活在那樣一個環境裡，真令人擔心啊，我恨不得即刻變隻小鳥飛到你的身旁。你知道我這些時候是怎麼度過的嗎？真是腸一日而九回，眼欲閉而仍睜啊。老師批評我說我的學習成績下降了，說我的情緒不穩定，你這麼長時間不來信實在讓我受不了。秋水，無論出了什麼事你都要馬上告訴我。我相信，只有我能夠溫暖你那顆寂寞孤獨的心。「此情無計可消除，才下眉頭，卻上心頭」。今天是六月十三號，再一個星期見不到你的信，我就請假回去……

讀到這裡張秋水心裡一震，看來當務之急是要立即給她寫回信，免得讓她牽掛。這些時他的心太亂了，一連串的打擊把他弄得暈頭轉向。上次剛同王書記吵過，下樓時收發員遞給他一封信，他看上一眼就塞到枕頭底下了。他掉頭就往回走，邊走邊看下面的內容。走到宿舍裡，掀開枕頭，拿起那封信又看了一遍：

秋水：

又一個春天來到了，這時我們那裡省圖書館門前的花開得一定很豔吧，你每個星期都在那裡暢享了對嗎？可惜咱們不能一起在那兒讀書。我像隻孤雁離開了家鄉，離開了你，「離情漸遠漸無情，迢迢不斷如春水」……

你最近學習一定很緊張，聽說今年高校擴大招生，這樣你的希望就更大了。憑你的基礎和能力，我想你無論如何今年高考都是沒問題的，如果你考中了就到我們學校來吧。我們校園裡有青松翠柏，有修篁鳴禽，可美麗了。這裡盛開的鮮花正翹首祈盼著你的駕臨呢。學校裡最近出版了一套高考複習叢書，我想你現在最需要這個，所以就給你訂了一套，馬上就寄去。學習再緊張，也要注意休息，不要那麼拼命，搞壞了身體就什麼也不談了。

我各方面都很好，學習也很緊張，現在正在上《古代漢語》，我的古文功底差，學起來有些吃力。我們宿舍裡也亂得很，條件也很差，不過學校有教室和圖書館，還是比你的學習條件優越得多。你學習條件很差，還有高強度體力勞動，一天活幹下來還能堅持學習，這需要多麼頑強的毅力啊。快了，快了，再幾個月你也考取了，這一切都會改變的。我相信你今年能考上，我求過菩薩，她會保佑我們的……

他一口氣把信讀完，心中說不出是啥滋味，沈冰的軟軟細語像甘露滋潤著他的心田。她正在夢想著他今年能考上她們那個學校同她一起讀書呢，我又讓她的夢幻破滅了，我這一生與大學是無緣了，大學的門對我永遠緊鎖著，想到這裡他心裡酸溜溜的，兩行淚珠潸然而下。馬克思相信客觀條件，孔老二相信天命，這客觀條件和天命是否就是一個東西，是在人之外，又時刻左右著人、影響著人的一種抓不著看不見的東西？難道真有一種無形的大手掌握著我的命運嗎？我是堅強地站起來與命運抗爭，還是從此一蹶不振，永遠趴下去？……「蓋西伯拘而演《周易》，仲尼厄而作《春秋》，屈原放逐乃賦《離騷》，左丘失明厥有《國語》，孫子髕腳《兵法》修列……詩三百篇大抵聖賢發憤之所作也」。從古至今，仁人志士，那個不經過一番痛苦的磨難，哪個不是在艱難困苦中同命運抗爭，哪個不是從血泊中掙扎過來的……貝多芬雙目失明仍要扼住命運的咽喉，成為一代音樂大師，我這點小小的挫折比著他們簡直不值一提。我要站起來，挺起腰幹，擦乾血跡，撫平傷口，我要頑強地站起來！我也要扼住命運的咽喉！他在心靈深處吶喊，不怨天，不尤人，無後臺，無靠山，我要全憑一己之勇殺出一條人生的血路來！

他感到熱血上湧，心口在怦怦跳，立即將沈冰的信按原摺子疊好放入信封裡，寫上收到日期，然後就動手將房間收拾乾淨，拉出床底下那只破包裝箱就著床沿給沈冰寫信。他提筆第一個念頭就是要不要將最近發生的事情都告訴她？要不要把他的痛苦與迷惘也告訴她？他的痛苦掙扎，他的意志消沉，他陷入困境無力自拔，這一切是否都告訴她？她那張笑臉正望著他，他想，她以為我現在正在為高考而拼搏，以為我有頑強的毅力，有超人的志勇，可是她哪裡知道我正陷在痛苦的泥潭之中。我不能愧對這張笑臉啊！愛情的火燄在他心中燃燒著，他奮筆疾書：

親愛的冰：

很久沒給你寫信，首先向你道歉，並請求你原諒，然後送上我這滾燙的面頰，是打、是吻、還是咬，你隨便吧。我沒給你去信的原因是我近來生了一場「大病」——你別擔心，不是肉體上的病，是精神上的病，或者說是靈魂上的病，現已好了。我最近經歷了一場心靈上的肉搏戰，魔鬼靡非斯特差點占了上風，我已被她拖到深淵之畔，幸哉我終於跳了出來，還是我勝利了！

具體說來，今年的高考我是不能參加了，你們校園的門對我永遠關閉了。因為今年有新規定，超過二十五歲的在職人員不給報考，我正好超過一個月——這是檔案裡的記載，實際上我沒這麼大，是招工辦手續的時候搞錯了。你說你求過菩薩，看來沒用，要麼是她不願保佑我們，要麼是她沒能力保佑我們，一張紅頭文件就把她制住了，看來紅頭文件的威力要比菩薩大得多啊！

我像一個棄嬰被扔在了荒郊野外，眼前只是無邊的黑暗，身邊只有遍佈的荊棘，耳畔是淒淒的寒風加著數聲狼嚎，呼救的哀嚎撕肝裂肺……可是沒有任何呼應。我們廠的書記又趁機踢了我一腳，把我踢到一個污水溝裡（這具體情況等以後見面再告訴你）。我沒想到會在年齡上給絆住，我若晚生幾年就沒這樣的麻煩，早生幾年也不會產生這樣的問題，這也許就是人們所說的「年命」吧。

現在擺在我面前的兩條路，一條是癱倒下去，走向毀滅，另一條是重整旗鼓，確定新的航標，走自學之路。你說我應該如何選擇？不要說你肯定要我選擇後者。對！我決定選擇後者，走自學成才之路。我既為能夠作出這樣的抉擇而高興，也為我將來可能遇到的痛苦與困難而憂鬱，就在幾個小時以前，我還掙扎在極度的痛苦與迷惘中。你的來信像一把火種又點燃了我生命的乾柴，給了我新生的勇氣，只要生命存在就讓它永遠燃燒下去吧。我不免又想起我的啟蒙老師韓曦光，現在我才明白他為什麼要冒那麼大的風險教我學古文，他是教我怎樣學做人啊。他是想讓我成為一個有用的人，一個對社會有點貢獻的人，我決不能辜負他的期望。跳出個人的小圈子，眼睛豁然一亮，人生的路也就寬廣了。你把我想像得太完美了，我也是血肉之軀，我也有我的弱點，只不過這些都被你那情人的目光披上了一層輕紗，你就看不到了。

因為我影響了你的學習，我很感不安，不知怎麼才能贖罪？你現在怎麼樣呢？相思之苦彼此皆同，心心相印，琴瑟和鳴，暫借陶潛一詩寄上我的一片情思。

願在衣而為領，承華首之餘芳，悲羅襟之宵離，怨秋夜之未央。願在裳而為帶，束窈窕之纖身，嗟溫涼之異氣，或脫故而服新。願在髮而為澤，刷玄鬢於頹肩，悲佳人之屢沐，從白水以枯煎。願在眉而為黛，隨瞻視以閑揚，悲脂粉之尚鮮，或取毀於華妝……

切切之情，綿綿之意，百願何以了得。最後請設法弄一套大學教材給我。

他一口氣把信寫完，就匆匆跑上街寄出。「勝人者勇，勝己者強，」要做強者，首先要能戰勝自己，他在信封的背面又留下這句話。

4

高爾基、華羅庚、捷克．倫敦……這些自學成才的偉人激勵著他，燃起他個人奮鬥的火燄。他認識到古今中外靠自學為人類作出巨大貢獻的多得很。不知是誰曾說過：人生的意義不在於佔有什麼，而在於追求什麼。只有不斷追求，才能像奧斯特洛夫斯基說的那樣，當他回首往事的時候，不因虛度年華而悔恨，也不因碌碌無為而羞恥。他知道搞文學不是件容易的事，需要淵博的學識，深厚的生活積累和深刻的思想修養。要想有所作為必須付出長期不懈的努力，他想自己還不到二十五歲，雖說許多歷史名流在這麼個年紀已經有所建樹，但亡羊補牢猶未遲也。我們這一代人命中註定要走更艱難的路，要結無花之果，一覺醒來，青春即將逝去，有什麼辦法呢。再拼上二十年才不過四十五歲，那正是人生的大好時光，精力充沛，經驗豐富，四十五歲能有所作為也是不錯的了。他立即擬定一個遠景規劃：三年完成大學中文專業的全部課程；花兩年時間廣泛閱讀古今中外文學作品；再用三年攻歷史，這期間要讀通二十四史，還要通讀歐美歷史；接下去用兩年時間學習哲學，要搞清哲學的起源及其發展輪廓，要瞭解亞里斯多德、德莫赫利特、費爾巴哈、黑格爾、迪卡爾、康德、培根等有影響的哲學家生平思想及其在哲學上的貢獻；還要花三五年的功夫專門研究馬克思主義，要徹底弄明白社會主義到底是怎麼回事？要弄清社會主義從歐文、傅立葉那裡到馬克思那裡，再到列寧、斯大林、毛澤東那裡，是怎麼一步步演變過來的，這期間有哪些發展或者說修正。總之要搞清什麼是社會主義？他感到社會主義的理論與實踐之間存在著很大矛盾，真正的社會主義不應該是今天這個樣子，或者說當今世界上存在的社會主義是假的，是掛羊頭賣狗肉。馬克思設想的社會主義是個樂園，可是現實的社會主義卻是個污水溝，這不能不令人反思……再下去可以寫文章，搞文學創作，用文學的形式廣泛揭示現實生活的本質，讓更多的人能夠認清我們的社會，認清我們所處的時代，認清作為一個當代中國青年所應肩負的歷史責任……

這麼一個宏偉的計劃，只有像他這麼個雄心勃勃的青年才敢想，只有像他這麼個意志堅強，堅韌不拔，能夠臥薪嚐膽的靈魂才敢付諸實施。上帝賜給人肉體，社會賦予人靈魂，不同的人肉體並沒什麼本質的區別，區別僅在於他們的靈魂，或者偉大、或者渺小、或者高尚、或者卑污。因為肉體是受靈魂支配的，所以要幹出一番偉大的事業，首先就要有一個偉大的靈魂。

清晨，護城河畔複印著他的足跡，「流芳園」攝下他的剪影，清清的河水聆聽著他琅琅的讀書聲；夜晚，廠門口拐角處的路燈下，伴隨他的是那嘰嘰嘶叫的秋蟲和瑟瑟作響的秋風，還有那永遠也餵不飽的蚊子，蚊子為能獲得一頓豐盛的晚餐而歡唱跳躍，載歌載舞：「我們的晚餐多豐盛，啊，感謝主人的盛情；誰說世上沒有愛，你就是我們的至愛親朋……」

開始，他感到身上到處亂癢，一隻手托著書看，一手在腿上、頭上、胳膊上不住地拍打、抓撓，心裡罵著：「這些貪得無厭的家秋，真是閻王爺不嫌鬼瘦，嗡嗡叫著去吸人的血，似乎還能說出一大堆道理來，這同人類的吸血者不是一樣的嗎。」漸漸的，他就陷入深沉的思索之中，再也不知疼癢了。于連的悲劇命運緊緊揪住他的心，于連是一個聰明過人，意志堅強，雄心勃勃的青年，他出身卑微，處在社會下層，不甘一生被埋沒，想幹出一番轟轟烈烈的事業來，當拿破崙式的英雄。可惜他生不逢時，他的青年時代正是王政復辟的黑暗時期。社會給他的出路只能是個小鎮的鋸木廠工人，最多不過承繼祖業當個鋸木廠老闆。而他卻偏不服從上帝的安排，愛讀書，有理想，企圖靠個人奮鬥擠入上流社會。他的願望一旦落空，他就要發洩他的憤慨，尋求報復，最後失敗……

他正在手捧《紅與黑》邊讀邊思索，他覺得自己同書中的主人翁有許多相似之處，可又有許多不同。他愛讀書，有理想，也可說有「野心」，想幹一番事業，可又出身卑微，社會為他的進取設置了重重障礙，每前進一步都要通過艱苦的努力，付出巨大的代價……這些和于連是相同的。但是他的心胸要比于連寬廣，志向比于連高遠，于連奮鬥的目的僅是為了實現個人的野心，向上爬，而他立志於文學則是想對社會作出點貢獻。他認為當代文學落後於時代太遠了，至今還沒有一部能反映建國以來社會歷史風貌的文學著作，更無劃時代的巨著，他從事文學就是要努力寫出這麼一部偉大的著作來。他前天剛讀完《牛虻》，他更喜歡牛虻，牛虻那驚人的毅力，頑強的意志和為民族而獻身的精神是偉大而高尚的。他覺得于連僅值得同情，而牛虻才令人敬佩……

月亮不知不覺已經西沉，夜已很深了，寒露打濕了他的衣服，他的頭髮如同剛洗過的一般水濕水濕的，身上滿布著密密麻麻的小紅點，像小孩子身上出的斑疹一樣，那全是被蚊蟲叮的。他不像別人被蚊子叮了一口就會起個大包，抓破了得花幾十塊錢的藥費。他天生一副賤皮肉，經得住蚊叮蟲咬，在咬過的地方僅僅出現一個芝麻粒大的紅點子，隨後就不疼不癢了。從五月到十月這段期間正是蚊蟲活動猖獗的時候，他的整個身子就會出現一個挨一個的小紅點。

人家見了說這樣不好，要得病的，他也知道有理，但他沒有像人家那樣的學習條件，沒有讀書的地方，又有什麼辦法呢？能供他晚上看書學習的地方就是這塊「聖地」。他更不能像別人一樣吃過晚飯端個躺椅搖著芭蕉扇去乘涼、聊天，他要讀書就得挨蚊叮蟲咬。

中央廣播電視大學成立了，首屆招生即將開始。一天同室的小馬興高采烈地拿著一張報紙對他說：「很多人都到廠部報了名，我看你也應該試試，別管考上考不上，反正機會不能錯過，總得去競爭一下子，碰碰運氣。」小馬極力攛掇他報名去考電大。他聽到這消息當然很高興，一把抓過小馬手裡的報紙匆匆瀏覽一下，不錯，本市今年開辦「工業企業會計」、「漢語言文學」、「外國語」等幾個專業，凡符合條件者均可報考，報名時需交本人近期照片兩張，持單位介紹信和戶口薄。政治條件是熱愛黨，熱愛社會主義祖國。張秋水對照一下自己的條件，認為各方面都符合，他喜不自勝，滿懷信心立即到廠政治處報名。胡幹事正在同幾個不符合條件的青年磨嘴皮子，他被那幾個青年糾纏得正沒辦法，見張秋水進來，忙站起來笑臉相迎，「怎麼，你也想報考電大嗎？」他說著就拉張凳子讓張秋水坐。

「是的，我覺得我各方面條件都符合，想試一下子。」

「好啊，好事嗎，現在國家要大力發展教育事業，提高我們整個民族的素質。年輕人嗎，應該積極響應黨的號召。」張秋水沒有坐，望著胡幹事的兩片薄嘴唇，心想：「聽他這話的口氣，似乎是一位老人，一位大首長，其實他比我還小好幾歲呢，不過是位小小的政工幹部，也可以說是乳臭未乾。」

胡幹事見張秋水不說話，目光嚴肅地望著他，心裡即刻掠過那次同王書記之間發生的不愉快情景，不免心裡一顫，忙把他按在一張凳子上，笑著說：「這樣吧，我先給你登個記，然後交廠領導研究。」

「這還要研究嗎？」

「當然了，考電大首先也要單位推薦嗎。學費也要單位負擔，上課還要佔用上班時間，不是隨便都給去上的。你想報什麼專業？」

「我想考中文，哦，也就是漢語言文學。」

「啊，這個嗎，嗯……我們是工廠企業，不是報社、廣播電臺，學這個可是不對口的呀。這不但在領導研究時會遇到麻煩，就是畢業回來也不好安排啊。」

「那你看我報什麼專業對口呢？」

「這個嗎……嗯，外語不行，法律不行，財會對你來說也不行，我們財務科已有兩個報名的了，他們要比你優先。嘿，今年是頭一年電大招生，開的專業實在太少了，沒有對口的就等明年吧，我覺得以後可能會有對口專業的。」

「等明年？明年誰知國家又會有什麼新政策，再說這年歲也不饒人啊。求你幫個忙，開個綠燈吧。」他今天這是第一次低頭求人，而又是求這麼個不學無術而又管著別人的傢伙，他心裡很痛苦。

「那好吧，我這裡先給你登記上，你這樣的人埋在成品車間當工人確實屈才，我很為你惋惜。我願幫你的忙，不過我不當家，這事一定要廠領導研究通過，研究掉了你可別怪我啊。」胡幹事一副非常誠懇的神態，手裡捏著鋼筆說。

「那當然，你這裡給我過了關，就感謝不盡了，哪還會怪你呀。」他看到胡幹事今天是真幫忙，無論他的出發點是什麼，他都十分感激，上去抓住胡幹事的手說。其他幾個報考的青年看張秋水這樣的人都不一定能去上，他們不夠條件的就更不談了，一個個慢慢走開了。

胡幹事也有點感動了，握著張秋水的手說：「人生的機遇是很重要的，一生中難得碰上幾回，這次機會你可不能再失去了，我一定盡力幫助你。不過王書記那裡，還有張廠長那裡的工作可得你自己去做。我瞭解你的心情和處境，你不是那種平凡小人，庸俗之輩，可是識時務者為俊傑，現在就是這麼回事，辦任何事不走門子是不行的。為四化學習科學文化知識，將來為祖國做出更大的貢獻，這也是好事嘛，求人也不為孬。咱廠現在報名的有十幾個了，反正不能都推薦。最多推薦三兩個吧，所以競爭還是很激烈的。王書記那一關是非過不可的，這些事情主要是他當家，以前你們之間雖然發生點不愉快，但也沒什麼，人到彎腰處不能不低頭，我看你乾脆上他家去賠個禮，道個歉，然後再表示點意思。咱倆之間嗎，事成再說，來日方長嘛。」

聽著胡幹事的話，張秋水心裡直打鼓，他明白現在的世風，辦什麼事都得靠關係，託人情。胡幹事今天這麼給他指路子算是真幫忙，可他張秋水最怕搞那一套，讓他去拍王書記的馬屁，低三下四的向他求恩賜，那對他來說真比吃屎還難。況且他一個窮光蛋，既請不起客也送不起禮，他寧願放棄這次上學的機會，也不能不要自己的尊嚴向他所看不起的人去求情。他向胡幹事說了幾句發自內心的感激話，就離開了廠政治處辦公室。

他來到大料場繼續帶著民工扛大鐵，他是成品車間的包裝工，也可說是成品庫的庫工，考電大要專業對口，世界上不知哪個大學有成品包裝專業？無論文科還是理科，據他所知都沒有分檢鐵塔這個專業，也沒有培養庫工的學府。看來這個職業不但消耗著他的體力，還成了他上電大的一塊絆腳石。他簡直恨透了這個職業，幹什麼不好，非要背鄉離井幾千里路跑到這個廠裡來扛大鐵。他抓起一根角鋼恨命的猛一甩，只聽哐當一聲，角鋼碰角鋼發出一陣刺耳的響聲，同時他手指的舊傷痕上又被銲刺劃出兩道大口子，鮮血一滴滴往下淌，他連擦都不擦，繼續一根根地搬、扛、抬……民工們都勸他去包紮一下，他死也不肯，並對他們發火說：「你們讓我去包紮，你們好坐下來休息，想偷懶是不是？」民工們看他氣得臉色鐵青，說話像鍘砍一樣，誰也不敢再多說一句話，只是默默地跟在他後面幹活。他接著想，我有怨氣沒處發洩，就朝這些民工們頭上使，欺負他們這些比我還要可憐的人算什麼本事！我想求知深造咋就這麼難？

又過了一會，民工小隊長奪過他手裡的角鋼說：「張師傅，你不能再這麼幹了，你看你的手，把角鋼都染紅了，不包一下怎麼行呢。我這裡正好有個『創可貼』，讓我給你包一下，止住血吧。」

望著小隊長那傴僂的脊背，那早衰的雙鬢和那誠懇的目光，他不禁感動得熱淚盈眶，立即將手伸給他說：「我剛才說話太衝，你們別生氣，我向你們道歉。」

「哪裡的話，師傅衝我們還不是應該的，你看劉師傅熊我們從來就不打草稿的。我們心裡明白，幾位師傅你人最好。」這時杜高芝也停下手裡的活，關切地走上來看小隊長給他包手。「讓我來吧，看你那笨手笨腳的。」她拿過小隊長手裡的「創可貼」，歪著頭仔細地給張秋水包手。

「都休息會吧，歇歇再幹。」張秋水說著就在一堆角鋼上坐下來，民工們立即圍著他坐了一片。

「我說張師傅呀，是不是遇到什麼不開心的事了吧？」民工小隊長點燃一支「光明」煙問。

他歎口氣，沒說什麼。

「嘿，人生在這個社會上哪能都那麼順心呢，遇事要多往遠處想啊。你年輕，又有文化，留有青山在就不怕沒柴燒。風光的人不能總是風光，受欺的人也不會永遠受欺。你別看那些當官的現在那麼神氣，將來世道一變你看他們會有什麼下場！你讀的書多，難道就看不出點問題來，你看共產黨的官現在都腐敗成什麼樣子了……」

「你……怎麼說這個？」他非常吃驚地望著小隊長，沒想到這個平時沉默寡言，老實巴交的民工會說出這樣的話來。

「我說這話是沒把你當外人呀，你不會到廠領導那裡告我吧，我想。不過話說回來，告也不怕，大不了不讓我幹這個臨時工。沒有我們這些臨時工，這些粗活讓誰幹？你們正式工都是拿工資不幹活的——當然你是例外。說我們的社會沒有壓迫，沒有剝削，那完全是屁話，我們血一點汗一點的天天幹這些活，難道就值一塊五毛錢？我們當臨時工的就該比正式工低一等？幹最重的活，拿最少的錢，地位最低，這是為什麼？就因為我們是農民身分。你看你們的那些幹部，一天到晚一杯茶，一根煙，一張報紙看半天，多享福。以前說資本主義怎麼壞咱不知道，現在又說資本主義怎麼發達、文明，生活條件怎麼好，咱也搞不清，反正我覺得共產黨的幹部越來越壞……」

「啊，別說了，這話只能在這裡講講，可別在別處亂說啊。」張秋水打斷小隊長的話。

「怕什麼呢，有機會你到我們那農村走走，看那些農民老社員罵當官的都是怎麼罵的。」

「你別淨瞎扯了吧，張師傅你別聽他的，我們幹活吧。」杜高芝說著就站起來，隨手也把小隊長拉了起來。「張師傅你手疼，就歇著吧，我們反正把任務完成就是了。」

民工們隨著一聲高喊：

電建廠呀麼真作孽，上班就是扛大鐵，那呼嗨嗨衣呀呼嗨……

又幹起活來。張秋水坐在那裡品味著這出工號子，咀嚼著小隊長的話。他沒想到小隊長會有那樣的思想，沒想到他讀了那麼多的書，碰了那麼多壁，對生活的感悟還沒小隊長深刻，群眾是真正的英雄啊……

下班後，吃過晚飯，他的思想又激烈鬥爭起來，是按胡幹事的指點去王書記家送點禮，道個歉，爭取這次考電大？還是聽之任之，給不給考隨他去？人到彎腰處，不得不低頭，識時務者為俊傑，為了學習，為了將來就忍了這次屈辱吧。他提上鞋就往外走，走到門口又猛折回來。陶淵明尚不為五斗米而折腰，我也是堂堂鬚眉，七尺男兒，怎能為這麼點蠅頭之利屈服於權勢，喪失自己的人格尊嚴。為了報考電大去摧眉折腰侍權貴，堅決不能幹！「為狗爬出的洞敞開著，為人走出的路緊鎖著。」我寧願被鎖著也不能去鑽狗洞啊。於是他又倒到床上，他彷彿看到沈冰正坐在明亮的教室裡讀書，他看到她面前擺著一摞摞的精裝文獻。他覺得沈冰現已站在知識的王宮裡，正在向他招手，他已遠遠落後於她。他多麼渴望在寬敞明亮的教室裡學習，多麼渴望能踏著校園的晨霧讀書，多麼渴望有一個良好的學習環境啊。可是上大學不可能了，現在唯一的希望是上電大，這條路再堵上，他這一輩子就再也別想上學了，這次考電大可能就是他這一生最後一次上學的機會了。人生在世誰能不求人，韓信尚有「胯下之辱」，何況我這凡夫俗子，廳長、局長到廠長都請客送禮，拉關係走後門，行賄受賄保烏紗帽，何況我這草芥百姓！這麼鬥爭的結果，去也對，不去也對，去也有理，不去也有理。啊，原來古人在同一個問題上也存在根本的分岐，看來人生的路是無法找到現成答案的，只有靠自己去體察，去琢磨。忽然，他突發奇想，何不讓上帝裁決！他從口袋裡摸出一枚五分的硬幣，心裡說：「正面朝上就不去，反面朝上就去。」他捏著硬幣往空中一拋，落下來是反面朝上。他歎口氣，心裡罵了一聲「真是正不壓邪！」於是他穿上衣服，腰裡裝上僅有的幾十塊錢就走出去。

他僅知道王書記住在廠隔壁的家屬院裡，但是哪一棟哪一室卻不知道，他又不願去打聽別人，據說幹這種事只能「悄悄的，打槍的不要。」怎麼好去打聽別人呢。他又在廠門口猶豫徘徊起來，東張張，西望望，那神態活像剛出洞的老鼠。

蒼天有靈，他正無可奈何，抬頭就看到王書記的老婆——廠財務科長拎著一大包東西遠遠走來。他心中一陣激烈的狂跳，遠遠盯梢著她，躡手躡腳地遠遠跟在她的後邊，像偵察兵進入敵人封鎖線一樣機敏。只見她進了家屬院就拐入一棟宿舍樓，上了二樓，一開門裡面立即傳出一陣喧嘩，還聽到叮叮噹噹的碰杯聲，顯然書記正在家請人喝酒。他知道，這樣的場合是不便進去的。他腦子裡立即閃出登在報紙上的一幅畫，畫面上是個農村姑娘，她一手拎兩條大魚，一手拎個裝滿高級煙、酒等禮品的提籃，她正站在一個窗戶外面往裡望，她那憂淒的目光，驚慌的神態，進退兩難的樣子表明她正在猶豫，心事重重。窗子裡面是一對肥頭大耳的幹部正在舉杯相碰，桌子上擺滿山珍海味。這張畫的旁邊題了一行小字「為了出路問題。」他目前的處境同畫上的那位姑娘何其相似，只是他口袋裡那幾十塊錢還沒變成禮物……想到這裡，他立即折身下樓去，生怕讓人家看出他正站在書記家的樓梯口上。他心裡撲騰撲騰地跳著，像小偷正要撬人家的門鎖卻猛然聽到腳步聲一樣。他慌忙跑下去，一口氣跑回宿舍倒頭就睡。小馬一個勁追問他哪去了，同哪個姑娘約會去了。他聽了只覺得心裡在流淚，裝聽不見也不去睬小馬。

「嘿，算了吧，何必非要做自己不願做的事，自找苦吃呢。」他心一橫，隨他去吧。

幾天後，他剛吃過飯，正扒在床沿上看書，小馬猛一推門跑進來，氣喘噓噓地說：「張秋水，你拿到考電大的登記表了嗎？」他手裡拿著張登記表朝他揚了揚。

他扭過頭去，朝那登記表瞥了一眼，冷冷地說：「沒有。」

「這麼說廠裡不讓你考，這太欺負人了，你還不快找他們去？」

「有什麼找頭，我早就知道了。」

「什麼，你早就知道廠裡不讓你報考？」

「嗯。」

「那為什麼呀，你平時學習這麼用功，文化基礎這麼好，各方面條件也都符合，為什麼不讓你考？」

「沒有對口的專業唄。」

「哎呀，我說你呀，真是個書呆子，讀書越多越糊塗了，專業對口，那是糊弄人的官腔，什麼對口不對口，想讓你去就能去，你看咱廠裡送出去學習的有幾個是對口的？學哲學的，學法律的，學新聞的，還有學檔案的，哪個是對口的。不瞞你說，這年頭就是學烹調，學縫紉，學賣老鼠藥，只要弄個文憑回來，照樣大專待遇，加級轉幹，身分一變好處都有了。」

「人家各有各的辦法，怎麼好比呢。咱這號人只能硬碰硬套政策，靠天收。」

「什麼屌政策不政策，那政策都是當官的制定的，也是當官的執行的，全是糊弄咱老百姓的。他們嘴巴一歪就是政策，讓你考是政策，不讓你考也是他媽的政策，反過來有理，掉過去還有理，說你行你就行，不行也行，說你不行你就不行，行也不行。走，我陪你去找。」小馬說到這裡就要拽他走。

「哎呀，何必呢，不讓你去，找也沒用，我已看透了，就是這麼回事，生氣也沒用。不就是上個電大嗎，有什麼大不了的，不讓考就不考。」

「嘿，你這人……我真替你難過。以前考大學耽誤了，這次考電大你樣樣符合，為什麼不去！說實話我報考是瞎哄，去也不一定考上，可是既然有機會就該去碰碰運氣。要麼這樣吧，我不考了，讓給你。走，咱們一塊去政治處說去。」

張秋水感動得熱淚盈眶，「謝謝，謝謝你，小馬。你的心意我領了，我知道廠裡是不會花錢送我這樣的人去學習的。故然我為人忠厚，工作踏實，可我在廠領導的心目中的印象不好。這才是事情的本質。所以我勸你不要瞎折騰，從今天開始好好複習功課，不懂的地方咱們一塊琢磨。」

小馬無可奈何地歎了口氣，「我要是你非把他娘的辦公桌子砸了不可。不過我說句不該說的話，你這人心眼也太實了，這種事預先總得找找關係，鋪鋪路，你知道我這張登記表是怎麼來的嗎？兩瓶『古井貢』，一條『阿詩瑪』換的。就這還是我爸的面子，王書記是我爸一個徒弟的表叔，要不然我邊也沾不上。他媽的，現在就這世道，有權不用過期作廢，誰在臺上不撈點好處？否則的話，人們幹嗎都擠扁頭去爭官當。」

聽了小馬的話，張秋水既覺得吃驚又認為在理，正像他聽到民工小隊長的一番話一樣，這些普普通通的人原來對事理都有本清帳。小馬這人平時也是默默的，一句話也不多講，關鍵的時候可有兩下子，我張秋水不如他們。

這時，有人在樓下高喊：「張秋水，傳達室有你的包裹單，趕快去拿吧。」他答應一聲就跑下去。他到傳達室一看，高興得幾乎要跳起來，那是沈冰寄來的，上面貼著「印刷品」的標簽，肯定是書籍了。他拿著包裹單就往外跑，到了郵局收發員將幾大包郵件放在他面前，他迫不及待地打開，一股濃郁的油墨香味撲鼻而入，幾摞子新書擺在他的面前。他一本本翻著看，一套《中國古代文學史》共三冊；一套《中國歷代文學作品選》共六冊；一套《中國現代文學史》共三冊；一套《中國當代文學史》共二冊，還有現代文學作品選、當代文學作品選、外國文學作品選、歐洲文學史、中國通史、黨史、哲學、政治經濟學、邏輯學、文學概論……好傢伙，幾十本書擺了滿滿一櫃檯令他愛不釋手，目不暇接。他像個山裡的孩子猛下來到大海邊，眼界陡然開闊。他翻弄著這一冊冊的新書，如獲至寶，臉上放著光彩，心中淌著快樂。他不知道幾年大學要讀這麼多書。他原以為自己讀的書不少了，這時他才覺得自己不過是井底之蛙，見到大海，不免望洋興嘆，真是學然後知不足。

忽然一只潔白的信封從一摞子書中掉出來，他拿起信正要拆看，這才發現周圍的人都在看他，他猛然意識到自己還在郵局的櫃檯前。他隨即將書捆起來，變成一大捆，扛在肩上足足六七十斤，但他扛著走起來仍快步如風。

回到宿舍，他將一捆書往床上一撂，小馬立即上來翻看，不住咋舌讚歎：「嘖嘖……乖乖，搞這麼多書，多少時間能讀完。誰寄來的？快說。」

「朋友。」

「什麼朋友，是不是姓她的？」小馬擠眉弄眼地問他。

「朋友就是朋友，什麼她不她的。」張秋水說著就掏出那封信看。小馬立即湊上去，「啊，還有信呢，看來不是一般關係了，能不能念給咱聽聽，讓咱也享受享受。」

「張秋水把信拿出來咱們看看，以後也學學寫情書。」其他二位也跟著起鬨，一起過來抓他手裡的信。

他一個箭步衝出去，一口氣跑到「流芳園」，躺在河邊的草地上看信。

秋水：

收到你的信我真高興，你那麼長時間沒給我來信，我就猜著一定遇到了什麼事情，果然不錯，對此我感到很內疚，是我耽誤了你。在這問題上我不想多說，我只能竭盡我的努力畢生彌補這一缺憾。我為你能夠從痛苦中掙扎出來找到新的航標而高興，「天生我才必有用」，「天將降大任於斯人也……」我相信任何痛苦不幸都不會把你壓垮，將來我們的文學寶庫裡一定有你的偉大著作，歷史名流中一定有你的名字。一個人的價值不在於他現在的水平多高，而在於他是否能在生活中不停的前進。真理的道路是由無數的探索者走出來的，對於一個真正的人來說，應該具有追求真理，獻身事業的精神，這就是人生的光明，這就是人生的陽光。你的目標是對的，我會竭盡全力支持你自學成才。現在先把教材寄給你，以後還有講義和我的課堂筆記以及每次考試的試卷，等我整理好再寄給你。

秋水，當你讀著這信的時候，我正手捧鮮花，獨倚高樓，遙望西邊天際，數著空中飛過的大雁，遙遙寄託我對你的深深思念，花蕊上滴著晶瑩的珠兒，那是我的相思之淚，飽含著我對你的熱烈祝福……

他屏著呼吸將信看了一遍，接著又看一遍，然後躺在草地上，雙手扳著頭，望著天上一塊塊飄去的白雲，回味著沈冰的信。他彷彿看到沈冰正站在遙遠的天邊向他招手，他真想變隻小鳥立即飛到她的身旁……

晚上他拿本外國文學史來到「流芳園」邊上的路燈下，聚精會神地讀起來。薩福、阿那克瑞翁、品達、伊索、埃斯庫羅斯、索福克勒思、歐里庇德斯……這些陌生的名字他是第一次接觸。以前他對西方文學瞭解不多，尤其西歐小說中的冗長靜態描寫令人硬著頭皮也讀不下去，一本書他往往看不了幾個章節就撂下了，他愛中國古典文學的雋永、簡潔、耐人回味。看來他對西方文學確有偏見，西方文學反映社會生活廣闊而深刻，是社會生活的一面鏡子。他現在要系統的學習西方文學了。

星漢西流，秋風蕭瑟，張秋水坐在一塊石頭上像一尊雕塑。微紅的碘鎢燈光將他的身影投在一片就要枯萎的草地上，四處靜悄悄，似乎一切都已沉睡，唯有護城河水涓涓流淌著將一曲奮鬥者之歌傳向遠方，述說著一個感人的故事。

第九章 新的高度

1

今天是年終總結暨表彰大會，離上班還有二十分鐘，廠裡大喇叭就開始叫起來，王書記啞著嗓子在喇叭裡喊各車間的頭子到禮堂開會。

張秋水隨著人們來到大禮堂，見主席臺上各位領導正身偉坐，手裡捧著茶杯，廠辦的兩位專管接待的女青年打扮得花枝招展，忙前忙後給領導倒茶，在主席臺上跑來跑去張羅著，她們也因為能站在主席臺上俯視下面的群眾而自豪。胡幹事顯得更忙，一會弄擴音器，一會又去搞照相機，還不斷受書記的指使，跑前跑後拿東西。和臺上氣氛相反，台下則冷清清的，只有幾個婦女坐在那裡織毛衣，嘻嘻哈哈扯閑。

張秋水在一個牆角裡坐下來，打開《清明》雜誌上的「天雲山傳奇」接著看，主人公羅群的不幸遭遇緊緊揪住他的心。會場上除了大喇叭的叫聲，就是女人們嘰嘰喳喳的說笑聲，空氣中彌漫著嗆人的煙霧。只聽方主席乾咳一聲說：「現在開會了，大家靜一下，靜一下。」他的話像被噪雜的談笑所淹沒，會場並沒能靜下來。接著方主席又連喊幾遍「靜一下」，會場才略微靜下來，但下面講話的還很多，只不過壓低了聲音罷了。

這是一年一度的例會，會上領導要作冗長的年終總結報告，列舉一大堆人們都搞不清的數字，擺擺一年中取得的偉大成就，最後提幾條問題和不足一帶而過。報告當然是秘書寫的，張秋水覺得每年都一樣，因此他懷疑這樣的報告秘書也不用寫，把往年的拿來改頭換面即可。

今天的會和往常一樣，方主席主持，張廠長講全年的生產情況和明年的打算，然後是王書記作總結報告。張廠長講了一大堆數字，並沒有誰認真去聽，廠裡生產搞得好壞那是領導的事，與群眾沒多大關係，群眾關心的是切身利益，工資、獎金、住房分配、小孩入託等等。王書記接過胡幹事遞上去的講稿，清清嗓子說：「同志們，我們廠在黨的方針政策指引下；在上級的正確領導下，通過全體職工的共同努力，取得了很大的成就，這是大家都看到的。我們今年為職工辦了十件大好事，第一，我們改造了幼兒園，使所有的職工子女都解決了入託問題；第二，我們今年改造了兩棟家屬宿舍，新蓋了一棟。第三，……」

這時會場上一位青年工人站起來大聲說：「對不起，書記，我打斷一下，請問我們的住房是按什麼分配的？你們當領導的換了一套又一套，我來廠都八年多了，從結婚時你們就說馬上給解決房子，可是現在我小孩都五歲了還租房住在外邊，每月要幾十塊錢的房租。你們今天能不能給我解釋一下。」

「這個嗎……具體情況我不太瞭解，你……等散會再說。」王書記一時語塞，呷口水，擺擺手，示意讓那青年坐下。可是那青年並沒坐下，隨即又站起來幾個青年。

「這住房分配太不公平了。」

「就是的，有人蓋一次新房搬一次家，總是住新的，有人等了多年也沒房子住。」

「同志們，安靜一下！安靜一下，同志們——」方主席立即站起來說：「你們的心情我們是理解的，我們廠領導也迫切希望每個職工都能住上套房。可是事情總得慢慢來嗎，我們國家目前還十分困難，在住房方面欠帳太多，問題很大，可是這只能慢慢的，逐漸加以解決……」

「那為什麼廠領導都住了新房，有的還住兩套？」幾位青年並不聽方主席那一套，站在台下大聲質問。

「這個嗎……有些特殊情況。房子分配是我們集體研究決定的，出了問題我們黨委負責。你們不要感情用事，不要聽少數人煽動。現在黨中央反復強調安定團結，凡事要從團結出發，要顧大局。我看咱們廠還存在一些不安定因素，這是不能允許的。」方主席顯然是用大帽子壓人。

會場上呼啦下又站起來一位老工人，那位老工人將手舉得高高的，「我還有個問題也想在這裡問一下，希望廠領導別先拿大帽子嚇人。剛才廠長說我們今年通過了五次省市級檢查，獲得了省級產品質量獎，市級衛生先進單位，省級文明生產紅旗，全系統增產節約獎等等。請問我們的產品質量提高多少？車間的玻璃窗沒一塊好的，機械設備上油污多厚，這文明生產又何從談起？我們去年一年出了幾次設備事故廠裡都沒往上報，這又怎麼能算文明生產？還有這市級衛生先進單位又是怎麼來的？一年光吃喝招待費開支十幾萬，我們又是怎麼增產節約的？廠領導能否把吃喝招待費的準確數字公佈一下，並說明是怎麼開支的？」

會場頓時一陣嘩亂，人們紛紛議論起來，鬧哄哄一片混雜，也聽不清都是誰說了些什麼。

王書記面色鐵青，瞪眼俯視著台下每個人的舉動，張廠長急得頭上冒汗，方主席立即拿起話筒大喊：「安靜，同志們安靜……」喊了數聲無濟於事，他便一個個的點名：「老王坐下，有意見會後再提，今天是年終總結暨表彰大會，不要提與本次會議不相關的事情。小劉，坐下。嗯，薑華也坐下……」

經過方主席一個個點名，群眾才稍微平靜下來，但會場上噪聲仍然很大。王書記抓過講稿，也不再往台下看，一個勁把講稿念完。緊接著就是發獎，喇叭裡奏著節奏明快的進行曲。

發獎完畢方主席說：「我們今天的大會開得很成功，會場秩序基本上還是可以的，有個別人不太遵守會場秩序，希望以後注意。我們全廠今年榮獲廠級先進的共四十五人，出席局級的四人。我們還有一些比較好的同志幹得也很好，為我廠圓滿完成各項任務做出了很大貢獻，但由於名額有限這次沒評上，希望在新的一年裡繼續努力爭取。」講到這裡，他略微一頓，朝王書記、張廠長詢問一聲，就大聲說：「祝大家在新的一年裡取得更大的勝利！現在……」方主席的話沒講完，人們全都站了起來，有些則早已離開會場。王書記本來是沒有話要講的了，看到這情形，又抓過話筒大聲說：「誰讓你們走的，都給我回來！我們每次開會都強調紀律，可這紀律老是搞不好，這究竟是什麼問題！我們這麼大工廠沒嚴明的紀律行嗎，嗯！各車間負責人點點自己的人數，看有多少缺席的，有多少遲到早退的，無故不來開會算曠工。各車間的主任、書記馬上到廠部小會議室集合。現在散會！」

書記的話音剛落，會場裡立即爆發出一聲高呼：「解放了！」接著早已不耐煩的群眾嘩啦一下湧出會場。

張秋水也隨著人流往外走，這散場時的一聲高喊震盪著他的心靈，久久的在他腦海裡迴響。這發自心底裡的一聲高喊表達了工人群眾久久壓抑的思想情緒。把書記宣佈散會作為「解放了」，這是怎樣的悲哀啊。他們不是已被解放幾十年了嗎，怎麼還會發出這樣的呼聲？那在會上勇敢站出來發難的小夥子，那大聲質問王書記的老工人，還有那個整日跟他默默幹活的民工小隊長……這些才是真正的人民，他們應該是我們這個社會的主人，而王書記，方主席，張廠長這些「人民公僕」實際上成了我們的主人，這是一種更為深刻的異化！

這時，天空忽然飄起雪花，紛紛揚揚，鋪天蓋地，不大一會地上就下白了，天宇一片迷迷茫茫的，高大的建築物被風雪鎖在嚴寒裡，失去了平時的生氣，承受著陰沉沉的壓迫。

小馬又告訴他一個消息說晚報社招記者，要求條件是政治清白，有較強的寫作能力，持單位介紹信即可報考。這消息令他十分高興，他立即跑到廠部去開個介紹信就往報社跑。北風呼呼吹著，噎得他喘不過氣來，在公共汽車站等了好久也沒等到車，凍得他直打冷戰，這路車是開往郊區的，平時都不正常，碰到這樣的天氣就更沒指望。我們國家公共汽車的司機和售票員都是拿固定工資的，對他們個人來說一天跑八趟不如一天跑一趟，最好一趟也不跑。張秋水想到這裡，歎息一聲就邁開大步朝前走，這麼冷的天走走更暖和些。一二十里路對坐慣了小汽車的領導來說走起來的確困難，而像我這樣一貫出大力的工人走點路算什麼呢。記得小時候，一年冬天下大雪，一連下了幾天幾夜，家裡沒柴燒，眼看就斷炊。他和爹一大早就到十幾里路的集上去買柴，沒有錢只得弄兩袋子紅芋片子賣。爹推輛獨輪車，他在前邊拉。獨輪車軋在雪地上發出咯吱咯吱的響聲，後面留下兩行足跡和一溜深溝樣的車轍。儘管天寒地凍，他只穿件破棉襖還出汗。趕到集上快晌午了，趕集的人很少，等了很長時間才碰到一個買主，家裡等柴燒，價壓得再低也得賣，兩口袋紅芋片子幾百斤才賣了三塊多錢，換了幾捆柴禾。回來時太陽出來了，地開始化凍，獨輪車根本就推不動，走不幾步就得停下來挖去塞在輪軸上的泥巴。他們竭盡全力，走走停停，到家天已黑了，拉了一天車，挨了一天凍，也挨了一天的餓。回到家，娘和香蓮姐老遠就迎上來，幫助他們連推帶拽將柴禾弄回家，然後一齊動手點火做飯。這天娘破例擀了「好麵條子」，好幾個月沒吃過這麵條子了，真香啊，儘管那裡面一滴油也沒有……

他邊走邊想，不知不覺已來到晚報社，接待他的是位中年知識分子，很熱情地又給他倒水又給他端板凳坐。「聽說你們招記者，我想瞭解一下情況。」他局促不安地說。

「你想報考嗎，那很好，我們非常歡迎。我們報社剛恢復不久，百廢待興，人才奇缺，你是哪單位的，幹什麼工作？」

「我是電建廠的，是成品包裝工人。」

「啊，工人，很抱歉，工人不能報考，一定要幹部身分。」那位中年人面帶難色，剛才的那副高興勁一下子消失了。

「那為什麼呢？為什麼工人不給考，你們需要的不是人才嗎，為什麼要受身分限制呢？」

「嘿，我們也不想搞這個限制，唯才是舉嗎。可是進到我們這裡就是幹部身分，要是工人就得轉幹，而轉幹市組織部又不給指標，我們也沒辦法呀。」

「這麼說，真的不行了。」

「當然，這是沒辦法的事。」那中年人搖搖頭，現出一副無可奈何的樣子。

他只得起身告辭，走出報社，回頭望一眼那掛在大門上的牌子，感到它正對自己譏笑：「一個小工人不老實幹你的活去，還想進這個門。」

他感到一陣心寒，打了個冷戰。啊，我是一個小工人，這小工人就不該有什麼非分之想，只能老老實實扛你的大鐵去。他似乎現在才體會到這「小工人」的內涵，像黥在奴隸身上的刻記，深深嵌在他的肌理之中，一生一世都是去不掉的了。啊，我們的國家是工人階級領導的國家，這麼說我也是領導者的一員，可是誰是我的被領導者，我又能去領導誰去？轉幹才是由被領導者轉為領導者，我這一輩子也別想跳過這個「龍門」。當時他曾為能進城當工人而激動得徹夜難眠，現在可算品透了這當工人的滋味。

張秋水回到廠裡，食堂的大門緊鎖著，見了他這個主人一點也不買帳，他只得拎個空碗沒精打彩回去，再過一次六〇年。他走沒多遠一抬頭，見劉廠長陪著兩位大腹便便的幹部走進食堂小餐廳，他心中不禁發出一聲悲歎。

2

天氣陡然放晴，嫩陽照在白皚皚的雪地上，發出刺眼的光芒，樹枝上的冰雪開始一團團往下掉。張秋水一大早就往省城圖書館趕，一群孩子正在馬路邊擲雪球，打雪仗。當他從他們邊上經過時，頭上也挨了幾個雪團子，落在脖子上冰涼冰涼的，幾個孩子一齊朝他大笑，他也放聲大笑起來。

走沒多遠，前面的路不通了，幾個交警站在路口，手裡拿著紅牌子正威風凜凜的指揮車輛掉頭。馬路上空懸著「熱烈歡迎日本朋友光臨我市」的橫幅標語，路兩邊還擺放了各種盆景。張秋水這才明白，原來是接待日本人的，省裡主要領導都要到機場迎接，所以才這麼清路肅障，戒備森嚴，聲勢赫赫。從賓館到飛機場正好要經過通往圖書館的這條路，公共汽車到此停開，調頭回去，行人禁止通行，繞道另走別處。客人大約十一點鐘才到，他們現在就開始清路，以保證外國人和中國首長們的安全，在他們看來隨時隨地都可能有人在首長們經過的地方安定時炸彈。中國對大人先生們的保安工作做得一向是十分精細的，從古至今都是如此，而相比之下，老百姓的身家性命反而又是最不值錢的。在當今的世界上，只有中國是這樣，也只有中國才能夠這樣！舊中國，日本人挎著腰刀，穿著馬靴耀武揚威地走在大馬路上，今天他們又來了，坐著中國的小轎車，由高級官員陪著，他們住的高級飯店，中國人連大門也進不去。

突然，兩輛摩托一左一右並排從馬路那頭開過來，橫衝直撞，肆無忌憚，兩名警官口裡大喊：「走開！走開！」。摩托所到之處，人群發出一陣陣驚呼，然後四處逃散，這是清場開始了。封建社會有大官經過尚有人可以攔轎喊冤，現在可就不行了，首長們都是日理萬機，要是隨便被攔住耽擱下來，那會給國家和人民造成多麼巨大的損失！

張秋水再也看不下去了，心裡像壓了塊大石頭，感到沉重、窒悶。他立即繞道而行，多走了十來里路，快到十一點才趕到圖書館。他順手從開架書櫃上取了本《世界經濟年鑒》（一九六〇－一九七五），打開一看，裡面全是些統計數字，下面這組數字吸引住他：

按人口平均國民收入（單位：美元）							
年度	1960	1963	1970	1972	1973	1974	1975
日本	417	625	1636	1901	2446	3546	
美國	2502	2831	4285	4580	4984	5923	6236
法國	1202	1570	2490	2764	3348	4505	5639
西德	1210	1529	2749	3182	3769	5480	6029
英國	1260	1475	2031	2263	2544	3106	3684

下面接著是財政收支統計，工人工資，鋼鐵產量，糧食產量等一組組統計數字與指標。這一切指標，主要資本主義國家都遠遠高於中國。再往下看是南斯拉夫、羅馬尼亞、東德、蘇聯……這些東歐社會主義國家各項主要經濟指標也都大大高於中國。一九七四年人均國民收入：美國五千九百二十三元，日本三千五百四十六元，法國四千五百零五元，西德五千四百八十元，這是以美元為單位計算的，而中國的城市職工收入不到一千元人民幣，折合成美元才兩百元左右，農民一分工毛把錢，年收入平均不足五百元，更是少得可憐。外國一個吃政府救濟的要飯花子都比中國工人的收入高許多倍，這是多麼巨大的差別啊，真令人怵目驚心！

面對這一組組無情的統計數字，張秋水愕然了，他驚詫得目瞪口呆。他一直只讀文學書，對經濟瞭解不多，他就知道中國落後，但絕沒想到會落後到這樣的程度，沒想到中國與世界之間的距離拉得這麼遠，而且從一九六〇到一九七五年的對比來看，這差距是越拉越大。這一組組冷冰冰的數字像頂頭炸響的一聲霹靂，震得他渾身顫抖，又似一根根無形的皮鞭抽在他的身上，他感到痛苦萬分。

這一組組數字和他剛才碰到的一組組鏡頭攪和在一起令他頭暈目眩。他一隻手扯住額前的頭髮陷入沉沉的思索中。他忽然明白了中國在世界上的地位，明白了中華民族被人恥笑的根源，明白了中國人民在外國人面前為何總是抬不起頭來。這一切的一切，歸根結蒂出自一個「窮」字。可是中國為什麼這麼窮？是清政府的腐敗無能阻礙了歷史的發展，是帝國主義列強的侵略與掠奪影響了生產力的發展，還有……嘿，這一切都是過去的事了，社會主義已搞了這麼多年，為什麼還是這個樣子？古人有訓：「人窮志不短」，可是現代人早已不信守這一古訓了，無論誰，有奶就是娘，無論什麼樣的錢能賺就得賺。

他感到頭痛欲裂，腦子裡亂七八糟的一團亂麻，無論如何再也看不下去書了。他將那部經濟年鑒往書架上一撂就走出圖書館，好像全是那本書給他帶來的苦惱，令他心煩意亂。

晚上，他躺在床上翻來覆去睡不著，他又想起了他的童年，那心酸的童年，長到十幾歲沒吃過城裡人做的糖果，更不知桔子蘋果為何物，他幾乎沒穿過什麼新衣服，總是大人穿破了改造一下給他穿，冬天的棉褲扒去棉絮就是夏天的褲子。六〇年整天餓肚子，一次他餓得實在受不了就拿一個小瓷缸子到食堂去。劉四爺那時管食堂，只要找到四爺，多少總給點吃的。他剛走到食堂門口，腿一軟，一跤跌趴下就死過去了。劉四爺看到立即弄碗稀粥給他灌下去，他才又活過來。他一睜眼見到四爺蹲在他跟前，上去一把摟住四爺的脖子哇的一聲大哭起來……劉四爺把自己省下的稀粥倒在他的小瓷缸裡，稀粥裡面還有一些玉米粒兒。他太高興了，他一邊喝一邊高興地往家跑，突然，他的腳下一絆，一跤又跌趴在地上，一缸子稀粥全灑在了泥土裡，他顧不上去擦膝蓋子上的血，連忙一粒粒從泥土裡揀起一顆顆的玉米籽兒，連泥都不擦就往嘴裡填……而那時候，美國人均收入已達到兩千五百零二美元，法國是一千兩百零二美元，西德是一千兩百一十美元，英國是一千兩百六十美元，多大的差別啊！這究竟是為什麼？六〇年因為饑荒而殍屍遍野，他那個小村莊人口餓死三分之二，伯父一家六口人全死光了，祖父祖母也都是那時餓死的。當然全國餓死多少人，至今沒法知道。共產黨是不會公開承認六〇年大批大批餓死人的。後來工作填履歷表還只能說是病死的，不能說是餓死的。對這一慘狀只能說是天災，不能說是人禍，只能追究老天爺的責任，而不能追究領導人的責任，真讓人痛心啊！而那時主要資本主義國家的人均收入都在一千美元之上，難道這不是社會主義的恥辱！

中國目前勞動生產率這麼低，科學技術如此落後，社會的原因、政治的原因、經濟的原因，歷史的原因……很多很多，最根本的還是生產關係不適應生產力，人的積極性調動不起來，工人上班磨洋工，出工不出力，這現象的根源在於沒真正實行按勞分配，存在權力剝削、官僚主義、形式主義，封建特權和腐敗現象越來越嚴重。

中國要富強，中華民族要崛起，中國人不比外國人笨，中國能夠趕上和超過世界發達國家，但必須建立一個能夠高度刺激生產力發展的新秩序。一股烈焰騰然升起，燒得他熱血沸騰，「位卑未敢忘國憂」，作為一個中國青年應該為中華民族的振興做出點貢獻，應該將民族利益放在第一位，應該為中華民族的崛起而獻身。我應該放棄文學研究經濟。文學當然很有意思，但它對社會的作用太小了，它只能通過對社會生活的描繪給人的思想感情施加一定的影響，而不能直接作用於社會，更不能直接變成生產力。要尋求中國的出路必須從發展經濟，擺脫貧困入手，而要發展經濟就首先要改變這種阻礙生產力發展的社會政治經濟體制，真正解放勞動者，讓勞動者真正成為生產資料的主人。他望了一眼那一堆尚未全部讀完的文學書籍，感到有點難過，拋卻它們憑心而論他真捨不得，同時也覺得辜負了沈冰的一腔熱忱。他愛好文學並且有基礎，攻讀文學對他個人的發展當然更有利，收效會更快些。然而大丈夫應以天下為己任，作為一個當代中國青年應該將人民的利益放在首位。古人讀書尚知修身齊家治國平天下，魯迅先生能夠棄醫從文，我為什麼就不能放棄文學去研究經濟呢？魯迅棄醫從文是要診治中國人的靈魂疾病，他找到了不少病歷，也給許多病人切過脈——阿Q、祥林嫂、華小栓、運土、涓生和子君，但他終究也沒能治好他們的病，還是讓他們一個個可悲的死去，時至今日這樣的病症還大有人在。經濟是社會的基礎，要根治中國國民的精神疾病還是要從「物質」方面下手。

他再也睡不下去了，一骨碌從床上爬起來，趴在被卷上給沈冰寫信，他要將這一抉擇告訴她，他需要她的理解和支持。

親愛的冰：

我這個不安寧的靈魂又躁動了，簡單地說就是我想放棄文學，研究經濟，不過你寄給我的那些書都還是有用的。我覺得我們現實中一切問題的本源都是一個經濟落後問題。我覺得我國目前實行的國家統控，把企業當成一個小社會，當作國家機構的一個最小單位，而不是把它作為一個獨立的經濟實體，這是不符合經濟規律的。當然這樣有利於鞏固政權，穩定社會秩序，但不利於發展生產力，不能調動勞動者的勞動熱情和創造精神。不知你想過沒有，我覺得我國從經濟基礎到上層建築各方面到處都是毛病，因此我們必須進行徹底的社會變革。怎麼變我還說不清，反正我以為不能老這麼慢慢捱下去了。從這點出發我才決定放棄文學，從事經濟研究，我想找到一條變革現狀的路子，探索出一套改革方案來。以推進中國社會的歷史進程。無論今後走到哪一步，我都不會後悔，無論命運將我拋到哪裡，我都問心無愧。「亦餘心之所善兮，雖九死而猶未悔」。……

3

春天來了，冬天還沒走遠，嫩陽剛從嚴寒裡掙脫出來，無力的照射在省圖書館門前的大草坪上。草坪已開始泛綠，桃樹枝頭的花骨朵已經暴紅，白雨湖畔的垂柳綻出嫩黃的新芽來。在這個星期天裡，張秋水一大早就來到了省圖書館。他走進閱覽室一看，這裡與以前大不相同了，開架圖書不開了，還要憑閱覽證「對號入座」。幾天之內這裡就變了樣，時間不等人啊！

發閱覽證的是位新來的姑娘，她長得細細條條的，小圓臉上搽著化妝粉。她上身穿件翠綠色的羊毛衫，下面是黑色喇叭褲子，身材襯托得很窈窕。張秋水走上前遞上自己的工作證向她換閱覽證，她帶理不理哼了一聲，張秋水歪著頭也沒聽清她說的什麼，但從別人那裡他明白了要在借書的同時才發給閱覽證。他立即去翻索書卡，長長的卡片櫃前擠滿了人，有的乾脆把抽屜拉掉拿到一邊去翻，他好不容易擠進去，翻半天才找到他想看的書目。等他回來將寫著索書號的紙條遞上去，那位管理員卻將兩手一攤說：「沒有座位了。」說罷轉身就走，走到辦公桌前便背過身去掏出一個小鏡子自我欣賞起尊容來。在這裡他還從沒遇到過這樣的情況，也從沒碰到過這麼樣的管理員。以前有證件就可以借書看，沒有位子可以站著看，現在不行了，沒有座位就不能在這裡閱讀，也根本不讓你借書，以前許多書是開架的，隨讀隨取，現在看來借閱制度進行了改革，改革的原因據說是老丟書，一些讀者見到好書看過就裝到小包裡包走了。顯然這樣的改革僅是為了圖書館加強管理，並不是為讀者考慮，沒考慮怎麼為讀者服務。由此他又聯想到自己目前所孜孜以求的中國經濟改革方案也有個出發點問題，站在什麼立場，為了哪些人的利益，這是首先要考慮的問題。

沒辦法，他就來到二樓的資料室，以前下面閱覽室沒空的時候，他曾來過這兒幾次，一位老者對他很熱情，知道他是個立志自學成才的青年工人，就儘量為他提供方便，有時還讓他自己到書庫裡去取書。這裡的藏書和文獻資料都比下邊閱覽室豐富得多，平時讀者也不多，但室內太冷，有時這裡還經常關門。他來到資料室，迎接他的是一個瘦得怕人的老太婆，只見她門牙突出，一張皺巴巴的皮貼在臉上像烤糊的燒餅，眼睛深深地掉在眼眶子裡，讓人望而生畏。張秋水一進門，她就問他要證件和介紹信，當他恭恭敬敬地將自己的工作證遞上去時，她接過來瞄了一眼便不屑一顧地還給他，輕蔑地哼了一句：「我們這裡是資料室，是供高級知識分子查資料的，只有講師、編輯、記者等才准進來。」

張秋水好像被一盆冷水劈頭澆下來，渾身發冷。他的自尊心被戳疼了，結結巴巴的說：「是……這樣的，下面閱覽室今天人太多，我……大遠路跑來，你能不能照顧照顧。」

那管理員卻對他嗤之以鼻，「都像你這樣，我們這裡怎麼容納得了，如果一個小工人也來我們這裡查資料，我們累死也應付不了。」

「這裡現在不是一個人也沒有嗎？」他盯著她那兩顆大門牙，似乎怕她會上來猛咬他一口。

「沒有人也不能給你進，這是規定，你懂嗎？不信你找館長去。」她硬梆梆噴出這麼一句，一扭頭走到窗子下觀看白雨湖的風景去了。

張秋水強壓住怒火，悻悻走開，心裡怒吼：「我要是館長，把你們都給開除，將來我要有力量，非把這門坎拆了不可。圖書管理制度改革的結果把我這樣的小工人拒之門外，改來改去還是我這樣的小工人倒楣。這不知是哪位大人先生設計的改革？真混蛋！」

在這幾年中，他來這裡借書看書還沒遇到過如此倒楣的事情，沒遭到過像今天這般的冷遇。他原以為在這裡工作的都是有知識、有修養的，沒想到也有這麼不近情理的人。他沒想到在這個知識的王宮中還有一些把他這樣的求知者拒之門外的規定，不知道在知識的老人面前也有身分的高低貴賤之分，也這麼等級森嚴。他非常氣惱，可又沒奈何，怨誰去呢？怨他自己是個小工人！天啊，人在社會上沒有地位真可悲，幹什麼都是特別的困難。

出了圖書館，他覺得有點口渴，想喝杯水取取暖，於是他就走到一個茶攤前，賣茶的老奶奶立即給他斟上一杯滾燙的熱茶。他往自己的口袋裡一摸，啊，只剩下五分錢了，正好夠付這杯茶錢的，可一想還有十幾天才能發工資，這是唯一的積蓄了，把這五分錢用掉，他可真是身無分文了。這五分錢還是等到最需要的時候再用吧。想到這裡，他羞紅著臉對老奶奶說：「真對不起，老人家，我今天出來得匆忙，身上沒帶錢。」說罷他轉身就走，不敢再看那老奶奶一眼，生怕她會拉住他不讓他走。只聽那老奶奶在他背後咕嚕：「沒帶錢上什麼街，真是。這麼冷的天，茶倒出來就涼了，還賣給誰去！」

他頭也不回，逃跑似地往前走，一旁的人對他投過輕蔑的一瞥，他感到非常慚愧，低頭只顧走路，差點沒被自行車撞倒，那騎車的朝他大喝一聲，怪他走路不長眼，他連看也沒看那人一眼，還是一個勁朝前走。他最近剛讀過盧梭的《論人類不平等的起源》，盧梭認為人類的不平等起源於人類的文明，所以盧梭渴望人類回歸自然，回到原始的洪荒時代去，這當然不可能。人類不平等起源於階級、私有制和國家的產生，所以我們社會主義革命就是要消滅階級消滅私有制和國家。然而革命革了這麼幾十年還有這麼許多不平等，這就說明我們沒有消滅階級，沒有消滅剝削，也就是說我們根本就沒建成什麼社會主義，或者說沒建成馬克思主義的社會主義！這問題太尖銳了，搞的不好是要殺頭坐牢的。他知道自己的思想尚不成熟，現在只有把這些思想火花記下來，待以後進一步錘鍊，他需要進一步學習，需要進一步探索。

4

「流芳園」的芳草枯榮歲歲，護城河的河水流淌年年，廠門口那盞路燈晝瞑夜明，牆角處的那塊大石頭朝露暮煙……這一切都記載著張秋水的奮鬥足跡，譜寫著他的人生交響曲。這樣他很快就遍覽了西方主要經濟學著作，像《國民財富的性質和原因的研究》、《政治經濟學及賦稅原理》、《穀物論》、《政治算術》、《資產階級政治經濟學史》、《主要資本主義國家經濟簡介》，還有馬克思的《資本論》等等，他都非常認真的閱讀過，並做了大量的筆記。省圖書館的經濟類藏書幾乎全部被他翻閱一遍，他瞭解了西方的重農主義、重商主義和資產階級古典政治經濟學的基本思想和主要代表人物，懂得了價值和剩餘價值及其產生的源泉，懂得了辨證唯物主義和歷史唯物主義的基本原理。用這些科學原理去分析我國的歷史，他有許多新發現，譬如我國古代的「農本」思想，實際也就是重農主義，這種思想是封建農業的經濟關係的體現，哪裡有重農主義哪裡就離不開封建的經濟關係，哪裡以農業為主哪裡就必然有封建勢力的主導地位。用這些原理去分析我們的現實生活，他發現了許多矛盾，特別是經濟領域，簡直無一處沒有毛病，恰似一個病入膏肓者整日在痛苦的呻吟中苟延殘喘。他覺得對許多理論問題都應該重新認識，首先是社會主義生產存在不存在剩餘價值？剩餘勞動是肯定存在的，不然國家機關、行政事業開支、軍費和官俸就沒有來源。如果承認社會主義的生產也是商品生產，那麼剩餘勞動就必然表現為剩餘價值，工人的工資也應是勞動力價值的體現。既然剩餘價值存在就有一個歸誰佔有，怎麼分配，誰來分配的問題。其次既然社會主義經濟是商品經濟，那麼從生產角度來說，企業生產的目的就是最大限度的創造剩餘價值，從而最大限度的獲取利潤。我們現在的企業，剩餘價值是由國家佔有和分配的，所以企業沒有生產積極性，沒有刺激生產、提高勞動生產率的活力。商品經濟要求企業是一個獨立的商品生產實體，而我們的企業則不是這樣的一個商品生產實體，是一個小社會。因此它就有黨政工團，有人事保衛、宣傳教育這一整套政治工作機構。衡量一個企業好壞的標準不是看它能為社會貢獻多少剩餘價值，而是看它能否堅持黨的路線，社會主義的經濟要為社會主義政治服務，這就從根本上顛倒了上層建築和經濟基礎之間的關係。評定企業好壞採取的又是官僚主義和形式主義做法，由上級派來的檢查官通過走馬觀花的檢查去考核評定企業，這就刺激企業去做假，糊過上級的耳目就行。我們總是要按照「黨的藍圖」搞建設，按長官意志辦事，因此就不可避免出現一次次的失誤。計劃經濟作為社會主義政治經濟學的一根頂樑柱也是立不住的，西方世界在多次的經濟危機中產生了凱恩斯主義，自那以後西方資本主義也對經濟實行了宏觀調控。而我們的計劃經濟一開始便誤入了歧途，陷入計劃政治的泥坑，說到底是計劃人……這一切都是由「官本位」的政治經濟體制造成的，放開物價就無需物價局長，有了勞務市場也就無需勞動人事局長。我張秋水之所以不能去上學，不能去考電大就是因為我的再教育權被剝奪了，我的再教育費被別人佔有了。幸虧我還是光棍一條，要是有老婆孩子我將怎麼去養活他們？中國工人哪個敢說自己能夠養活老婆孩子？我們的工人不但為社會貢獻了全部的剩餘勞動，還為另部分特權階層貢獻了許多必要勞動。生產資料的公有制演變成為國家所有，國家所有又演變成少數官僚集團所有，這就是我們的生產資料公有制的實質。

社會主義實踐的意義好像僅僅在於它推動了資本主義的發展與完善，而自己則走向死胡同，這樣的社會不變革是沒有出路的，不輸入新鮮血液就沒有生命力！想到這裡，他不禁大吃一驚，這樣的推論，這樣的分析震撼了他的心靈。他的脊樑骨像猛被抽了幾鞭，頓時感到火辣辣的。他的思想上升到了一個新的高度，他的胸中有團火燄在燃燒，他的熱血像鋼水一樣在沸騰，他激動得渾身直打哆嗦。他忽然產生一個念頭，給黨中央國務院上書，要求進行社會變革。他來回在屋裡踱了幾步，就立即伏在床上奮筆疾書，他覺得自己正像康有為一樣在做一件驚天動地的大事。開始他簡略地陳述了我國的社會經濟現狀，列舉了諸多弊端，接著就提出了自己的改革設想和措施。當然他不能把他的思想都寫上，現在政治氣候算是比較寬鬆的了，但還遠沒寬鬆到他想說什麼就能說什麼的地步，最後他將自己的意見歸納在經濟方面以下幾條：

1、實行工廠自治，自負盈虧，自主經營。工廠建立職工代表大會，並由職代會選舉企業的領導人，對企業重大事務進行民主決策，取消工會和基層黨組織，企業的一切權力歸職工大會，並實行廠長（經理）負責制。廠長（經理）由職代會選舉產生，並由職代會罷免，定期向職代會報告工作。

2、建立工廠法，政府設審計和監察部門負責對工廠進行監督指導。廠長在不違犯企業法的前提下按照職代會決策對企業的人財物進行管理。企業除依法向國家納稅外，全部剩餘勞動歸自己處理。

3、改變農副產品的徵購制度，消除工農業產品的剪刀差，取消指令性計劃體制，實行市場調節，以體現等價交換、自由貿易的商品經濟規律。

4、放開物價，改變當前的既不體現價值也不反應供求關係的價格體制。

5、消除軍事共產主義的殘餘，取消商品糧和其他一切票證，同時進行工資、住房、教育等各方面的改革，將職工的衣食住行、醫療、再教育、贍養家屬及子女的費用全部放在工資之中，建立社會福利部門，退休、救濟等全部由社會福利部門統管。

6、取消企業的政工部門，使企業成為一個真正的商品生產者，而不再是一個小社會。實行社會化協作和橫向聯合，工廠可以倒閉也可以兼併。廠建住宅，廠辦學校及幼兒園等福利設施歸社會統一使用，並按商品經濟規律使住宅、學校、幼兒園等全部商品化。

7、將經濟領域裡的各級國家主管行政機關變為服務性的企事業單位。這些部門由管理企業的職能變為提供信息，引導企業決策，幫助企業解決生產經營中的問題的社會服務行業，實行獨立經營，自負盈虧，以減少國家行政管理機構。

8、進行教育科技改革，任賢用能，不拘一格降人才，鼓勵科學發明和創造。政府成立自學考試組織，對自學成才者通過考試考核發給學歷證書。打破身分界限，國家機關建立公務員制度，取消農業戶口與非農業戶口的界限，消除正式工和臨時工的區別，單位用人實行聘用制……

他一口氣把信寫好，又工工整整謄寫一遍，他知道領導人都很忙，字不能潦草，這夜他徹夜未眠。

第十章　一文不名

1

在自學的道路上，張秋水雖然遇到了數不清的困難，吃盡了一般人不可想像的苦頭，但他一如既往，拼命搏擊，咬緊牙關挺下去。他在日記裡這樣寫道：「先吃別人吃不下的苦，先受別人受不了的罪，然後才能幹別人幹不了的事。偉大的人物之所以偉大，不在別的，就在於他們能吃別人吃不下的苦，能受別人受不了的罪。我不敢以偉大人物自詡，但我願意向他們學習，為人類的文明發展做出點貢獻來。」

他日日夜夜盼望著上面的回信，盼望著他的改革建議能夠得到哪位大人的垂青，盼望他的一顆赤心能感動天闕。然而時間一天天過去了，桃花開了又謝去，芳草榮而又枯，樹葉落盡了，寒蟬聲息了，一年眼看又要過完了，他也沒收到回信，他又一次失敗了。沒有人理解他的補天之願，也沒有人欣賞他的補天之才，他感到失望，報國無路啊！

「生命的泥委棄在地面上，不生喬木，只生野草，這是我的罪過。」然而我的生命之泥委棄在地面上連野草也不生，這又是誰的罪過？他漫步在白雨湖公園的石子道上，不禁感慨萬千，面對嚴寒緊鎖的湖面喟然長歎。這裡印下了他的無數足跡，這曲曲彎彎的石子小徑就是他的自學之路，在這裡逐漸長大的小樹就是他的青春，他的人生之路從這裡開始才有意義。這條路真難走啊！他沿著鵝卵石鋪的湖邊小徑信步前行，鵝卵石被踩在腳下依然讓人能夠感到它的存在，時不時硌一下腳底板子。在這地方它是被當作墊腳石而存在的，而在另外一些地方也許是非常炫目的裝飾品呢。人豈不是也同這石頭一樣可以擺在炫目的地方讓人稱羨，也可以被人踩在腳下任人踐踏。太陽掉進冰冷的雲窟之中，暮雲寒煙迅速籠上白雨湖面，衰草在寒風中搖戰，枯枝在煙霧中搖曳。一陣寒風從湖面刮過，他猛打一個寒戰，胸中十分鬱悶。他獨自在湖坡的草地上坐下來，面對清冷的湖水沉思著，腦子裡亂七八糟沒有個頭緒。他無意中掏出一張紙在上面信筆亂劃，劃著劃著心中忽然一亮，便出現一首小令〈踏沙行・尋幽〉：

流水曲曲，石徑漫漫，荊棘野藤時時絆。
花間尋幽尚無得，已是蓬頭污垢面。
似有啼鶯，淒風隔斷，滿目衰草聚寒煙。
彷徨眼前路不明，抬頭展望天一線。

夜幕吞噬了最後一線光明，天黑透了，四野陷入一片昏瞑之中，遊人早已散盡，唯覺秋風蕭瑟，秋蟲嘰嘰，他聆聽著四面的秋聲，不禁悲從中來，反復低吟著這首小令，心中充滿無限的惆悵與迷惘，直到很晚很晚，他才披著夜色往回走。

回到家，他仍輾轉反側，夜不能寐。他真正體會到了自學的困難，那難不僅僅在於獲得知識方面，更主要的是在於學習成果得不到社會的承認。獲得知識雖然是非常困難的，但是再難憑個人的努力都是可以戰勝的，而要使自己的東西得到社會的承認，那可是主觀努力所不能解決的。在唯書、唯上、唯權威的今天，一個人要想研究學問，首先必須投靠名人，拜倒在名流的腳下，以求其給予「引見」，或者有後臺，有關係，有「背景」，也就有了路子。否則你的文章就別想拿出來，你的論文再好也沒人去看。他在這一年中接連給一家經濟研究雜誌社寄了十幾篇文章，都無一例外的給退了回來。那鉛印的退稿信就像一把把鋼絲鉗緊緊鉗著他的心。他每收到這樣的回函，連看都懶得看一眼就一把將它撕碎。雜誌上開展「關於社會主義勞動力價值問題的討論」，他立即撰稿積極參加討論，將他的觀點整理成文章寄到編輯部，可是因為所謂的「篇幅有限」而不能發表。在他看來那期刊上登出的所有文章都是平庸之作，那些文章或者是在經典著作裡兜圈子，或者是圖解政策，隨聲附和，或者是將別人的東西拿過來東拼西湊搞個大拼盤。他的《商業勞動也創造價值和剩餘價值》一文寄出幾個月後同樣給退了回來，可是不久就從該雜誌上看到一篇內容和他的文章一模一樣的文章，不但論點論據一樣，用的邏輯論證方式也是一樣的，只是題目略有不同而已。他不明白這是學術上所說的撞車現象，還是他的文章被別人所剽竊。但無論怎樣，有一點是可以斷定的，那就是他的文章在時間上要早於刊登出來的這一篇。對這家雜誌社來說，以他張秋水的名字出現的文章被退回，而以另一位學者的名字出現的同樣的文章被採用，這是事實。看來文章能否發表不在於文章的質量高低，而在於作者的身分地位和名氣。還有一篇短文《淺析亞當・斯密的勞動價值論》，這篇文章寄出後便像肉包子打狗，連退稿都沒收到。後來他才知道因為文章短小，不發表的也不退稿。但幾個月後在「人民日報」上又看到一篇短文，內容又同他的文章一樣，很多語句也都完全相同。一次次的失敗，一次次的打擊敲擊著他的心靈。他的文章只有一個命運——放在床肚底下餵老鼠。他常常為寫一篇論文，一天不吃也不睡，非一氣趕出來才算心淨。可是他殫精竭慮寫出來的文章總是不能見天日，這怎能不讓他心痛！現在他手上還有《論社會主義的再分配》、《變生產資料國有為勞動者集體所有勢在必行》、《歐文的「平行四邊形」給我們帶來的麻煩》、《帝國主義是資本主義的最高階段質疑》等十幾篇論文，他一直猶豫不定是寄出去，還是乾脆擱在那裡。寄出去，或者是在祈盼中收到冷冰冰的退稿，徒費了精力和郵費，或者是石沉大海，那更可惜，不寄出去放在那裡讓老鼠咬，那就等於沒寫。他感到自己的文章好比大姑娘的私生子，有母無父難見天日。他又猛然想起馬丁・伊登的悲劇，馬丁同他一樣出身寒微，硬是靠自己勇敢頑強地拼搏才在人類進步的階梯上多爬了幾個臺階，但因為他出身低賤而遭到整個社會的冷遇，逼得他走投無路，磨難接踵。他唯一籍以自慰的就是羅絲小姐對他的愛，但在他最困難的時候，羅絲也拋棄了他。從此一顆惡性腫瘤便種在他的心靈上，他看破紅塵，厭惡一切，成名之後就自殺了。張秋水覺得自己在這點上比馬丁強，他相信沈冰對他的愛是忠貞不渝的，是經得起風浪的。前天他還收到沈冰的來信，她以詩一般的語言傾訴出熱戀中的少女心聲，表達了她的相思之苦，她對他愛得熾烈而又深沉，同時她還一再勉勵他同困難作鬥爭，在困難和挫折面前不要畏懼，不要悲歎。她在信中說：

人生誠然充滿痛苦，痛苦磨練了意志，激發了生機，解放了心靈，沒有痛苦，人只能有卑微的幸福，偉大的幸福正是戰勝巨大痛苦所產生的生命的崇高感，生命力取決於所承受的痛苦份量。生命力強的人正是在大痛苦襲來時格外振作和歡樂。拜倫說：「逆境是達到真理的一條通路。」巴爾札克說：「苦難是人生的老師。」歌德說：「最困難的時候，也就是勝利即將到來的時候，也是最容易動搖的時候。」我以為人生怕的不是厄運，怕的是在厄運壓迫下失去人生的信念，失去對理想的追求，失去戰勝厄運的勇氣。人是不能想怎麼樣就能怎麼樣的，志願和生活根本是兩回事，理想和現實是很難統一的。比如你想變革中國的現實，許多人也都這麼想，但社會是個群眾活動場所，社會運

> 動是社會上所有人運動合力產生的結果。所以不奮鬥的人可以守株待兔，艱苦奮鬥者卻往往一無所獲，飛上天的並非都是靠自己的力量。一個美好的理想一時實現不了，那是很自然的社會現象，要緊的是不要心灰意冷，繼續抱定志願頑強的奮鬥下去……

他真比馬丁幸福，在他痛苦困難的時候，沈冰總要拉他一把，在他苦悶彷徨的時候，她總像百靈鳥一樣飛到他的身邊，給他唱支優美的情歌，以慰撫他那愁苦乾渴的心靈。他又想到無名的裘德，裘德也是一個青年奮鬥者，他刻苦、勤奮、真誠、善良，也是出身貧賤，想憑自己的刻苦自學改變自己的境遇，可是他直到死還是一個石匠。他是病死的，死得很淒慘，其實他是被嚴酷的現實壓死的，被那不公正的社會折磨死的，他奮鬥一生終於也沒能實現改變自己境遇的理想……還有于連，他為什麼殺人？因為他受壓抑，他憤慨，他要反抗……還有牛虻，他是因為組織武裝起義失敗而被反動勢力殺害的……所有這些年輕人儘管他們所處的時代不同，經歷不同，國籍不同，但他們都有一個共同點，那就是出身貧寒，命運對他們極不公正。而他們又不安於上帝給安排的命運，力圖通過自己的努力去改變上帝的旨意，戰勝險惡的人生環境。他們採取的方式儘管有別，但他們都試圖通過個人奮鬥改變他們所遭遇的不合理命運。然而因為他們騷擾了上帝早已安排好的社會秩序，因為他們不願意按上帝的安排去過自己應該過的生活，去做他們應該做的人，所以他們都為社會所不容，他們的生命都是很短暫的。他們短暫的一生既是偉大的又是渺小的；他們的所作所為既是聰明的又是糊塗的，因為當他們喝醉了的時候是聰明的，而清醒的時候卻是糊塗的；他們的出身是卑微的，他們的心靈則是高尚的；他們的勢力是微弱的，他們意志卻是堅強的；他們的身分是低賤的，他們的思想是偉大的；他們的命運是悲慘的，他們不屈不撓的性格又是鼓舞人心的……這一切的矛盾集中表現在他們的靈魂與軀體的矛盾上，都是一副肮髒的軀殼包裹著寶石一般瑰麗的心靈。這一切矛盾都是社會矛盾在他們身上的映射，無情的現實才是扼殺他們的劊子手！

他們為什麼會失敗？就是因為他們都把自己局限在個人奮鬥的小圈子裡，沒有將自己的奮鬥同廣大群眾結合起來，沒有將自己生命的一滴水融入人民的大海，滙進時代的潮流中。「我要超越他們，我要超越現實，我絕不能步他們的後塵！」他在心靈深處爆發出這樣的呼聲，一骨碌爬起來，奮筆疾書，寫下一篇短文「書敵」：

讀書之敵可謂多矣，偷懶怕苦，遇難輒止，一也。無溟溟之志，無明確目標，無堅定信念，常中路歇腳，半途而廢，二也。得意之時，頭重腳輕，飄飄然者，三也。失意之時，一蹶不振，頹廢失敗者，四也。境遇獨厚，悠遊自逸，甘飫充於口，歌樂塞於耳，豪華滿於目，終至玩物喪志者，五也。厄運壓頂，磨難接踵，窮困迫其身，惡魔擾其神，冤屈傷其心，終至覆滅者，六也。成效初著，聲名始揚，自謂功成名就，無須再作努力，七也。苦心經營，屢屢失敗，自謂成功無望，不若迷途知反，八也。至於小人誇口，譏笑嘲諷，嫉賢妒能，誹謗中傷者不絕於前後，加之己之不能自察自省，或守節而悖時，或趨勢以附炎，終不可名利俱全，流芳於後者，九也。若夫誘之以榮華，享之以富貴，加之以厚祿，則志滅心灰，不求再進者，十也。

此數敵者，實乃讀書之大害，事業之蟊賊，不能敵之則無為，然敵之誠不易也。有志於學者，此數敵不可輕視也。……

2

電波傳來一聲驚雷，中國共產黨決定進行社會主義經濟體制改革，走中國特色的社會主義道路！好啊，我的願望終於實現了，中國又有希望了，中華民族騰飛的日子就要到來了。雖然黨中央的改革決定同我張秋水沒什麼直接關係，但「智者見於未萌」，我提前看到了中國的未來，把握了時代的脈搏，他在心裡歡呼著。從而他切切實實地感到了自己的力量，感到自己是個強者，這些年的汗水沒有白流。雖然出了電建廠，誰也不曉得他張秋水是何人，雖然他仍沒有進入圖書館資料室查資料的資格，雖然除了沈冰誰也不知道他給黨中央國務院上過書，但他覺得自己畢竟獲得了一種能力，一種預測社會發展的能力，一種一般人不具備的安邦治國的能力。他決定要寫一部書系統地闡述他的改革思想，有機會的話他也要當企業家，當改革者，以實現他的抱負。

他一大早就爬起來繼續他的研究，至今他的學習條件仍然很差，一張床當書桌，一只小木箱子當板凳，他就扒在床沿上從事那專家學者們在幽雅舒適的環境裡所幹的工作。好歹他多年來已經習以為常，並不覺得有什麼不便，一支筆，一本紙，一床書，一頭埋在書堆裡兩耳不聞窗外事，這就是他的「四一」。同室的幾個都是剛進廠的，原來的都走了，小馬考上了電大上學去了，雖然是半脫產但也不住在這裡憋屈了，其他三個有兩個成了家搬走了，一個因父親落實了政策，官復原職，回到父母身邊去了。新來的幾個小夥子同他年齡相差好幾歲，彼此不熟，也沒太多的話說。他一天到晚扒在床上靜心修養，別人就當他不存在一樣，除了書他也忘了他們幾個的存在。

車間裡又分來兩個學員，劉樹德已不多問事，王玉琢更不管事，兩位學員的工作態度可不像他剛參加工作時那樣積極認真，他們上班不是想幹點什麼事，而純粹為了混時間，混了八小時就下班，混到三年就可以轉正定級當師傅，在他們看來只拿工資不幹活才算有本事，而工資不比別人多拿一分又一天到晚幹活的人都是傻瓜笨蛋。這是多麼嚴重的觀念傾斜，又是多麼殘酷的現實，在這樣的現實面前，張秋水就感到更忙，更累。學員一進廠就變得如此聰明，這就是歷史的進步吧，然而這又是個多麼可悲的進步，張秋水想。

當他經過廠部宣傳欄時，看到一個剛貼出來的通知。通知說省公檢法三家聯合從省直單位的工人中招收二十五名政法幹部，招收方式是文化考試，政治審查，擇優錄用。報考條件是具有五年以上工齡的在職青年，高中文化，年齡三十歲以下。他還沒將通知看完就被後面擁上來的幾個青年人擠到一邊去了。

「啊，什麼新聞，讓我看看。」

「哎呀，好消息，考法官，誰有本事誰上。」

「咱可不行，初中沒念完就下放，喝的那點墨水早被這鍍鋅鍋給烤乾了。」

「真是邪門，現在上大學要考試，進工廠要考試，招幹部也要考試。越是我們這代人沒上好學越是拿考試來壓我們，真是邪門。」

「就得這樣嗎，分數面前人人平等，只有這樣才能避免走後門。」

「可是我們該學習的時候不讓我們學，現在都鬍子一大把了反而非要我們學，真是豈有此理！」

「嘿，正是書到用時方恨少啊，我看誰也別怪，怪我們自己都是他媽的草包，沒一個中用的。」

「怎麼沒一個？我看張秋水就行。」

張秋水循聲一看，說這話的是三車間的王小海。那天在年終總結表彰會上向書記發難的就是他，張秋水最近才同他相識。王小海上來拍了拍他的肩膀說：「我說秀才，這回你行了，時運來了，你看這通知像是特為你下的。工人身分，五年以上工齡，三十歲以下，高中畢業，哪條你都對得上。至於考試嗎，那對你來說更不在話下，趕快去廠部報名吧。」

經王小海這麼一說，一群青年人的目光一下子都集中到了張秋水的身上，他感到有點不好意思，同時心裡也在反復掂量是不是報考。我不是渴望有一定的社會地位嗎，不是一直想擺脫受人歧視的工人身分嗎，不是想改變自己的環境嗎。要是考上了，我的工作和學習條件就會有根本的轉變，就可以擺脫繁重的體力勞動，有更多的時間和精力從事我的研究……

他正思考著，王小海一把拽住他的胳膊，「你還有什麼猶豫的，快去報名吧。你要是能考上大法官，我們這些哥們吃官司也有個後門可以開一開。」話沒說完他就拉著張秋水往廠辦公樓走。「走，夥計們，我們一起去給張秋水報名，看這次哪個王八蛋再敢卡。像張秋水這樣的人才埋沒在咱廠裡簡直是我們國家的一大損失。」

圍在他們身邊的幾個年輕人一擁而上，連推帶拽地把張秋水弄到廠政治部辦公室。王書記正在擦桌子，見這陣勢皺了皺眉頭，一手拿著抹布望著他們說：「你們幹什麼？這是辦公室，不是菜市場，這麼哄哄鬧鬧的。」

「幹什麼，想給你書記大人找點麻煩，我們要報名考公檢法。」王小海搶先說。

「哦，咱們廠就給兩個名額，你們一下子來這麼多人，讓誰去呢？」

熱鬧。」

「這個請你放心，我們不給你們領導為難，我們這裡只有一個報名，其他人不過是來湊個

「是誰？」王書記在一群青年身上掃一眼。這時胡幹事立即站起來笑笑說：「我猜一定是張秋水，對吧？」

「對，我們都是來給張秋水報名的。」幾個青年異口同聲的說。王小海一把將張秋水推到書記的面前，張秋水如同一個格鬥士被推上了戰場。他昂然挺立，目不轉睛地盯著王書記，他看到王書記拿著抹布的手微微發抖，接著同他兩目相對，如同十八磅大錘砸在石頭上，火星直冒。但王書記必定是受黨教育培養多年的幹部，隨即臉上便堆起笑容。「張秋水？符合條件，當然可以。雖說……嗯，聽說他很鑽研，愛學習，四化建設正需要像他這樣有文化肯鑽研的年輕人嗎。說實話放他走我們還真有點捨不得，可是向國家輸送人才也是我們應該做的。小胡，就給他辦一下吧。」說罷他又看了張秋水一眼就走開了。

胡幹事立即拉張椅子讓張秋水坐，張秋水並沒坐，只說聲：「謝謝，我還要去上班，請你馬上給我辦一下吧。」

胡幹事拉出抽屜，拿出一張登記表遞給他說：「填好，貼上照片，明天送來就行了。」

「好好，多謝，多謝。」張秋水說著接過登記表，就退回到一群青年人當中。他們幾個一下將他舉起來，簇擁著跑出廠部辦公室。

張秋水感動得熱淚盈眶，他從心眼裡感謝這幫青年們，以前他總覺得自己孤獨，看來他錯了，只是以前他一心閉門讀書，陶醉在個人奮鬥的小圈子裡，沒去多接觸他們這些人。從他們身上他感到自己是有力量的，不是弱者，而是強者。他的整個身心都融化在這激動人心的場景中，融化在這感情的海洋裡，他向他們一一握手致謝。他握著那些溫暖而友誼的手，心裡一直在顫抖。沒想到這次報名這麼順利，多年來他都沒碰到過如此順心的事了，看來氣候是不一樣了，要在以前王書記不知怎麼作梗呢。

半個月後，他和二車間的劉少峰一起參加了考試，他考得非常好，語文、數學、政治、記錄他每科考得都很滿意。出了考場，天上竟下起雨來，他就獨自在濛濛的細雨中漫步。當他經過新華書店門口時，見到有十幾個人在排隊，他走上去一看，原來櫃檯裡正在賣精裝辭海縮印本。他立即站到長隊裡，站了一會他才猛然想起錢的事來，這樣一本大辭海不知要多少錢？他走上前一問，定價是二十二•二〇元，他摸摸身上正好有二十三元，那是準備今年冬天買棉鞋的，工作這幾年了他一直連雙棉鞋也沒買起。這二十多塊錢是他這幾個月從飯菜票中擠出來的，買了這本辭海，他今年冬天又穿不上棉鞋了。他略一猶豫又回去排隊，心想再努一下吧，幾年都努過來了，今年就不能努了嗎，等以後有錢再穿吧。細雨沙沙地下著，像蠶食桑葉一般，滋潤著他饑渴的求知欲，清洗著他心靈上的塵土浮灰，他站在長隊裡聆聽著沙沙的雨聲，心中湧起一股甜意，他正行走在通向知識王宮的踏板上，腳下發出沙沙的聲響。

半小時後，他終於排到了，巧得很，就剩最後一本了。他遞上焐得溫熱的一把錢，營業員將那最後的一本辭海遞給他。站在他後面排隊的人無不羨慕地望著他，都說他的運氣好，見他買了最後一本，一齊擠上來爭著翻看。他如獲至寶，攏著厚厚的一本大辭海疾步往回走，他心想今天的收穫是最大的，這本辭海是他想了多年的。他在圖書館的資料室的櫃子上看到過這樣的辭海，可他沒資格查閱，現在自己有了一本，那就太方便了，想怎麼查就怎麼查，再也不受任何限制了。錢真是個好東西，它給人自由，使人增添力量，不然何有「財大氣粗」之說。二十幾塊錢對別人來說也許不值一提，可對他張秋水來說卻能換來這麼巨大的幸福與快樂，這是怎樣的悲哀之中的快樂，又是怎樣的窮困與幸福的溶合！雨越下越大了，他扒掉上衣把辭海嚴嚴實實地包起來挾在胳膊裡，生怕被雨淋了。為趕食堂的開飯時間，他不得不跳上公共汽車，雖然他身上僅僅只有幾毛錢，他也不得不破費一下。他雖然一貧如洗，但巨大的精神力量鼓舞著他，他覺得生活充滿詩意。

3

銷售科裡煙霧彌漫，空氣凝縮，每個人的臉都繃得緊緊的，屏著氣，抽著煙，品著茶，望著天花板……今天開的是評工資會，成品車間因為人太少就同銷售科合在一起評。中央決定給全民所有制企業職工調升工資，但目前國家經濟尚有困難，只能給部分人升，比例是百分之四十。成品車間夠上杠子的就三個人，不好評，同銷售科一起共二十五人，正好可評十個。這次開會已經是第三輪了，第一輪是一哄而起，二十五人全評上，把矛盾交給廠領導。領導也不吃這一套，立即又給打回來。第二輪他們車間就評劉樹德一個，王玉琢和他都沒評上，王玉琢當時就表示反對，到廠長那裡又哭又鬧，揭了劉樹德一大堆短處，說他作風不正跟一個女民工瞎搞，說他上班淨讓民工替他幹私活，說他打擊報復坑害張秋水，她還說如果這次她升不了就吊死在廠門口。於是又將評選結果推倒重來，並一再強調大家要發揚風格，顧全大局，不得無理取鬧。今天大家一上班就坐在這裡了，時間已過了近兩個小時，沒有一個人發言，有的手捧一張報紙一遍又一遍的看，有的捧只茶杯一口一口的品，有的一直皺著眉頭抽煙。辦公室靜得出奇，一點響動也沒有，一根針掉在地上也會引起一陣躁動。在這無名高地，在這看不見的戰線上，一場殘酷的白刃格鬥即將展開，人們都屏聲靜氣，積蓄著力量。那彌漫的煙霧，那一滅一明的煙捲，恰似尚未消失的戰火硝煙；那凝重的空氣，那緊張的氣氛，正是拼殺前的沉默與等待。儘管主持會議的柳科長一再催促說：「大家快點，抓緊時間趕快評出來報上去，今天是最後一天了。」可大家仍是不開口。柳科長最後建議說：「我們還是用無記名投票吧，每人可以提十名，誰的票多誰上。」

「不行，投票這玩藝淨是人情帳，按文件精神要考慮貢獻大小，勞動態度，技術高低，政治表現等各方面的情況，投票完全體現的是人緣。」楊師傅立即反對說。
「是啊，上次用的不就是無記名投票嗎，不是也沒搞成嗎？這次最好換個辦法。」
「唉，這國家也真是，沒錢給人升級就乾脆不要升，搞這一套讓人為難。」
「嘿，這評先進生產者按比例，評吃救濟也按比例，從沒聽說過升工資也按比例評的。」
「這就像把一只肉包子投到一群餓狗跟前，無論怎麼爭奪，總歸有吃不上的。」
「這工資十幾年沒動了，現在中央換了新領導要『大赦天下』，關心咱們的職工生活，給調工資，這本來是好事情，可這樣搞法適得其反，不搞出人命來才怪呢。」
「是呀，是呀，古今中外也沒見過這麼升工資的。工資嗎，就是勞動報酬，是應該給我們的，我們全體人都該有份。可是現在，上面說在國家極為困難的情況下還給我們調工資，儼然一副慈善家的面孔。試問這錢是我們工人勞動創造的，還是他們哪位領導從自己腰包裡掏出來的？本來該給我們的，現在他們拿了去再施捨過來，還讓我們感恩戴德，真是豈有此理！」被人稱作理論家的唐虎猛地從椅子上站起來，「啪」一下關上抽屜，十分激動地說：「這工資我不評了，讓領導看著賞吧。」說著他就要走。
柳科長立即上來把他拉住說：「哎，我說小唐，你別激動嗎。這是上面的決定，有什麼辦法呢，別急，別急，事情總得慢慢來嗎。快坐下，快坐下。」他連推帶搡地又把唐虎捺到自己的座位上。

話說到這上頭，大家有了共同語言，七嘴八舌亂抱怨。

羅師傅朝大家擺擺手說：「哎，哎，我說同志們，老這麼吵吵下去總解決不了問題，馬上就下班了，咱們還是抓緊時間想想辦法，人家全都評好了，我們不評也不行的。」

「你有什麼辦法就快說罷，我的諸葛先生。」大家都望著羅師傅，「對，羅師傅有什麼高招就拿出來吧。」

羅師傅乾咳一聲說：「好，我就說點咱個人的意見，行不行大家定。反正這十個人得評出來，大家靠著總不能讓指標作廢吧，別管給誰總比沒有強，我建議咱們抓鬮子，憑運氣，抓到的走運，抓不到的倒楣。」羅師傅這麼一提議，立即得到大家的贊同。

「可以，我贊成。」

「行啊，這樣好。」

「那……」柳科長支支吾吾，半天也沒說出什麼來，他只覺得抓鬮子不合適，但除此之外他又確實想不出什麼更好的辦法來。

說話間，羅師傅已將鬮子做出來放到一只空茶杯裡，在場的人們一下子像聽到了衝鋒號，吶喊著一擁而上，一場看不見血跡的戰鬥終於打響了。

看到這種情形，張秋水心中立即升起一種淒涼，一種悲哀。中國的老百姓真是不幸，面對這麼一點蠅頭之利都這麼去爭。反過來一想，也難怪，這裡除了他是單身漢，其他都是有家有口的，孩子老婆好幾張嘴要吃飯，就靠他們那一月幾十塊錢。十來年沒升過工資了，下次再調工資還不知猴年馬月，這機會怎敢錯過。

正在這時候，政治部胡幹事來喊張秋水，說省政法委的招幹小組來了兩位同志要找他。大家的目光一齊投過來，望著張秋水。

「怎麼，小張，這麼說你被錄取了。」柳科長過來拍拍他的肩膀說。

「好啊，小夥子，還是你行，馬上就要去當法官了。」

「當了法官可別把我們忘了啊。」

「是呀，小張這小夥子不錯，有出息。」劉樹德也附和著。

「那裡，八字沒一撇呢，我想他們是來政審的吧。」張秋水說。

胡幹事點點頭說：「對，是來政審的，把你的檔案調去了，還想找你談談。」

「好，咱們走。」張秋水說著就往外走。羅師傅上來一把拉住他的胳膊說：「你先捏個鬮子再走。」

張秋水回身掃了一眼在場的人們，見大家都在望著他。他知道他們所有的人家庭負擔都比他重，都比他還困難，讓他們每個人都多一分希望吧。他臉有點紅脹，心裡有點激動，為了立即避開這個令人不快的環境，他很乾脆地說：「各位師傅，我宣佈棄權了，你們捏吧。我想你們都比我困難，都要養家糊口，今後再開這樣的會我也不參加了。」

他說話聲音雖然不大，但卻震撼了所有的人，一個個向他投來驚疑、猜度、感激或敬重的目光。他不能在這裡再多待一分鐘，他怕他們那目光，於是轉身就走出來。走到門口才聽到裡面的人說：「是啊，他反正馬上要走了，落個光彩。」

「他年輕，有文化，前途無量，哪還在乎這些。」

「這小夥子為人誠實，是個厚道人。」

「噢，他不要這一級工資，你們就誇他了，以前你們都是怎麼看人家的。要我說他是天下第一大傻瓜。」這是王玉琢的聲音。

張秋水不願聽到這些讓人心煩的議論，就加快步子朝樓上走。

在政治處辦公室，兩位中年人正在等他，見他進來，他倆立即站起來同他握手。一位胖點的自我介紹說：「我們是招調小組的，我姓馮，他姓穆。我們想找你談談，你的成績考得不錯，已被預選上了。」

「好，你們隨便問什麼我都樂意回答，見到你們我很高興。」

「啊，很好。我們想問問你為什麼想進我們政法系統。」

「我很羡慕你們這行，我也很喜歡法律，進了政法部門，我可以進一步學習法律。」

「嗯……那麼公安局、檢察院和法院這三個單位你想到哪裡去呢？」

「那兒能更多的學到法律我就願意到哪兒去。」

兩位政審人員都笑了，「你這問題回答得可不明確，這三個部門都是同法律打交道的，都離不開法律。」

「那……這麼說我服從分配，你們安排到哪裡我就去哪裡好了。」

「你結過婚了嗎？」

「沒有。」

「有女朋友嗎？」

「就算有吧。」他不好意思的笑笑。

「女朋友在什麼地方工作？在這裡還是在老家？」

這一問使他為難了，老家有香蓮，那是父母給訂的，上海還有沈冰，那是他自己選擇的。他略一遲疑，「對不起，我……女朋友還沒確定，不好說，我能不能……」

「噢，我們只是隨便談談，不好意思是吧，你家還有什麼人？」

「老家有父母親，我是獨生子，別的沒什麼人。」

「哦，我們這部門工作很艱苦，工資也低。碰到事情有時幾天幾夜都不能睡覺，你得有充分的思想準備。」

「這沒問題，再苦再累我都能承受。」

他們倆都笑了，然後交換一下眼色，老馮說：「我們這次從省直單位的一百八十名考生中選調二十五人，我們預選了三十人，現在是否吸收你還沒最後定。我們這次雖然進行了文化考試，但也不光憑分數，還要作多方面的考察，下月十號，你等通知吧。」說罷他們就起身告辭。

張秋水走出辦公大樓，迎頭正碰到劉少峰。劉少峰一見面就告訴他：「招調小組的兩位同志也找我談了，我也被預選上了。但這只是政審，問題常常出在這裡，你哪方面要有關係，趕快去找找人，活動活動。」

張秋水知道劉少峰的媽媽在省計委工作，據說還是個老幹部，社會關係很廣。「我一個人在這裡，舉目無親，哪來的關係呢，你要能找到人也替我打聽打聽。」

「唉，難啊，現在的人都是權利交換，你不能幫人家辦事，人家就不願幫你的忙。我媽跑了半個月，也沒摸出個頭緒來，現在辦事難啊。」

「咱們這是憑考的，找人也不過只是打聽打聽情況，又不是開後門，有什麼難的。」

「哎呀，我的秀才，事情並不這麼簡單，聽說這次參加考試的多半都是幹部子弟，初選的三十人當中，廳局長以上的幹部子女就二十多，競爭很激烈的。這次考分不公佈，你想想，這裡面就有文章，你知道你的名次了嗎？」

「不知道。」

「哎呀，我還以為你早就知道了呢。告訴你吧，我是二十七名，你是第二名，我雖說初選上了，可是不在二十五名之內，所以很危險。你看來問題不大。」這時下班鈴響了，劉少峰說：「以後我們多聯繫，有什麼情況及時通氣。」說著他就拉過張秋水的手握了一下。「好，下班了，我回家，你到食堂買飯吧。」

……時間在期待中一天天過去，十天過去了沒有消息，二十天過去了仍沒有消息，一個月過去了還是沒有消息。他幾次碰到劉少鋒都立即迎上去想問問他情況，可是劉少峰見了他就老遠躲開了。他覺得這裡面一定有什麼名堂，說的是十二月十號給通知，這都元月二十五號了，還沒通知。農曆已是臘月二十八了，廠裡基本上就算放假了，家在外地的職工都回家過年去了，家住本市的也出去辦年貨不來上班了，所以他再也見不到劉少峰。他覺得不能再等了，無論如何得去打聽一下，可是問誰去呢？只有問招調小組。他先跑到省公安局，站崗的不給他進，他說明了情況，還是不讓他進。站崗的告訴他要找什麼人打電話，正在磨嘴的時候，從裡面騎著自行車出來一位中年幹部，那人告訴他說：「招調小組設在檢察院的三樓上，省檢察院就在這條街的那一頭，走到那兒就看到了。」張秋水連連稱謝，他一口氣跑到省檢察院，看門的還是不讓他進，門衛正要打電話，他老遠看到了老馮。老馮看到他立即走過來給他打招呼，並把他領到自己的辦公室。

老馮拉過一張椅子讓他坐下說：「你來有事嗎，是來找我的？」

「是的，我……我想打聽一下情況，不是說上月十號給通知嗎，怎麼到現在……」老馮臉上立即掠過一道陰影，「通知已經下了，不過你落選了，現在招調小組已經解散，我希望你能正確對待這個問題……」

猶如一聲霹靂頂頭炸響，他耳畔只感轟隆聲，面前的桌子椅子都一齊在旋轉。一個聲音仍然在耳邊飄忽，「你要想得開，你還年輕，有才能就不愁得不到發揮。這次招調工作上下反復多次，嘿，難吶，入選的二十五人中有二十二人都是各大局局長的子女或親戚。我們向省委打報告，要求擴大到三十名，可是省委不同意，我們也沒辦法，招調工作也不是我們一方面說了算，省人事局、省勞動局、省委組織部，加上我們公檢法三家，這麼多部門在一起，意見很難統一，所以才拖這麼久……」

「你別說了，我能理解你們，我知道我一定是政審出了問題，有人說我的壞話。」

「你不要多想，有些是組織上的事，不好對你說。我們在對待你的問題上是很慎重的，不僅是向組織瞭解，還向群眾瞭解了情況，我們對你是瞭解的，作為我個人來說，我是非常歡迎像你這樣的青年進我們政法系統的，可是我們的原則是個人服從組織，少數服從多數，我想你能理解我的話。總之我希望你能正確對待這件事，好好工作，努力學習，今後的出路寬著呢。」

張秋水一句話也沒說，他胸中像塞了一大團棉絮，他想喊喊不出來，想哭也哭不出來，想理清自己的思緒，腦子裡卻一片空白。他足足呆坐了十幾分鐘，終於能夠站起來了，才說：「我走了，謝謝你對我的寬慰，我一切全明白了。」說罷就往外走。

出了省檢察院，他覺得眼前一片漆黑，天好像在下雨，他一路跌跌撞撞行走著，雙腿像灌滿鉛水一般，特別沉重。寒風吹得他渾身發抖，一棵棵乾枯的梧桐樹像魔窟中的衛士，押解著他一步步走向黑暗的深淵……

4

鋪天蓋地的大雪一直還在下著，白雪把一切骯髒的東西都暫時掩埋了起來，將這世界裝點得非常素淨，讓人看上去好像這世界上根本就不存在垃圾，也沒有腥臭，沒有蒼蠅競血，沒有螞蚊爭穴……一切的一切都變得像童話般那麼美麗，讓初生的嬰兒看來可愛極了。其實並非如此，在張秋水看來這世界就沒那麼美好了。他張著一雙憂鬱的眼睛站在窗前去審視這個世界，他不知道這世界究竟由誰主宰著，總是跟他過不去，他不明白自己的命運為什麼這麼乖謬。從記事起他就沒過過什麼好日子，表面上這麼平靜的社會生活，深處卻充滿暗礁與漩渦，表面這麼美麗的世界暗地裡卻張著吃人的血盆大口。「少年不知愁滋味，愛上層樓，愛上層樓，為賦新詞強說愁。而今識盡愁滋味，欲說還休，欲說還休……」他又想起中學時讀過的《創業史》，「沒有一個人的生活道路是筆直的，沒有岔道口的……」現在他才真正能夠咀嚼出這句話的味道來。回首他這些年走過的人生之路，不禁感慨萬千，他猛哈口冷氣，似是要把一切的悲哀與痛苦都一口嚥下去，可是這一切都梗在他的喉中上不去也下不來，憋得他眼淚順著腮幫往下流。祝福的砲聲此起彼伏，接地連天，除夕的砲火硝煙彌漫四野，四周的歡樂氣氛將這座單身宿舍樓襯托得更加黑暗、孤寂。這裡像是被上帝遺忘了的角落，張秋水像是被拋卻的棄嬰，在普天同慶的除夕之夜孤獨地待在這棟樓裡，像隻幽靈一樣。他感到自己像掉進地獄一般正在慢慢下沉，無邊的黑暗壓得他就要窒息了。他站在窗臺前往下望了一下，好像有一隻巨大的魔掌拉住他的胳膊極力往下拽，他拼盡了所有的氣力才終於將自己從魔掌裡掙脫出來。他立即跑出單身宿舍樓，逃跑似地往外奔，似乎慢一步就會被這樓一口吞掉。

他獨自一人行走在冰封雪飛的馬路上，路燈發出昏黃的寒光，照得他的面孔特別蒼白疲倦。一團團雪絮悄無聲息的落在他身上，撫慰著他那一顆愁苦乾枯的心靈，他吸一口這清冷而潔淨的空氣，吐出那鬱塞在胸中的苦悶與憂傷。冷風給他帶來點清涼，雪花給他溫馨。他要讓寒風梳理一下自己的思緒，要用無聲的語言同這飄飄的雪絮交談，他渴望看到炮火硝煙，很欣賞這被炮火撕扯得支離破碎的夜幕。

「我真傻，真的，我單知道雪天是野獸在深山裡沒有食吃，會到村裡來；我不知道春天也會有……」不知怎麼回事，祥林嫂的形象猛然出現在他的面前，一頭蓬亂的散發，一副憔悴的面容，一雙死魚般的眼睛，一身襤褸的衣衫，一只破籃子，一根打狗棍，口裡不停地念叨著那麼一句：「我真傻，真的，我單知道……」張秋水不明白她怎麼會在這祝福之夜突然出現在自己面前。她——祥林嫂不是早死了嗎，連那位熟悉她的魯迅先生也早已不在人世了，難道真的有鬼不成。我是徹底的唯物主義者，向來不信有什麼鬼神之說的，去年回老家，爹讓我到祖墳去燒紙，我說那是迷信活動，就堅持沒去。可眼前這形像確確實實是祥林嫂啊，我也是早就認識她的。他頓時嚇出一身冷汗，立即就逃，只聽她在背後喊：「你別跑，我又不會害你的。你也是讀書人，我原以為讀書人聰明，什麼都明白，可我們那位魯家少爺總也沒能解除我的疑惑。我現在終於什麼都明白了，終於是大徹大悟了。我看你還有許多事理不明白，我只想告訴你，不光是大雪天有狼出來找食吃，春天裡照樣有狼，狼總是要吃人的——」

張秋水跑了很遠了，仍然聽到最後那一聲淒厲的吶喊。他又急忙回頭一看，一切如故，祥林嫂的幽靈不知什麼時候又消失了。路燈依然那麼眨著幽淒的寒光，雪絮照舊那麼瑟瑟的飄灑著，四處的鞭炮仍是不停的在空中炸響……

他不知不覺中來到了白雨湖畔，這裡遠離居民區，顯得十分幽靜，深淵似的湖水黑幽幽的，一陣陣刺骨的寒風掠過湖面，吹得他直打冷戰。遠處的砲聲不時傳來，那是告訴這裡的魚兒們人世間又過了一年，在這辭舊迎新的夜晚，世間正沉浸在歡樂的海洋裡。

他現在清醒了許多，一團亂麻樣的思緒也逐漸清晰起來。「我怎麼到了這個地方？我來這裡幹什麼？」他自言自語了一句，隨即握緊拳頭朝自己頭上猛擊一拳。父母含辛茹苦把你養大，又讓你進城工作，你就這麼脆弱？就這麼沒出息？只求自己解脫，讓別人去痛苦！你不是立志為中華民族的崛起而奮鬥，要為變革現實而獻身嗎，這麼點不幸就把你壓倒了！突然，沈冰的影子跳到他的面前，她滿臉怒容，一腔哀怨，「你是怎麼搞的，就這樣倒下了嗎！『真正的猛士敢於直面慘澹的人生，敢於正視淋漓的鮮血』，我是多麼愛你啊，你就這麼忍心捨我而去？我的信你該收到的，我不是告訴你我很快就會回到你的身邊了嗎。浙江的一位姨媽要我去她那兒過年，所以我就過了年再回去，你可要在家等我啊。我在正月初四一準到家，希望你能到車站接我，讓我一下車就能看到你，我有好多好多話要對你說呢……」他下意識地摸摸口袋子，沈冰的信還裝在裡邊，那天他從省檢察院出來，經過廠門口時，傳達室的王師傅遞給他一個潔白的信封。

突然，嘩啦一聲，水面上閃過一道白光，沈冰的影子不見了，只見一個豔如桃花，柔似柳枝的古裝少女像芙蓉一樣露出水面。只見她亦嗔亦喜，蓮步乍移，凌波多姿，婀娜妖嬈，秋波送情，口吐嬌音：「你們人間是美好的，不能輕生啊。你們不是有個《追魚》的電影嗎，那鯉魚精就是我的姐姐。你別怕，我們雖屬異類，但靈犀可通，這情天孽海可都是一樣的。我也想同你幽會，伴你讀書，可我決不願再做那種傻事，我們之間是不可能生活在一起的，所以我勸你趕快離開這裡。這裡常有水鬼出沒，每年總要找幾個替身他們才好去投生。他們會拉你下水的，你可要當心，啊，水鬼來了，快快走吧。」又聽到嘩啦一聲，白光一閃，鯉魚精就不見了。

張秋水揉揉眼睛，定睛看時，四周仍是黑沉沉的，幽漆漆的湖面依然那麼平靜。是啊，我怎麼會想到死呢，是想以死來反抗壓迫，以死來控訴社會嗎？那是徒勞的，是笨蛋，是傻瓜，是無能的怯懦，歷史上多少忠臣良相遭冤枉死了也就死了，何況我一個草芥百姓，死了也不過像隻螞蟻，悲傷的只有那年邁的雙親。你現在跳下去也只有這黑幽幽的湖水會蕩起一串波紋，表示一下對你的同情與哀悼，隨後也就將你的靈魂吞噬，再將一個已不屬於你的腐屍爛肉拋出水面，任人打撈去。在這黑沉沉的寒夜有誰知道你曾在此猶豫徘徊，在這大雪紛飛的嚴冬有誰去評價你是重於泰山，還是輕如鴻毛，在這萬家歡樂的除夕之夜，誰會想到你張秋水會含悲飲泣的死去。人們或許以為你是樂極生悲喝醉了酒掉下去的呢，因為在我們這樣的太平盛世是不存在悲劇的……

突然一道黑影從湖面飄上來，張牙舞爪，兇神惡煞的大笑一聲，「下來吧，下來你就幸福了，天國裡是人人自由平等的。我們這裡才是真正的共產主義樂園，到了這裡一切都是平等的，和諧的。」

「不能下來，你還年輕，世間的東西你還沒透徹瞭解，不能就這麼離開人世。」還是剛才那一副嬌音，卻不見人影。

「人活百年總歸一死，我看你的罪也受夠了，可以進入福界了。人生就是這麼回事，用你們人間的話說叫『一年三百六十日，風刀霜劍嚴相逼。』你有高尚的情操，你有將相之才，可是誰承認你？這一切對你來說好比叫花子手裡的和氏璧，一點用處都沒有，只會給你招災惹禍。別說不為人知，就是一旦被人發現也說你是盜賊，定會把你痛打一頓，押進囚牢。你還不如去學點關係學，鑽研一下吹牛拍馬術，這些東西目前最實惠。」

「你這水鬼，別引誘我，我不聽你的，我是人，對人生的理解比你要深刻，對人生的真諦比你悟得清楚。誠然我有許多痛苦，也經受了無數的折磨，就因為這樣我才要更堅強地活下去，但不是為了自己，而是為了別人，為了千千萬萬受苦的人，不是為了自己得到什麼，而是要為社會作點貢獻。我個人沒有什麼乞求，就無所謂痛苦和絕望，無私就能無謂。」他大聲對那水鬼說。

「哈哈……」那魔鬼發出一陣輕蔑的狂笑。「你說你是人，不錯，可我過去也是人，現在我是人的否定，是『人』之『人』，用哲學的否定之否定律來看，，我是更高一級的人，是經過一個否定之後的人。所以我已進到了比人更高一級的階段，對人世間的事故人情比你悟得更明白。你們那裡的信條就是『人不為己，天誅地滅』。你剛才那套人生哲學我在人間的時候也是極力遵循的，可是我卻被人暗害了，害我的不是別人，還是我的『同志』和『朋友』，是我曾立志為之獻身的那些人，你說這有多可悲。你說你活著是為了別人，可是誰去為你呢？你熱愛生活，生活是否熱愛你？你想為社會做點貢獻，社會給你的是什麼？所以我勸你早點醒悟吧，不要再走我們這代人走過的路，不要再做傻事。」

「人應該按自己的意志去生活，按自己的理想去做事，不管別人怎麼說，怎麼想，人生的意義不在於索取而在於施予。」

「你這小子太固執，我也拿你沒辦法，你這樣下去今後還是要倒楣的。一個人若不能適應環境，那就必然要滅亡，堯舜禹湯，秦皇漢武都是應運而生。一個人若想同這社會抗衡那他不是得了癲狂病，就是一個外星人。」

「我不管命運如何捉弄我，也不管前途如何，我堅持走自己的路，走到底。」

「那好吧，我是韓曦光的朋友，聽說你是韓曦光的得意門生，所以我勸你，你的今天就是我的昨天，我希望我的今天不要是你的明天。不過從你身上我又見到了我青年時的影子，你的精神感動了我，今天放你一條生路。你趕快離開這裡，走你自己的路去吧，這裡的失志鬼，屈死鬼多著呢。」

又聽到嘩啦一聲，水面上閃過一道寒光，黑漢不見了，仙女也再沒出來。張秋水面前頓時一片漆黑，似乎比先前更加黑暗。他渾身猛一哆嗦，出了一身冷汗，剛才像做了一場惡夢，他的手心潮乎乎的，心臟撲通撲通的猛跳。他立即掉頭就想走開，突然，王小海，民工小隊長，還有那位在大會上質問書記的老工人一下子都跳到他的面前，拽住他的胳膊就往回跑……

剛才他經歷了一場夢幻，現在終於清醒過來。不就是這麼點事嗎，有什麼了不起的呢，走不了就仍然在廠裡當工人扛大鐵就是了，這許多年不都扛過來了嗎。我有更多的事情要做，我有工作可以聊以自慰，有工資可以維持生命，有事業作為精神支柱，還有沈冰那熾熱的愛。這一切都是韓老師所沒有的，韓老師尚能堅強地活下去直到拼盡最後的一口氣，我能為這麼一點小挫折而失去了人生的信念，放棄對真理的追求嗎？比起上代人的二十年右派生涯我張秋水算是很幸福的了。我就當壓根沒有考政法幹部這回事就是了，該怎麼生活照樣怎麼生活，一個「流芳園」，一個圖書館就盡夠我享用的了，我還想貪求什麼呢。憑我這種個性，這樣的出身，進了政法部門也不一定是好事，像我這麼剛正不阿，仗義執言的「愣頭青」在辦案的時候免不了要得罪權貴的。與其到那時遭謗受害，憂讒畏譏，不如現在就不介入，想到這裡他心坦然了，步子也輕快起來。

他回到宿舍，感到這裡也不像先前那麼陰森可怖了。現在正是年初一的凌晨三點多鐘。迎新春的爆竹達到了高潮，整個夜空被煙花爆竹填得滿滿的，電光閃灼，火花璀璨，單身宿舍樓被周圍的火光映照得通明，雪夜如同白晝一般。這裡同白雨湖正是兩個世界，他彷彿是從地獄又回到了人間。

一陣緊似一陣的爆竹聲弄得他根本沒法睡覺，他也一點睏意都沒有，看書又看不下去，他索性走到窗前去觀望夜景。今天的夜景無論怎麼都不能說不美，大雪把夜色塗上一片潔白，以往的黃埃黑塵被覆蓋，萬家燈火似夏夜低垂在天宇中的繁星，輝映閃爍，彩色魔術彈像流星一樣從空中劃過，「降落傘」、「鑽天猴」、「鳥鳴春」等交相生輝，七彩斑斕，如落英繽紛，似魚龍舞躍……他忽然想起魯迅先生總在是在除夕之夜整理自己一年中的文稿，他彎腰從床底下拉出那兩只破柳條筐子，把一年來零零碎碎所寫的東西一起拿出來，抱在條桌上放了一堆。今天房間裡就他一人了，他可以獨自享用這張條桌，舒舒服服地扒在上面寫字。整個樓就他一個人了，無論他弄出什麼樣的響動再也不會影響別人了，無論他夜戰到什麼時候也再不會有人向他提抗議。他現在可以充分利用這個暫時清靜的環境，可以不受干擾地幹他自己想幹的事了。他把一大堆文稿按體裁分為詩詞、散文、小說、雜記、政論等幾類，然後再分類整理。整理時發現不妥之處或錯別字就當即校正修改。他看著自己一年來的心血和汗水凝聚成的文墨，心裡充滿一種甜潤，一種欣慰，一種收穫者的喜悅。那鬧人的砲聲再也鑽不進他的耳朵中了，那狂歡的樂曲也不再撩擾他的思緒。他一篇篇閱讀著，校改著，有的當時寫得太亂了，他就乾脆重抄一遍，將不合適的地方反復改妥後才算罷休。下面是他整理過的幾篇詩詞：

滿江紅　春日登樓遠眺

煙雲障目，雨瀟瀟，風吹鬢絲。

天涯路，一川煙草，山幻水虛。

而立之年何愧對？沉沉蒼天不語。
風吹帽，意無覺，登臨意，又誰知？
對流景為問春愁幾許？
矢志難改雖九死，自古烈士多憂鬱。
振翎翮乘風下環宇，正當舉。

訴衷情

十年壯志終未酬，算來令人羞。
跌打滾爬再起，坦途何處有？
文憑貴，才學廢，多乖謬！
苦海茫茫，誰能借我，桂槳蘭舟。

七律　暮春黃昏偶成

重重煙霧撩不開，天涯何處是瑤台？
得意燕雀正唱晚，憂憤詩人久徘徊。
淚入愁腸千千結，夢斷孤鴻聲聲哀。

赤心若是能羽化，閭闔借帚掃尖埃。

他整理得非常仔細認真，連一點微小的錯處也不放過。有些即興之作寫過就撂下了，連日期都沒有，他就查找各種依據，以便把日期確定下來，像下面這篇題為《良心》的短文就是這樣。

良者，美好善良也。《詩・陳風・墓門》有「夫也不良」。良心謂本然之善心，今天我們所謂的良心是指存在於人們心靈中的是非、善惡、憐憫、惻隱之心，以及同情、內疚、感恩之心等等。這些都是人類的本性，是人類本來就有的天賦之心。因此良心也可以說是人之為人的重要標誌，無此心就不成其為人。然而隨著人類的進步，人類的文明，人類的天賦良心受到了社會實踐的衝擊，良心就不是每個人都有的了。報載上海一位姓李的女青年患了結核腦膜炎，面臨死亡的威脅，她的丈夫，某廠副廠長，中共黨員卻斷然拋棄了她。他們結婚才剛兩個月，雙方都還沉醉在愛的夢幻之中，病魔一聲大喝：「她已半身癱患，生活不能自理！」便把這麼個堂堂鬚眉的良心嚇得煙消雲散……天津一溺水兒童在水裡掙扎，年輕的母親在岸上急得哭天叫地，呼人求救。一個體魄健壯，英姿瀟灑的男青年走上去，並且自稱水性特好，救孩子當然沒問題，但必須拿錢來。「要多少？」「五百塊，一個子也不能少。」「天哪，誰能隨身帶那麼多錢呢。」那位母親一時拿不出錢來，只得苦苦哀求說：「先救孩子，錢多少都行，等以後再給。」那位青年兩手一攤說：「不行，現事交易，不見兔子不撒鷹。」說罷便揚長而去，那位青年的良心又哪裡去了呢？全賣給姓錢的了。我廠也有一位青年，家在農村，原有一位青梅竹馬的未婚妻，結婚證都領過了，並已刮過兩次胎，進城工作後把人家甩了，一轉手把女的讓給了郊區的一位菜農。手段之高明，處理之妥善，令人咋舌讚歎。他的良心又哪裡去了呢？同那個青年一起進廠的劉某工作後沒把農村的未婚妻丟掉，現在妻子有病，沒法在家種田，只得暫住廠裡，一家幾口人擠在一個油毛氈棚子裡，還算廠裡特殊照顧他。因為老婆戶口在農村，孩子也要跟母親的戶口，沒資格住廠裡的家屬宿舍，小孩也不能在城裡上學，老婆更不談進單位的勞動服務公司，單位的福利一點也享受不到。柴米油鹽都憑票供應，更把他弄得焦頭爛額，一家生活十分困窘，窮愁潦倒。他是講良心的，可是竟落到這麼個淒涼的境地。

一位老師傅經常憤憤地說：「現在的人，嘿——良心都叫狗吃了。」聽到他那一聲長歎，看到他那副悲天憫人的樣子，我也不覺發出慨歎。是啊，人的良心都被狗吃了，狗者犬也，「良」加「犬」就是「狼」，由此「良心」就變成了「狼心」，狗狼本是一家，有狼心便有狗肺，於是現代漢語才有狼心狗肺一詞。那些欺壓人，那些巧取豪奪，那些見利忘義，那些為個人目的不惜害命傷生的人，良心都是怎樣被狗吃掉的呢？

人說善有善報，惡有惡報，我所見到的卻恰恰相反。現實生活中往往是善有惡報，惡有善終，這究竟是為什麼呢？是蒼天無眼，還是人類進步到今天，善惡美醜，是非曲直就該來這麼個大顛倒！全能的上帝是應該也是能夠抑惡揚善的，可人們信奉你幾千年，怎麼總是讓惡人得道，善人遭殃呢？

這篇文章寫得很亂，沒有寫作日期，他重新寫一遍，然後從剪貼的報紙中找到了大概的寫作時間。這篇文章肯定是讀過報紙上的文章後有感而發的，由此就可以借報紙的時間來判斷這篇文章的寫作時間。他想這些不名之文，現在看來不過是廢紙，將來一旦他成了名，它們就會變得「洛陽紙貴」，現在留下問題，就會給後人帶來許多麻煩，給考證者帶來喋喋不休的爭論，要浪費學者們的許多寶貴時光。最可怕的還是那些考證者，他們往往望文生義，胡扯亂猜，甚至把作者的本意完全給歪曲了……想到這裡，他不禁苦笑一下，搖搖頭，感到自己正在做黃粱美夢，妄自尊大。這些隨手塗抹的東西算不了什麼文章，充其量說只能是雕蟲小技。可是畢竟是他親手寫下來的，是他的心血和汗水，是他生命的記錄，是他人生的足跡。重讀這些他覺得特別親切，母親不因自己的孩子醜陋就不愛自己的孩子。他雖是無名之輩，但也有名流大家一樣的「母愛」，也像大文豪一樣熱愛自己的作品。儘管這些東西現在只能塞在床底下同蛐蛐一起去歌唱，可他整理著它們，還是像母親給孩子洗澡換衣一樣用心，心中充滿一種天然的樂趣……

雄雞一聲高叫，新的一年經過一夜的喧鬧與陣痛終於誕生了。第一個黎明即將劃破黑暗照臨大地，在張秋水痛苦與歡樂的交替中歷史也完成了新舊一年的交替，在他伏案理文的時候，上帝已在他生命的年輪上刻下了深深的一刀，他那多皺的額頭上又增添了一道人生的細紋。整理好最後一篇文章，天就大亮了，這時清冷的空氣破窗而入，給他傳來了新春的氣息。周圍一下子變得異常寧靜，狂歡了一夜的人們這時也都睡去，他們顛倒了作息時間，昨天把黑夜當作白天，今天又把白天當作黑夜。天空也像剛產過嬰兒的母親一樣安靜下來，恬然地發出細勻的呼吸。他感到有點困倦，抬頭望望窗外，雪仍然在紛紛揚揚的下著，外面的世界顯得更白了。他一把推開窗戶，一股冷風撲面迎來，他頓覺神志清爽起來，立即又伏在桌上寫了一篇理文記：

除夕之夜，四周炮聲轟鳴，空中火花閃爍，天宇白雪紛飛，人們都沉浸在辭舊迎新的狂歡之中，一年來的苦難艱辛暫且都已忘卻。我靜靜地伏案整理一年來的文墨，多數墨蹟未乾，記憶猶新，這些雖不能以「文」稱之，但卻記下了自己的痛苦與歡樂以及對人生的理解，如同足跡踩在泥濘的路面上留下深深的印記，似小路曲曲彎彎的，既不見花草也不見樹木，只是一片荊棘蓬榛。大雪紛紛的下，寒風忽忽的刮，跋涉者疲勞了，力竭了，衣爛了，口乾了，就要倒下了。一個聲音，理想的聲音高叫著，呼喚著，「過來吧，過來就是綠洲！」一個幽靈，責任的幽靈催促著，鞭笞著，「站起來，站起來繼續前進！」……

寒夜終於被黎明所代替，一聲報曉的雄雞長啼帶來了又一個春天的信息，一股濃郁的墨香令人沉醉，一堆不名之文畫出了我人生的軌跡……

文章不長，他一揮而就，看看時間已快八點了。他覺得肚子有點餓，這才想到他今年的年飯還沒吃。他立即拿碗跑到食堂裡，一看大門緊鎖著，大黑鎖瞪著冷冰冰的目光望了他一眼，他才猛然想到今天食堂停火。全廠單身職工都回家過年去了，誰會為他一個人開火呢。他立即又回到宿舍，撂下碗筷，走出去，打算到街上去買點什麼東西吃。來到街上他又失望了，街上到處冰冷冰冷的，多數商店都是放假三天，少數商店貼出通知說十點才開門。他只得忍著饑寒慢慢往前走，北風時時掠過地面，卷起雪霰，撲頭蓋臉朝他襲來。他迎風而立，挺直脖子，一任刀子般的狂風刮面刺骨地襲來，待一陣猛烈的旋風過後，他才抖抖身子繼續朝前走。他一步步踏在積雪深厚的大地上，腳下發出咯吱咯吱的響聲，後面留下一溜深淺不等而又左彎右曲的腳印，像一串長長的黑寶石串在那銀白色的地面上。這一天或者說這一年是他第一個來到這潔靜的世界上，也是他第一個在這漫天積雪中踏出一條銀光閃閃的路標來。

第十一章 愛的涅槃

1

火車在茫茫的雪野中奔馳，張秋水的思緒也隨著奔馳的列車疾飛。大年初一，車廂裡的人寥寥無幾，列車廣播室正在播送春節聯歡會的文藝節目，但張秋水卻一點也聽不進去，他恨不能插上翅膀一下子飛到家，飛到母親的身邊……

今天一大早，迎新春的煙花炮竹還未散盡，天宇經過一夜的喧囂剛剛沉寂下來，人們都還沉浸在狂歡後的甜夢中，他第一個來到街上，像隻餓狗一樣在冰天雪地裡到處找食吃，可是他在街上兜了幾圈子什麼東西也沒買到。他從街上回到廠裡，一進門，王師傅就遞給他一封加急電報，上面寫著：「你母親病重接電速回父。」

這突如其來的打擊一下子把他打懵了，他一時感到手足無措，腦子裡閃現出母親那慈祥的面容和那瘦弱的身影，不禁掉下來淚來。他知道母親有嚴重的老年氣管炎，這次犯病一定很厲害，必須立即趕回去。他一口氣跑到宿舍，簡單地收拾一下，就匆匆到火車站，正好趕上這班車……

列車哐當一聲在一個小站停了下來，列車員在忙前忙後地打掃衛生，車廂裡非常清潔，比他第一次坐火車時見到的情景強多了。想到第一次坐火車，不免又引起他的許多回憶。他想起初次認識沈冰的情景，那時他們都還是天真的孩子，經過這些年的磨練，他感到自己逐漸成熟起來，他有了更為寬廣的胸懷，「不以物喜，不以己悲，居廟堂之高則憂其民，處江湖之遠則憂其君。」由沈冰他又想到香蓮，自從他進城工作以來，每次回家，她都要到縣城接送他。他永遠也不會忘記第一次離開家鄉，離開大溶河時的情景，香蓮送他送到老遠老遠的，他幾次催她回去，她就是不肯，堅持把他送到縣城，送上火車。臨分手時香蓮拉著他的手，眼裡充滿著淚花，他正要去安慰她，她又破涕而笑，囑咐他努力工作，力求上進，不要想家，要混出個人樣子來，有什麼難處來信說一聲，別委屈了自己……啊，我現在混得像什麼樣子呢？窮困潦倒，一文不名。按香蓮姐的看法是沒混好，為什麼沒混好呢？就是因為我沒混個一官半職。現在的人都是以官位來衡量一個人的價值的，入了黨升了官就說你混得不錯，否則你就是沒混好，起碼說你沒本事。「我讓香蓮姐失望了，也讓劉四爺他們這些父老鄉親們失望了，慚愧啊！」

自從他工作以後，香蓮又回到他家住了，她理所當然的已是張家的媳婦，這已得到了人們的公認，無論從哪個方面說，她做張家的媳婦都是情理中的事。就在張秋水進城工作後的第二年，娘得了一場大病，那時公社到縣城還不通車，只有一條土公路，是香蓮用小板車拉著母親到醫院去治病，因為爹正好到幾百里路外的河工挖河去了。這時香蓮經過在縣醫院進修半年已成為公社衛生院的護士，端茶倒水，侍湯奉藥都是香蓮的，治病的錢也是香蓮的爸給的。在醫院裡，香蓮整日守護在母親的床前，困了就扒在床沿上打個盹，餓了就吃碗泡饃饃。危險期過了，母親堅持要出院，香蓮就用小板車將她拉到公社衛生院。在公社衛生院裡，香蓮既要忙著上班，又要侍候母親，眼熬紅了，人累瘦了，自己也病了一場。多虧香蓮的精心照護，母親才慢慢好起來，但從此便留下了病根，再也不能下地幹活了，一到冬天就臥床不起，還得香蓮服侍……那年春節他回到家，母親一邊述說這些往事，一邊用衣襟子抹眼淚。「我這條老命要不是香蓮，早就漚成八瓣子了。趁我現在還沒閉眼，你們趕快把婚事辦了吧，我能看到你們成家，死也閉眼了。香蓮這孩子聰明賢惠，為人善良，心腸好，長得也不醜，家裡外頭無論什麼都能拿得起放得下，不說百裡挑一吧，在咱這方圓幾十里也算是數一數二的了。她將自己每月幾十塊錢的工資都給我買吃的了，自己連食堂也捨不得吃，帶點剩饃剩菜的放在食堂裡餾餾就算了。人家二十多歲的大姑娘穿紅戴綠的，這幾年各式各樣的衣服多得很，可是她仍是穿那件花洋布褂子，連件毛衣都沒捨得買。」母親絮絮叨叨又提到了他與香蓮的婚事，這是令他最頭痛的事。說實話香蓮是很不錯的姑娘，各方面都讓人挑不出毛病來，可是要說同她結婚，他從來就沒想過。他很敬重香蓮，一直把她視作自己的親姐姐，讓她做他的妻子，那豈不是對她的褻瀆。他覺得香蓮什麼都好，但無論如何不能做自己的老婆，香蓮對他愛得很聖潔，而沈冰對他愛得熱烈，香蓮總不能像沈冰一樣撥動他心靈上那根愛的琴弦，他同香蓮在一起總不能像與沈冰在一起一樣迸射出性愛的火花。男女之間的愛並非都是性愛，隨著年齡的增長，他同香蓮之間這層隔膜就越來越厚。可當時母親久病初癒，他無論如何也不願意讓母親傷心生氣，就說：「我和香蓮姐年齡都還小，我的學徒期沒滿是不能結婚的，等幾年再說吧。」母親怕影響他的前途，也就不再強求。這事他感到最麻煩的還是香蓮那裡，父母跟前好糊，對香蓮可不能糊，耽誤了她的青春。必須在適當的時候給她說清楚，要同她好好談談，把自己的想法都告訴她，他經常這麼暗下決心。然而只有在他回家的時候，他們才能有機會見面，他一回來，香蓮就回到公社他爸那去住，十來天的假轉眼就過去了，他們很難單獨在一起說話，加上他一回來，闔家歡天喜地，連他家養的那隻小花狗都對他分外親熱，香蓮更是給予他無微不至的關懷與照顧，給他趕製新衣，見他沒棉鞋穿就夜裡挑燈給他做棉鞋，他哪還忍心去傷害她呢。他十分明白香蓮把整個身心都傾注在他身上了，他是她心靈的寄託，如果他對她說他不喜歡她，那對她將是多麼沉重的打擊，說不定會把她逼上絕路，他更怕讓別人指著脊樑罵他：「一年土，二年洋，三年不認爹和娘。」於是他就想再等一下吧，機會總會有的，機會總會有的……就這樣稀裡糊塗地拖了這些年，他一直沒和香蓮說明他的想法。他想，這次回去見了香蓮一定得把事情說清楚，都是二十大多的人了，家裡同他們大小差不多的都抱娃娃了。父母親每次給他的信中總是不忘催他趕快同香蓮把事辦了，他也幾次想給香蓮寫信把問題說清楚，可是拿起筆來他卻不知怎麼說才好，於是就想等以後回家再說吧。現在，馬上就要到家了，可我怎麼同香蓮說呢？他在心裡自問。每當香蓮出現在他面前的時候，他自然也能感到她的溫馨，感到他的柔情，感到她的愛像盆火烤得他心煩意亂，口乾舌燥。儘管香蓮竭力抑制著自己，但當他們的目光相撞時，她那像春水般明淨澄澈的眼裡便噴射出一股閃灼的光焰來，充滿無限的渴望與期待。他愛沈冰能達到無我的境界，沈冰能使他沉醉，使他銷魂，而香蓮則永遠達不到這點。人不是動物，人的感情是極為複雜而微妙的，有些感情是根本無法用語言描繪的。人在異性面前不會像動物一樣不分青紅皂白，香蓮是我的姐姐，我怎麼能對她做出一些不潔之事來。我不可想像將來讓香蓮躺在我的懷裡扭捏呻吟，那將是對人類文明的沾汙。固然像焦大罵的那樣「扒灰的扒灰，養小叔子的養小叔子」的人至今還大有人在，但那已喪失了人之所以為人的資格了。雖說香蓮那張小嘴也很迷人，那「笑靨」也常向他綻開，但那是他咂不得的，他連閃過這樣的念頭都覺得罪過，覺得可恥。也許是因為他一直把香蓮視為自己的姐姐才有這些心裡障礙，也許是他同別人不一樣，要同舊的觀念和習俗徹底決裂。

一次，他回家過年要返回來的時候，母親讓香蓮騎自行車送他，他雖說心裡極不情願，可當著香蓮的面卻又說不出來。家離縣城三十多里路又不通車，結果還是讓香蓮把他送到城裡。路上香蓮暗示他，引逗他，陳倉暗渡，他卻像木頭一樣沒反應。臨分手的時候，香蓮哭了，哭得很傷心，他也很難過，想去安慰她。看著她那睫毛上沾著淚花的眸子對他一閃一閃的，她那突起的處女胸脯對他一起一伏的，那雙頰泛起的胭脂一樣的紅潮一波一波的。他心裡不禁為之一震，慢慢地身向前傾，嘴角顫動，神魂搖盪。她憑著女人的本能與敏感，意識到將會發生什麼，一股熱流頓時灌注全身，她感到渾身軟酥酥的，麻木木的，幾乎力不能支，就要倒在他的懷中，微瞇著雙眼，嘴唇翕動，等待著，等待著……等待那玉露金光滴染在她那待放的花苞上，等待著那和風細雨飄灑在她那乾枯的心田上。突然他的脊樑上猛的被抽了一鞭，一聲嚴厲的喝斥將他驚醒：「你這蠢貨，怎能這般不知廉恥！她是你的姐姐，不是你的情人。」他猛的打了一個寒戰，撤回身去，心裡充滿無限的自責與羞愧。

她在等待之際猛一睜眼，見風已平，浪已靜，潮已退，他仍然像根木樁一樣站在那裡，面部表情呆板而嚴肅，剛才的一切只不過是她自己的幻覺而已。七彩的光環頓時化作被風沙捲起的廢紙爛屑，令她眼酸心澀，幸福的洪流即刻化作無邊的苦水將她淹沒，令她窒息。她立即捂著自己的嘴差點沒哇的一聲哭出來，一轉身推起自行車就走，兩行淚目回頭一望恰似兩顆燃燒的火彈直射進張秋水的胸膛，他不禁感到瑟瑟發抖。他感到太對不起她了，讓她這麼傷心，太不應該了，他心裡多難過啊……

列車哐當一聲啟動，接著就吭哧吭哧往前跑，廣播裡正在播送相聲「五官爭功」，引起一陣陣大笑，張秋水卻笑不出來，他不知道母親病得究竟怎樣，他彷彿看到母親正在焦急地期待他回到她身邊，他猜想現在香蓮也一定守候在母親的身邊盼他儘快的回歸。又是兩年沒回來了，聽說家裡分了責任田，實行了包產到戶，一下子調動了農民的積極性，農民一下子都富起來了，他對這樣的傳說不敢輕信，他知道家鄉那落後的生產方式和低下的生產力短時間內改變面貌那是不可能的。家鄉在他心靈上刻著的就是貧窮與落後，秤鹽打洋油都得拿雞蛋去換。記得小時候，一次母親用手巾給他兜了二十個雞蛋讓他到集上去賣，五分錢一個，能賣一塊錢，打五毛錢的洋油，稱三毛錢的鹽，剩下兩毛錢，一毛錢買針一毛錢買線，並一再叮囑說：「這些都是等用的，買不回來就得斷頓。」他一大早就冒著風寒趕集去賣雞蛋，那也是這麼個大雪天，他手裡拎著雞蛋，手指凍得通紅，渾身凍得打戰。幾個買主上來都誇他的雞蛋好，又大又新鮮，可是五分錢一隻太貴了，只給他四分錢一隻，他說什麼也不願意賣。最後被公家那飯館裡買去了，那飯館裡的採買倒不錯，價也沒還，五分錢一個就全拿走了。賣了雞蛋他如釋重負，高興得不得了，立即到商店裡去買東西，他要按母親的吩咐將要買的東西都買回去。他忽然看到玻璃櫃子裡那很漂亮的一套學習用具便動了心，那套學習用具有兩個三角板，一個量角器和一個圓規，一套正好一塊錢。平時這些東西得到城裡去買，集上根本不進這些貨，他向爹要了很長時間，爹總說什麼時候得閒趕城再給他買，先借同學的湊合用著。現在集上有貨了，他想買了就省得讓爹再往城裡跑了。他掏出那一把沾滿油污的毛票子遞上去，一套漂亮的文具就是他的了，他感到很高興，一口氣跑到家，就把這好消息告訴香蓮姐。他炫耀似的把那套文具拿給娘看，娘臉色陡然一變，火氣沖天將他痛打一頓。香蓮姐立即跪下來向娘求情說：「娘，別打弟弟了，今天是他不對，沒經你同意就自己當家花了錢。可是他學習需要，也不算亂花錢，何況你們也答應過要給他買的，早晚反正都是買。」說到這裡她從口袋裡掏出皺巴巴的一塊錢遞給娘，「這一塊錢是你過年的時候給我的壓歲錢，我一直放著沒捨得用。給你，娘，用這秤鹽打洋油吧。」娘哇的一聲也痛哭起來，她一隻胳膊攬著他，一隻胳膊攬著香蓮，把他們緊緊摟在懷裡，三個人哭成一團。娘哽咽著說：「你們都是娘的好孩子，都沒錯，是娘一時氣糊塗了，才打了你。」娘用手撫摸了一下秋水，接著說：「要知道咱家困難啊，等明年收成好了，娘有錢的時候加倍補你。」香蓮姐反過來勸娘，「娘，你放寬心，明年咱家一定會好的。」然後起身，拿著那一塊錢就上集秤鹽打洋油……想到這裡，張秋水眼裡潮乎乎的。列車在風雪中急馳，雪花在車窗外紛紛揚揚的飄舞著，一望無際的原野一片白雪皚皚，張秋水的思緒隨著奔馳的火車奔流，伴著雪花絲絲縷縷，點點片片……

2

當張秋水坐在火車上往家趕的時候，香蓮正在睡夢中往城裡趕。自從電報發出後，她又暫時回到爸爸那裡住了，她好幾夜都沒睡好了，一眨眼秋水就站到了她的跟前，一有響動好像就是秋水的腳步聲。不知什麼原因秋水到現在還沒回來，會不會出什麼事？不會的，不會的，可是為什麼說好的他要回來過年卻沒回來呢？他回來後聽到要辦喜事該會多麼高興啊。我本來要寫信把這消息告訴他的，可娘說寫了怕也收不到，人馬上就來家了，見了面什麼話不好說，還寫什麼信。想想也是，秋水不像別的青年，進城上學或工作之後，馬上就鬧退婚，秋水他還沒失去莊稼人的本色。娘說他們都二十七八了，政府雖說號召晚婚，可也不能老這麼「晚」下去，娘說趁這個春節把他們的事辦了。雖說我們之間沒什麼海誓山盟，花前月下，但是我們是同甘共苦中一起長大的，我們雖是父母之命，可從小在一起耳鬢廝磨，兩小無猜，這感情也是不可動搖的。秋水工作之後再不像以前那麼無拘無束在她面前姐長姐短的了，好像是疏遠了，這也自然，人大了嗎。人家進城後就變心，秋水可不是那號人，他忠厚，認死理，自己認定的事情誰也不能改變。聽娘說，小時候，一次逢春會，娘不帶他去，他就挺在地上打滾，誰也哄不好，嗓子都哭啞了，後來四嬸過來拉著他跑到會上兜了一圈子才算了事。他雖說脾氣犟，可是讀書學習卻特別聰明，大人都說他有出息，將來一定能幹一番大事業來，上初中的時候就能給人家寫門對子，那時一到年跟前，家裡整天鬧哄哄的，請他寫門對子的出一屋進一屋。鄉里老一輩子識字的不多，小一輩識字的不少，可是沒有能拿得起毛筆的。人家都誇秋水的字寫得好，連當過師爺的劉俊槐都伸出大拇指說秋水是未來的大書法家……風敲打窗櫺嘩嘩作響，她在床上翻了個身，又陷入往事的回憶中。

……記得那是六九年的夏天，天熱得要命，太陽一出來就顯示出它的威力，曬在人的脊背上像烙鐵烤的一樣疼。地上的莊稼經過一夜的歇息還沒緩過氣來，就又被太陽趕起，太陽從它們身上吸乾了一粒粒的水分，一個個耷拉著頭，像霜打過的一樣乾的，蔫的蔫。田地裂開一條條大縫子，擔一擔水澆上去，呼啦一下子就幹了，一桶水不能澆一棵莊稼苗子。全村男女老少齊上陣，都到地裡去澆莊稼，她也隨大人一起拿著舀水盆到大溶河裡取水澆莊稼。大溶河的河床很深，但只有尺把深的水，半天才能取一盆水。她將一盆水澆在那棵正吐穗子的玉米根上，玉米立即獲得了生機，昂起頭來。剛幹了一會，隊長便吹起了哨子，吶喊著說：「全體社員都要到公社去請毛主席像。」還說：「這是政治任務，一切活都停下來，全體都去，一個也不留。」人們正被毒辣辣的太陽曬得發昏，個個汗滴如注，誰還想幹活，這隊裡的活得滑就滑，累死了也是一天十分工，去請毛主席像，多逍遙自在，工分也不少。因此隊長一吆喝，人們呼啦下子就散了，有的找樹蔭乘涼，有的拿著工具往家走。她堅持又到大溶河裡端了兩盆水一棵棵潑到那快要幹死的玉米上。人都跑光了，她最後望了一眼那玉米地才拎著盆回去。主席像是非請不可的，不請就得挨批鬥，家裡當時湊不出錢來，把她養的兩隻小羊羔賣掉才算過了這一關。兩隻羊羔賣了八塊錢，一個石膏像就要六塊多，剩下的娘一分也沒留，給她幾毛，給秋水幾毛，說是讓他們在請石膏像那天去看熱鬧買點零食吃，這是上個月的事了。今天公社要舉行請送主席像的隆重儀式，聽說縣文工團還下來演出節目呢，要演大戲《紅燈記》，還安排了幾個吹嗩吶班子對吹。

她回到家裡洗把臉，又換了件乾淨褂子，給娘說一聲就趕往公社去請主席像。公社離家有十幾里路，她和秋水一起隨著人群擁擠在通往公社的大路上。路上的人像趕春會一樣成群結隊，遠遠望去黑壓壓一群一群的。被人們趟起的塵土卷起黃浪，翻著塵煙，緊緊纏繞在人們的周圍。人們臉上漾著喜悅，心中充滿激情，像趕廟會進香朝拜那麼虔誠。她和秋水幾乎是一路小跑樣從人縫裡鑽來鑽去，不一會便熱得渾身是水，嗓子裡冒火，臉熱得像發高燒一樣通紅。

送主席像的檯子搭在公社南端的一個大空場上，下面正好是一個枯水坑。會場上鑼鼓喧天，嗩吶聲聲，秧歌隊隊，歌聲陣陣。公社幹部站在檯子上念名單，念到誰，誰就上去領主席像，接到主席像後要面對掛在會場中央的巨幅畫像深深地鞠一躬，然後同發像的人握握手便退下去，接著又是下一個。香蓮擠在人群中，側耳聽著高音喇叭裡念名單。當她聽到張世清時，就連忙走上台去。發像的幹部看看她，皺皺眉頭說：「你家的大人呢？」她囁嚅著說：「爹上城給隊裡辦事去了，娘生了病不能來。」接著下一個領像的又上來了，那幹部忙於發像，也就沒功夫同她多說，她就立即退下去。慌忙中忘了給毛主席他老人家鞠一躬，就立即回過來向會台中央的大幅畫像深深地鞠了一躬，然後拎著石膏像的脖子就往台下跑。台下立即響起一陣哄笑，一陣喧嘩。她卻不知怎麼回事，羞紅著臉望著台下的人們。一位老大爺立即抓住她的胳膊說：「姑娘，不能那樣拿，掐著主席的脖子，讓主席上吊似的，要雙手捧在懷裡，你看人家都是怎麼拿的！」她立即明白過來，無限感激地望了老大爺一眼，立即將石膏像雙手捧在懷裡。她朝前後左右看看，人們都是一個姿式，雙手捧著主席像，畢恭畢敬的站在會場上，面向會台，目不斜視。發像的是幾個大隊的書記分別給自己管轄的社員發，很有條理，個把小時就結束了。

接著就是唱大戲，一陣鑼鼓之後，李鐵梅手提紅燈上場了，那演李鐵梅的是縣梆劇團裡的名角，眼睛又大又亮，辮子又黑又長，一上場大辮子一甩，頭一揚，一個亮相，太絕了。只是唱的是京戲，她聽不太懂，只能看個熱鬧。聽了一會戲她就拉著秋水到別處去看對響器（嗩吶），這邊比唱戲的那邊還熱鬧，敵對雙方都站在桌子上吹，以招引更多的聽眾。由對吹又發展到對唱，後來又對罵。突然，一塊石子從對方的陣營擲過來，正好砸在那位手捧大笛站在桌子上吹得正有勁的人頭上，那人哎喲一聲，頓時頭上鮮血直淋。這邊陣營裡群情激奮，一起從腳底下拾起爛磚碎瓦往對方陣營裡扔，那邊立即又被砸傷了幾個人。還有一些湊熱鬧的觀眾也彎腰揀起石子亂扔一氣。一會敵對雙方短兵相接，笙、笛、喇叭、鑼鼓家什都成了兵器，亂打一通，也有自己人拿喇叭打到自己人頭上的。一會，雙方主要隊員都被打得遍體鱗傷，後來武裝部長聞訊趕到，手裡拿著盒子槍朝天空連放兩槍，才算把這場武鬥平息下來。

她又拉著秋水到另一處去看踩高蹺的，玩高蹺的穿著花紅柳綠的古裝長袍，裝扮成公子小姐的模樣，一邊走一邊調情逗笑，引起觀眾一陣陣哄笑。一陣笑聲過後，突然一群觀眾蜂擁而起，一齊朝高蹺隊湧過來。那公子小姐正走得洋洋自得，樂不可支，一下就被湧上來的人潮擠扒下去，摔得鼻青眼腫，直在地上打滾，可也沒人去拉。人們又哄笑著潮水般退下來，「公子」和「小姐」趴在地上痛苦的呻吟著，這又激起看熱鬧的人們一陣陣大笑。她看到那慘像，心裡很不好受，立即拉著秋水往外擠。人真多啊，裡三層外三層的，她和秋水在人縫裡鑽了半天，衣服都被汗水浸透了，才好容易鑽出來。一出來她就拉著秋水往另一處秧歌隊跑。突然，她的腳下不知被什麼東西猛一絆，她踉蹌一步跌了老遠。她手裡捧著主席像，就在跌下去的那一剎那間，她拼命用胳膊肘一支，將主席像托起來。上帝保佑，沒把主席像摔碎，可是她的膝蓋和胳膊肘都磕破了，鮮血直流。秋水立即把她拉起來，接過主席像看看沒爛，兩人相對而視，不禁都慘然一笑。秋水立即將自己身上的破汗衫撕下一塊來，把她磕破的地方都給包起來，她顧不得渾身的疼痛，一瘸一拐地領著秋水到飯店去買包子吃，每人吃了三只包子，又喝了一碗茶，她身上的錢也就花完了。秋水的錢沒有花，她勸他留著以後買學習用品。

這時已是後半晌了，興奮而激動得近於發狂的人們漸漸散去了，雖然戲還在唱，秧歌還在扭，喇叭還在吹，可是翻來覆去就是那幾下子，人們也看膩了。再說物質決定精神，人們從早上搞到現在肚皮也該餓了，於是就捧著自己請到的主席像紛紛往家回。她也帶著秋水隨著人們往家回，走沒多遠，秋水聽到呼啦一下主席像發出細微的聲響，他定睛一看，不好，脖子上出現了一個小窟窿，接著是一聲驚叫：「姐姐，不好了，像爛了，你看！這——」他指著脖子上的那個小窟窿給她看。她立即從他手裡接過主席像，覺得頭皮一麻，脊樑一緊，一屁股坐在地上，像當頭挨了一棒，半天才回來神來說：「別吱聲，讓人家知道了可是不得了的事。」她告誡秋水說：「前些時，孫樓寨的孫老五因為撕爛了一張帶主席像的報紙，就被公安局抓走了，他正好成份也不好，是個富農，就被打成了現行反革命，怕他這一輩子別想再活著出來。」

「可是咱這主席像也弄爛了，怎麼辦呢？」秋水拖著一副哭腔說。

「嘿，有什麼辦法，都是我不好，不是慌著看熱鬧，哪能跌一跤呢，回家再說吧。」

「回家不挨打才怪呢。」

「那有啥辦法，天塌下來有我呢。你別怕，橫豎都有我來承擔。」

「我不是說這個，我是想怎麼能想辦法把這洞給糊上就好了。」

「這是石膏做的，不是泥糊的，哪能補得上？」

兩人愁得不得了，在地上坐了半天也沒想出什麼辦法來。成群結隊的人從他們旁邊一陣陣的過去，眼看人越來越少了，他們才慢慢站起來愁眉苦臉一步步往家捱，好像他們不是在往家走，而是一步步在走向刑場。

「我看這事先別讓娘知道。」秋水垂頭喪氣地說。

「可是怎麼能夠瞞得過去呢？」

「……」是啊，怎麼能瞞得過去呢，這麼一個窟窿，還正好在脖子上……張秋水這麼想著，一抬頭看到老五叔胸前捧個老大的主席像，比他們的大一倍，脖子上還帶著紅領章。他驀然靈機一動，從香蓮手裡拿過主席像一搖，嘩啦一下，一塊碎片掉下來。他彎腰拾起那碎片往洞上一放正好合上。「姐，有辦法了，你坐在這裡等我，我一會就來。」他說著就將石膏像塞到她手裡，一掉頭，撂起蹶子就跑。她在後面喊他：「慢點跑，當心跌跤。」他像沒聽見一樣跑得更快。她很納悶，不知他有了什麼好主意，「小東西鬼點子多著呢。」她心裡猛一輕鬆就坐到路邊的一棵大樹下去乘涼，將胸前的主席像面朝裡，緊貼著自己的胸脯，呆呆地望著秋水遠去的背影。

不大一會，秋水就一路小跑地回來了，手裡拿著一張紅紙，一瓶漿糊，老遠就朝她揮手。她不明白他買這些東西有啥用，但她知道一定是為堵這石膏像上的小窟窿的。她立即迎上去接過他手裡的東西，「快告訴我，買這些東西啥用，你想出了什麼好辦法？」

秋水吁吁的喘著粗氣說：「你看見老五叔的那個大主席像了嗎？那一個要十八塊錢呢，那大像上有紅領章，你注意到了嗎。我想既然他的能戴領章，咱這小的也能戴，剪一塊紙條往這脖子上一貼，不就是領章了嗎，正好洞也蓋住了，又好看，再從裡面襯塊紙，這碎片就再掉不下來了，就是掉了，有這紅領章遮著，誰還能看得見。」秋水一邊說一邊比劃著，香蓮喜得眉開眼笑。「哎呀呀，你真聰明，我就沒想到這個。」她說著就使勁在秋水的臉上擰了一把。「這下可好了，我們趕快回去吧。」說著她一把拉起秋水就往家跑。

兩人一口氣跑到家，正好娘不在家，他們立即行動，趕制「領章」。香蓮生來一雙巧手，各種花樣子都能剪，何況這麼個簡單的小紙片。不大一會他們就給主席像戴上了「領章」。娘回來一看，喜不自勝，說花六塊多錢就請到了這麼漂亮的主席像真不錯，人家戴領章的都交了十幾塊錢呢。

過了幾個月，領章退了顏色，秋水就用毛筆蘸上紅墨水往上一抹，仍是鮮紅鮮紅的……

3

又過了兩年，他們大隊過渡到了以大隊為核算單位的大集體，城裡來人開會說馬上還要過渡到以公社為核算單位呢。他們那裡原來的六七個生產隊一下子都合併起來，合成一個大隊，總共有一千多人。她那時已十六七歲了，參加隊裡勞動仍算半個勞力，大人一天掙十分工，她一天可以掙得五分。那時幹活就跟趕春會的樣，可熱鬧了。隊裡一敲鐘，幾十口人分成一個小組，由組長帶領著，扛著紅旗，唱著革命歌曲，行軍一樣浩浩蕩蕩地出發。每次上工之前都要站隊、報數、點名、然後手捧毛主席語錄學習老三篇，並向毛主席他老人家請示。到了地裡，將紅旗往地頭一插，革命隊伍就一班班地分散開去幹活。記得那年的麥子長得特別好，掐一支麥穗子放在手裡一揉就可揉出一大把瑩光透亮的麥仁子。收割的氣氛真喜人，一大群人一下散開，一人幾壟齊頭並進，像卷苫子一樣往前趕，後面是一大堆一大堆的麥鋪子。人們爭先恐後地搶著幹，臉上放出歡樂的笑容，沉浸在豐收的喜悅之中。一大塊麥子，一人幾壟，不一會就割完了，幹起來歡歡樂樂，紅紅火火的，一點也不覺得累，像鬧著玩樣就把活幹掉了。她雖說年齡小，但幹起活來卻並不比大人差，特別是割麥子，幾壟割下來，大人都吵著腰疼，她卻一點也不覺得腰疼，和大人搶著幹。娘心疼她不讓出工，她死也不肯，她在家裡急得慌，覺得沒有下地幹活痛快，那麼多人在一起熱熱鬧鬧的，幹起活來挺有意思的，比在家做家務還自在，在家裡刷鍋、洗碗、餵豬、餵雞，煩死人了。隊裡幹活緊得很，一敲鐘就得出來，遲了要扣分，還得向毛主席他老人家請罪，往往飯碗沒丟下，上工的鐘就敲響了。有一次她幹了一歇活回來找水桶打水喝，發現隊長在家裡吃飯。難怪天天出工那麼早，原來隊長沒吃飯就敲鐘，等把社員都趕下地後，他再回來吃飯，她這一下全明白了。她把這事告訴娘，娘卻罵她一頓，說她多管閒事，並對她說：「這事全當咱沒看見，可不要瞎胡說啊。」她就一直把這事悶在心裡，從沒對外人說過。有一次隊長拿她的錯，說她割的麥子麥茬留得太高。她一氣之下就把這事說了出來，把隊長氣得直摔頭，發誓詛咒說沒那麼回事。隊長捶胸頓足地說：「你這小孩子家不懂事，說話沒根，俺也不給你一般見識，不給你一般見識。」隊長這麼說著就逃跑似的到別處去督工去了，再也不管她留的麥茬子長不長了。

　　她正在埋頭割麥，只聽到隊長一聲呼喚，人們便停下手裡的活，一齊抬起頭來。隊長說：「反革命壞分子張志祥在光天化日之下竟敢踩壞一枚毛主席像章，這是對我們偉大領袖的最大誣衊。現在我們就在這裡召開個現場批鬥會，讓張志祥站出來，老實交代。」接著隊長厲聲猛喝一聲：「張志祥，站出來！」

張志祥嚇得臉色臘黃，立即從人群裡站出來，低下頭，兩腿打著顫。人們一下子圍上來把張志祥圍在中間，幾百雙眼睛望著他，他感到無地自容。

「張志祥老實交代，打倒張志祥！」人群裡即刻爆發出一陣高呼。

張志祥渾身顫抖著說：「我交代，我交代，我……幹活的時候不小心，身上的毛主席像章被掛掉了，正好被我一腳踩癟了，我不是有意的。我……」

「什麼不是有意的，想抵賴，幹了壞事還不承認錯誤，把你送到縣公安局去，你就老實了。」青年書記大聲說。

「張志祥老實認罪，不能抵賴。」不知是誰高呼一聲。

「把他捆起來。」民兵營長高喊一聲，接著幾個人隨聲附和「讓他遊街」，「給他糊個高帽子戴。」

接著人群裡爆發出一陣高呼，立即上來幾個青年，五花大綁把張志祥捆了起來。張志祥跪在地上連聲說：「我有罪，我罪該萬死，我接受貧下中農的批判。」

批判會過後，隊長押著張志祥進行遊鬥，遊鬥時在張志祥的脖子裡掛了兩捆麥桿子。幾個村子遊下來，大半天就過去了，張志祥癱到地上再也爬不起來。後半晌突然下了一場暴雨，上午割下的麥子全泡在了地裡，一粒也沒收回來。這場批鬥會至少損失幾千斤糧食，可是隊長說：「損失點糧食是小事，我們要算階級鬥爭的大帳。大家的階級覺悟提高了，一萬斤糧食也換不來。」……

這年他們大隊全縣第一個超額完成國家的午季徵收任務，公糧加餘糧超額上繳幾萬斤，隊長說再多繳點就可以過長江了。那繳公糧的場面可真熱鬧呢，十幾輛大車拉著幾萬斤麥子奔跑在大官道上。每輛車套四匹高頭大馬拉著，馬身上披戴著紅綾彩綢，車上插著彩旗，前面的車隊敲鑼打鼓，嗩吶聲聲，後面的送糧隊伍挑著老長的鞭炮一盤接一盤的放。那送糧的人全是挑選出來的二十多歲的漂亮小夥子，個子都差不多高，一色的黃軍裝，個個威風凜凜，精神抖擻。人們像看大馬戲一樣跟著送糧隊看熱鬧。她被選派到全由年輕姑娘組成的篩糧隊裡，那麥子打下來後，曬了又曬，直曬得抓起麥籽撂到嘴裡一咬咯嘣碎，篩了又篩直篩到一點塵土坷垃都沒有，最後才裝上袋子由男人們裝上車。繳公糧那幾天，隊裡特意為送糧的小夥子和篩糧的姑娘開小灶加餐，連天加夜幹，隊裡還加工分，所以都爭著幹這差事，幹上的自己也感到自豪和榮耀。地富反壞右分子及其家屬和子女是沒資格參加送糧隊和篩糧隊的。繳過公糧，縣委書記便開著小車，帶領一大幫人在他們隊裡開了現場會，還送來了錦旗和獎狀，隊長戴上了大紅花。縣委書記在會上說要號召全縣人民向他們隊學習，他說：「我們朝共產主義的天堂又邁進一大步，希望你們沿著社會主義的金光大道繼續努力，勇往直前。」大隊書記手捧著獎狀，代表全體社員上臺講話，向上級表了決心。他說：「決不辜負上級領導的關懷和期望，力爭明年『打過長江去』，更上一層樓。」……

然而到年終結算，這年的十分工僅值八分錢，是分值最低的一年，她家四個大人，兩個半勞力，不脫工，秋水星期天還參加勞動，到年終還要拔出幾十塊錢，全村人只有兩戶分到十幾塊錢的分紅，一是飼養員劉滿金，他是單身一個，每天算一個半工，另一戶就是隊長家，其他戶全要往外拔錢，這就是說他們辛勤勞動一年除分到的基本口糧外什麼也沒有，還得往外拿錢。沒辦法，爹又賣掉了她和秋水養的小羊羔，才抵清帳。這年過年的時候一家人誰也沒添一件新衣裳，是最窮的一年，這年分的麥子也是最少的一年，她家一共才分了一口袋麥子，每人合二三十斤，平時根本捨不得吃麥子麵，誰有病害災，頭痛發燒才捨得磨點麵擀幾碗麵條子，從來沒敢用好麵做過饃饃。就這樣到過年的時候還是沒有麥子吃。這年，過年過得最慘，磕乾囤底子才磕出半斗麥子，磨成麵只夠一家人包頓餃子的。隊裡這年又搞了秸桿還田，將莊稼桿子全埋在了地裡，以圖漚爛作肥料。因此這年也沒柴燒，全靠她和秋水東拾點西拾點柴草棍棒之類的東西湊合一頓是一頓。有時碰到陰天下雨，拾不著柴就斷炊，實在沒辦法就到樹上去扳幾根鮮柳棍子燒。結果第二年開春耕地，那些秸桿還沒漚爛，地也特別難犁，搞不好就爛犁鏵。犁過的地，秸桿又被翻上來，還是被人撿去作柴燒……

過年的時候，隊長看社員們確實太苦了，就將南村的一只大水塘用抽水機抽乾，竭澤而漁，逮了百十斤魚，又把隊裡養的兩頭豬也宰了。人口太多，東西分不過來，隊裡又拿出兩口袋麥種磨成麵，將豬肉煉成油，把魚剁成小塊塊抹上麵糊子炸了再分。分魚的那天可真帶勁，大場上臨時支了幾口大油鍋，幾十個人輪班幹，快到天明的時候才開始分魚。一聽說分魚，人們奔走相告，競向歡呼，有的拿盆，有的提籃，有的端笊籬，人聲鼎沸，熱鬧非常。魚沒炸出來，等待分魚的群眾就自動排好了隊，站滿了大場地。那天的夜色很好，清冷的夜幕籠罩著大場地，寒風吹得人瑟瑟發抖，可是人們被一股巨大的精神力量支持著，誰也不嫌冷，誰也不說困，等待分魚的隊伍排得老長老長的，盤了幾個圈。一筐筐滿滿的炸魚塊，油亮亮，黃燦燦的那麼誘人，那麼令人歡欣，顯得那麼的多。可是分到每人籃子裡卻只有可憐巴巴的幾小塊，令人沮喪，令人惆悵。她和秋水盼了兩天，熬了一夜，眼都熬紅了，分魚的時候老早就去站隊，站到跟前就分了這麼點魚，真讓人掃興。就這樣，娘還說要留點魚待客。那年吃年飯除了那幾塊魚，就是一碗大白菜，實在讓人心寒。爹娘每人只吃一塊魚嘗嘗，剩下的就留給她和秋水吃。她和秋水又推讓了半天誰也不願再吃。「爭著不足，讓著有餘，」娘說罷就給他倆一人分了幾塊說：「各吃各的，別再推來讓去的。」秋水接過魚將刺扒出來放到嘴裡不嚼就咽下去了。看到他那饞相，她將自己那份又給了他一些。秋水吃罷咂咂嘴說：「美味不可多餐，這魚真香。」當時他那樣子很滑稽，至今她還清楚記得，他歪著頭，瞇著眼，一隻手往嘴裡送魚，另隻手掏魚刺，一不小心，咬破了舌頭，鮮血順著嘴角子流下來，可他照吃他的。她想著往事便迷迷糊糊進入夢鄉……

4

電閃雷鳴，暴雨傾盆，狂風猛烈的搖撼著簷前的大樹，呼嘯怒號，她同下放知青劉萍住在村南頭隊部一間破草屋裡。天不黑她就來到這裡，可是劉萍不知怎麼回事到現在還沒回來。外面漆黑一團，又下這麼大雨，劉萍會到哪去呢？哦，對了，她下午說去公社開會，是分管知青工作的韓書記通知她去的，她猛然想起劉萍是上公社開會去了。可是怎麼到現在還沒回來呢，開什麼會能開到這時辰？啊，大概是因為下雨沒法回來，才耽誤到現在呢。好怕人啊，平時和劉萍在一起什麼也不覺得，可是劉萍不在，她總是心驚肉跳的。她怎麼也睡不著，急得身上冒汗，心裡念叨著：「劉萍快回來，劉萍快回來。」突然一聲貓叫，嚇得她毛骨悚然，又是一聲炸雷震得窗櫺嘩嘩響。她用被子蒙上頭，只聽呼呼的狂風，嘩嘩的驟雨，她嚇得縮作一團。雨下這麼緊，天又這麼黑，劉萍今晚怕是回不來了，那怎麼辦呢？可是劉萍不回來又會到哪去呢？她一定得回來，啊，也許正在路上呢，我得找個傘接她去。她這麼想著就跳下床，拉開門栓，一股狂風卷著驟雨破門而入，她打了個冷戰又退回來。正在這時一道閃電劃過，劉萍像魔鬼一樣衝進來。她披頭散髮，滿臉悲憤，渾身水淋淋的，站在香蓮面前一句話也不說，水滴從她身上嘀嘀嗒嗒落下來，頓時把屋裡的地打濕了一大片。見到劉萍這副樣子，嚇得她倒抽了一口涼氣，走上去說：「劉萍姐，你，怎麼了？看你淋成這個樣子，快換件衣服吧。」

劉萍仍然不說話，眼睛像死魚一樣望著她，長長的歎出一口氣，接著大把的淚珠就滾下來。

「劉萍姐，你今天是怎麼了，發生了什麼事？」她知道劉萍姐一貫的好說好笑，也好唱，平時人沒到家，歌聲早就傳來了。今天一定發生了什麼事。她正這麼揣測著，只聽劉萍大吼一聲：「他媽的，王八蛋，我要控告他！」

「劉萍姐，你說什麼胡話，誰欺負你了嗎？」

「哼，哼……」

「不是韓書記通知你去開會的嗎？開的什麼會呀？」

「什麼韓書記，韓他媽的×，平時一副道貌岸然的樣子，他是狗，是狼！」劉萍抹一把眼淚將滿腹的淚水都化作了憤怒。

她立即拿來一條乾毛巾遞給劉萍，「劉萍姐，你先擦一擦換件衣服吧，這樣站著會凍病的。」她說著就立即從扯在窗前的鐵絲上拉過一件乾衣服遞給劉萍。

劉萍接過衣服，一邊換衣一邊哽咽著，嘴裡還在不停的罵。她忽然明白了，韓書記派人通知劉萍姐去開會原來是個圈套，劉萍是被韓書記姦污了。「劉萍姐，韓書記他……為什麼那麼壞。」

劉萍說：「今天根本不是開什麼會，他把我一個人叫到他的屋裡，嬉皮笑臉的拿出一張地區衛校的招生推薦表放到我的面前，我還沒反應過來是怎麼回事，他就把我按到床上，扒去了我的衣服。我想喊，可是望望那張招生表就沒喊出來。你知道我家哥哥下放到北大荒去了，家裡就母親一人還有病，我日夜都盼望能早點接受完貧下中農的再教育回城去。所以我總是拼命幹活，好好勞動。可是沒想到，沒想到我要回城竟然要付出這麼高的代價啊……」她掏出那張已被雨水濕透了的招生表撂到小條桌上。

她心裡十分難過，她替劉萍傷心，可又不知怎麼去安慰她。她給劉萍倒杯開水，讓她坐下來歇歇，然後準備給劉萍做點吃的，卻被劉萍一把抓住了。「算了吧，我吃得下嗎？你讓我坐會吧，你趕快睡去，別著涼了。」

「你不睡我也不睡，我陪你坐著。」

「嘿……」劉萍長歎一聲，眼淚在眼圈裡打著旋。「天啊，我該怎麼辦呀？」

「劉萍姐，我看這事已至此，是沒法挽回的了。你就忍了吧，反正一走就一了百了啦。你就是去告，官官相護，又能怎麼樣？就你兩人的事，能說得清嗎？能告得贏嗎？就算你告贏了，也不能把韓書記怎麼樣，工作一調動，照當他的書記。共產黨的官，烏紗帽都是鐵打的，有什麼辦法呢？況且咱這姑娘家最要緊的就是自己的名聲，這事張揚出去，咱自己也不光彩。」

劉萍一把將她摟在懷裡，「香蓮妹，別看你年紀小，真懂事呢，我也是這麼想啊，這事可千萬別對人講啊。」她說著又抽噎起來。「可是我這口氣實在咽不下啊。我算是看透了，當官的沒一個好傢伙。這筆帳我總是要算的，等我上學走了再告他。」她說著就拉著香蓮上床睡覺。

她迷迷糊糊的總是聽到劉萍在抽噎，幾次醒來都聽到劉萍在床上翻來覆去的悲歎。這一夜真難熬啊……

沒多久，劉萍就上衛校去了，聽說她一到城裡就上告，控告信寫了一封又一封，一級級批轉下來，批來轉去又轉到了韓書記的手裡。韓書記拿著她的一大把控告信找到她說：「你要敢再告，我就把你搞回去。只要我向學校說一聲你政治上有問題，你馬上就得回去勞動。」……這些都是劉萍寫信告訴她的。劉萍告了一年多也沒個結果，又受到韓書記的威脅，漸漸就懈氣了……後來，沒過多久香蓮的爸爸轉業回來了，韓書記就調到另一個公社當正書記去了。官銜又加了一級。這樣他今後幹起壞事來就更大膽了，更不把小老百姓放在心上了……

她睜開眼，翻了個身，不知怎麼回事，今夜總是睡不沉，一眨眼功夫就醒。閉上眼睛，往事如煙，依稀在目。寒風嗖嗖，窗戶發出窸窸窣窣的響聲，雪絮飄飄灑灑，彈出悠悠的天籟。

……嗩吶聲聲，鞭炮在她身邊亂炸，她左閃右躲一步步往前走，一群孩子直在她腳下打絆子，拉著她要糖吃。她掏出早已準備好的一大包糖果朝四外一撒，孩子們便蜂擁上去，爭搶糖吃。這時她面前才閃開一點路，她被人牽扯著同秋水一起走到天地桌前，朝掛在牆上的毛主席像三鞠躬，接著是拜父母，然後是夫妻互拜。還沒拜完，一群人便一湧而上將她和秋水團團圍住，硬是把她和秋水按在一起親嘴，秋水臊得滿臉通紅，她也覺得臉上火辣辣的。突然，秋水真的在她臉上咂了一下，她心裡又甜蜜又生氣，秋水真傻，兩口子晚上的事咋能在這麼大庭廣眾之下表演呢，人們這是鬧著玩，哪能真親呢。接著她就被簇擁著進入洞房。洞房裡燈火輝煌，光彩照人，眼前金光閃閃，耀眼奪目，一股沁人的芳香撲鼻而入，濃香鬱鬱。她像隻金蝴蝶在花叢中飛舞，她嘗到了渴望已久的幸福與快樂，嘗到了她從沒體驗過的甜蜜，迎來了金子般美好的時刻。她的整個身心都被融化了，化成一泓春水，那麼靜謐，那麼恬淡。她貪婪地接受著春風的吹拂，享受著柔柳的挑拔。正當她沉浸在這無邊的幸福與甜蜜之中，無意中往屋樑上一望，見一隻紅花子大蛇盤臥在上面，對著她芯子一伸一伸的。她頓時嚇得魂不附體，冷汗涔涔。她立即就往外跑，可是門不知被誰鎖上了，她拼命的拉也拉不開。她喊秋水，秋水不知跑到哪去了，再一看，秋水的一片衣服掛在樑上，一隻鞋掉在樑下，顯然他已被蛇吃了。現在那條巨蛇正在沿樑而下，張著大口，嘶嘶叫著朝她撲來。天那，這可怎麼辦啊！她哭，哭不出，她喊，喊不應。眼看那蛇嘴越張越大，芯子越伸越長，似是要把這整座房子一口吞在肚子裡……

她掙扎了很長時間，終於醒來，睜開眼看看，才發現自己的手壓在了胸口上，魘著了。她立即坐起來，口裡喘著粗氣，身上嚇出一身冷汗，朝周圍望望，什麼也沒有變化，只有雪絮落在地上發出沙沙的響聲。一股寒風從窗縫裡吹進來，她臉上立即掠過一陣清冷的涼氣。今天的夜真長啊，像是總不亮似的。她不免又想起秋水，他接到電報該會怎麼想呢？他一定很著急，歸心似箭，也許他正在急急忙忙往家趕呢。這麼大雪天，走這麼遠的路，真夠嗆的，也不知搭哪班車，昨天去接了一天也沒接著，該不會出什麼事吧？她知道他冬天向來穿得很少，再冷也不戴帽子，不紮圍脖。所以她今年又給他織件毛線衣和一件棉紗褲，毛線是托人從上海買的，她不會織就跟人家學，織不好就拆掉重來，這樣一件毛衣她織了拆，拆了織弄了好幾遍直到滿意為止。她想秋水是在大城市工作，織不好，穿出去讓人家笑話。她還給他做了一雙燈芯絨棉鞋，她要上班，還要侍候爹娘，這些針線活就只能加夜工做，常常熬到雞叫。想到秋水回來後就能穿上她親手給他織的毛衣，她心裡甜滋滋的，充滿幸福感。鄉里的青年人很少能穿起毛線衣的，她現在自己有了一件，又給秋水打一件怎不讓人高興呢？她想像著秋水接過她手中的毛線衣時的情形，彷彿看到他那寬寬的額頭上跳動著幸福與喜悅，方方的臉膛正在對她憨笑。她身上立即有種軟酥酥的感覺……

5

張秋水一下火車便感到渾身發軟，腳下發飄，頭重腳輕。人畢竟不是機器，連日來的悲苦憂傷，饑寒交迫，超過了他的承受極限。他知道自己在發高燒，但仍然強打精神，用他那驚人的毅力同病魔抗爭。出了車站，他踽踽獨行，舉步唯艱，搖搖晃晃的沿著那條土公路往家走。在這短短的幾天裡，他又經歷了人生的一次大搏鬥，接受了一次嚴峻的考驗。他依然故我地頑強站起來了，像一顆頑石，一次大浪沖刷過後，他表面變得更加平穩、沉靜，內在素質更加堅硬而頑強了。這幾天在他心理上像是歷時幾十年，他看到了社會深層的污濁與肮髒，看到了人猿揖別之後人類社會的自私與殘酷，充分認識到今天的社會不僅仍有貴賤尊卑，而且還有人吃人的現象。在這樣不平等的社會中，幸運的大門永遠不會朝他這樣出身寒微的人敞開。「真的，我真傻，我單單知道冬天裡有狼吃人，不知道春天裡也會有……」我只是從書本上看到人與人之間血淋淋的關係，而不知道現實生活中也有這麼血淋淋的關係，有吃人的人，也有被吃的人，而且將來吃人的人照樣吃下去，被吃的人還得被人吃。更可悲的是許多人至今不明白，有的直到自己被吃掉還不明白是怎麼回事，心安理得的被人吃。俗話說：「吃一塹，長一智」，這話一點也不錯，不是這些事情警告他，他如何能明白世間的這些道理，他感到自己只是被狼咬傷，慶倖自己從狼口裡逃脫出來。「我的傷疤很快就會好的，我的精神依然健全，當然我永遠也不會忘記疼痛。」他現在更加清醒了，這一課給他的啟迪勝過十年面壁。他終於明白了像他這麼個青年企圖憑一己之勇，在現實條件下想有所作為，那是白日做夢；靠個人奮鬥去實現他的雄心壯志，只能是癡心妄想。他固然能殺出一條人生的血路，但銅牆鐵壁總難突破。「龍欲升天需浮雲，人欲進仕待中人」，現在人更講關係學，搞權錢交易，一部分人拿錢買另一部分人手裡的權，而另一部分人就可以拿權去換那部分人手裡的錢。權是什麼東西？抓不著，看不見，來無影，去無蹤，如同孫行者七十二變，需要什麼，變之即來，取之不盡，用之不竭，讓局外人咋口稱奇，望權興歎。他孤身一人，既沒有權也沒有錢，工資連吃飯穿衣的基本生活都不夠，常常饑一頓飽一頓的，趕不上食堂的點就得「過六〇年」。不過進城工作後他開擴了視野，靠自學豐富了知識，具備了一定的認識能力，這是最大的收穫。啊，我算什麼，如同這路邊的一顆野草。「野草，根本不深，花葉不美，然而吸取露，吸取水，吸取陳死人的血和肉，各各奪取它的生存，當生存時，還是將遭踐踏，將遭刪刈，直至於死亡而腐朽。」

眼前的大路被霧靄壓得越來越低，他抬頭望去，感到視野越來越模糊，雪絮漫天飛舞，四野白茫茫一片，他越走越吃力，一個小時的功夫像是過了幾年，十幾里土路像是越過了萬水千山。他口渴得要命，嗓子眼裡冒煙，走到路旁彎腰抓起一把雪團填到嘴裡，覺得心裡猛一清涼。於是他就蹲在地上抓起雪，大口大口的一連吃了好幾團。當他起身要走時，猛然一陣眩暈，險些摔倒下去，他身子搖晃幾下終於站穩，可是他腳下像綁了千斤重的鐵錘，而整個大地則恰似一大塊磁鐵，無論如何，他的腿怎麼也抬不動了。暮靄越來越濃，烏雲越壓越低，直至最後一口吞去他眼前的大路，吞去他周圍的一切。再走幾里路就到家了，再努把力，堅持一下！他這樣鼓勵自己。他眼前又出現母親那慈祥的面容，彷彿聽到母親那嘶啞的聲音正在呼喚他，母親那瘦骨嶙峋的手正在朝他揮動。他緊咬牙關，拼盡全力，終於又邁動了鋼釺一樣的雙腿。

他堅持著一步一步往前邁，走了一會實在走不動了就停下來歇歇喘口氣，然後又艱難地前進。他就這麼一點點往前挪，不知過了多久，不知付出了多大的努力，他好像拼盡了最後一口氣；不知承受了多大的痛苦，只感到四肢麻木，口乾舌燥，渾身搖顫……突然，他一抬頭，大溶河大橋就在眼前。「我終於到家了。」他在心裡這麼歡呼，這麼高喊，同時臉上綻開一絲笑意。不知忽然一下哪來那麼大的力量，他猛跑幾步便抓住了那大青石砌的橋欄杆。他撫著橋墩，身子一軟便癱倒下去。雪靜靜的落在大溶河裡，河面上冰封雪飄，一股北風刮在臉上，他感到像刀割一樣的疼。他立即又站起來企圖再往前走，可是他剛一邁步，腳下一滑，一個踉蹌跌下去，接著眼前一片黑暗，大地像個大搖床在他身下搖晃，風消失了，雪消失了，大溶河也消失了，就連黑暗也消失了，一切的一切都消失了……

……就在張秋水昏倒在雪地裡的時候，香蓮正冒著風雪往大溶河趕。她心裡老是掛念著秋水，總是睡不沉，一閉眼她就會看到秋水在雪地上艱難掙扎的情景。睡夢中，她突然聽到「嘎」的一聲，看到一輛汽車把秋水撞倒在雪地裡，鮮血淌了一大片，潔白的雪地頓時被鮮血染紅，只見秋水在雪地上扭動、掙扎、痙攣……突然那鮮血騰的一下又燃燒起來，整個大地頓時化作一片火海，只見秋水在烈火中騰飛、跳躍、驚呼、高喊，可是他總跳不出火圈的包圍……

她被秋水的一陣呼救聲驚醒，心裡撲通撲通的直跳。回想起夢中的情景，她心裡不禁一陣顫慄，嗖地一下子坐起來，拉開燈，朝窗外望望，天還沒亮，風雪越來越大，一切都被暴風雪吞噬了。今夜不知是怎麼搞的，老做噩夢，她心裡說了這麼一句，就跳下床來。她再也睡不下去了，不知秋水今夜是否能來家，與其在這裡瞎想，倒不如乾脆去看看，想到這裡，她就悄悄溜出來，藉著雪照，憑著路熟，深一腳淺一腳地往張家村走。風雪撲打著她的臉，噎得她喘不過氣來，她像掉進冰窟一樣，凍得牙齒打戰。她鼓足勇氣往前走，一步步踏在尺把深的積雪上，十分吃力。當她來到大溶河橋頭，趁著雪光看到橋頭上有個黑乎乎的東西，她立即毛髮倒豎，心驚肉跳，心裡嚇得撲騰撲騰的。不知是人是鬼？她壯著膽一步步挪到跟前一看，啊，原來是人，天那，這是誰呀？這麼大雪的天，挺在這裡，這是怎麼了？她立即伏下身子抹去他頭上的積雪，打開手電筒照照，才猛一下認出躺在她腳下的正是讓她日夜魂牽夢繞的秋水弟弟。她連忙蹲下去把他拉起來搖了幾下也沒搖醒，又將自己的臉貼在他臉上，感到有些溫熱，同時覺得他鼻孔裡噴出的一股股熱氣直往她臉上撲。她是護士，馬上就意識到秋水在發高燒，看到他一身的泥雪，在這樣的冰天雪地裡倒在這荒郊野外弄成這個樣子，她心裡一陣難過，眼淚就掉了下來。「不是我趕來，這一夜非要他的命不可。」她立即把他摟在懷裡，在他那寬闊睿智的前額上連連親疼幾下，然後調過身子將他背在身上，順著大溶河一步步艱難的往前走，她好像一下子增添了無窮的力量。

她一口氣趕到家，見屋裡還亮著燈，顯然爹娘也沒睡，門是虛掩著的，她一步跨上去，一腳將門踢開，猛一步跨進屋，把爹娘嚇了一大跳。二老披上棉衣，一起從床上跳下來。

「香蓮，你！這黑更半夜的……哎呀，還背個人！」

「啊，是誰？」

「誰，你看是誰，你兒子，快鋪床吧。」她急得說不上話來，淚水在眼圈裡打著轉。

「啊，是秋水呀。這孩子？這是咋弄的，香蓮，這是怎麼回事呀？」張世清說著就從香蓮身上接過秋水。

「哎呀呀，我的兒……咋弄成這個樣子啊……」張大娘話沒說完竟哭了起來。

「娘，你別哭，他沒事的，不過是發高燒，你先給他把一身的濕衣裳換掉，鋪個床讓他暖暖，我這就去醫院找醫生去。」說罷她氣都沒喘，掉頭就衝進了大雪紛飛的黑夜中。

老兩口還想問個究竟，見香蓮已消失在夜幕中，就立即掉轉頭忙給秋水扒去身上的濕衣服，拿出預備結婚穿的新衣給他套上，就把他蓋在被窩裡，床前又升起一籠火……

6

婚禮的日期定在正月初四，這是早已定好了的，客也早已經請下了，喜事是非辦不可的，人們都說沖沖喜秋水的病就會好得更快些。所以當張秋水還在昏睡之中，他什麼也不知道的時候，終生大事由父母操辦，匆匆而過。那天雖然賀喜的來了很多，但已大煞風景，客人們見張秋水仍然昏昏沉沉的躺在床上不醒人事，過來看看，安慰兩位老人和香蓮幾句，也就走了。他高燒雖已退下，但過度的疲勞與虛脫令他昏迷不醒，家裡備了一二十桌酒席卻沒人在這裡吃。

香蓮日夜守候在秋水身邊，寸步也不離開，不停地用毛巾擦去他臉上的汗水，給他灌湯餵藥，無微不至，她眼睛熬紅了，眼泡揉腫了，可是她總不讓別人插手。現在她已是他的妻子，由她去服侍最方便，也最合乎情理。她困了就和衣臥在秋水的身邊打個盹，他一有動靜，她就立即坐起來問寒問暖，傾注她的柔情蜜意。

……不知過了多久，好像幾年幾十年，張秋水漸漸蘇醒過來。他的第一個念頭就是要看到母親，他記得他接到電報就往家趕……他坐上了火車……他在風雪中艱難地行走……他終於來到了大溶河大橋……他在雪地裡掙扎……後來他就什麼也不知道了。「啊，我現在在什麼地方？對了，是在橋頭上，我就是在這裡暈倒的。」他努力睜開雙目一看，不禁驚詫地「啊」了一聲，他看到娘正坐在他的面前，一雙混濁的目光專注地盯著他，盼他儘快醒來。「娘，你，不是病了嗎？」他喊了一聲就想折起頭來，頭真沉啊，怎麼也抬不動。

「哎呀，我的兒，你可醒了，一下子睡了這麼長時間，可把娘嚇死了。」娘見他醒來，臉上即刻布上欣喜的容光，連忙用衣袖拭一下淚痕。

「娘，電報上不是說你生了大病，怎麼現在……」

「哎呀，別提了，娘根本沒病。要說有病也是心病，是想你想的呀。看你年頭裡沒回來，我們都放心不下，不知你出了啥事沒回來過年。我們想叫你快點回來，又怕你請不掉假，才給你拍的電報，誰知一下子把你弄成這個樣子，娘沒病倒把你弄病了。」娘說著，眼圈一紅，又抹起眼淚來。接著她又轉悲為喜，破涕而笑，「這下可好了，你沒事，娘也就放心了。年前我們商定把你和香蓮的事辦了，可千等萬等總不見你回來，好期已定，客也請下了，還不見你的影子，你說我們著急不著急。」

「什麼！讓我們結婚？」他猛一折頭坐起來，瞪著大眼問。

「是呀，好期定在正月初四，也就是昨天。客人都來過了，禮物也都送來了，可是看你病著都沒在這裡吃飯就走了。等你好了，備幾桌酒席，補請一下就罷了，這事咱就這麼簡簡單單的辦了。」

他彷彿當頭挨了一棒，又被打懵過去。他朝周圍一看才明白自己正躺在龍鳳被裡，紅燭正在泣淚，牆上的紅雙喜在燭光的輝映下閃射出刺眼的光芒。突然，一陣天旋地轉，他頭一歪又倒下去，他覺得眼前一片漆黑，接著便失去了知覺。

張大娘帶著哭腔，乖呀兒呀地喊了幾聲也沒喊應，便立即跑出去喊香蓮。

……當他再次醒來，感覺到自己的雙腳被緊緊地摟在一團軟乎乎的肉體上，那肉體像鴨絨一樣輕軟，像鵝脂一樣細膩，像海浪一樣起伏湧動，又像爆發的火山一樣烈焰炙人。他像被油煎火燙似的，立即將腳縮回來，一縱身便坐了起來。一坐起來，他便覺得頭像空的一樣，又痛又暈，眼裡直冒金花，他想起來，可是頭靠在床頭上卻怎麼也不能動彈。

香蓮此時已被他驚醒，也立即坐起來，揉一下眼睛，見秋水坐了起來，就忙爬到他跟前，摟著他，柔聲細語地問：「你怎麼樣，可好些了？還頭痛嗎，可想吃點什麼東西？」她睜著一雙惺忪的眼睛望著他。

秋水一句話也不說，緊閉著雙眼，只是略微搖搖頭，算是對她的回答。他感到自己像隻受了傷的小羊掉在陷阱裡，只能從心底發出歇斯底里的悲號，卻怎麼也掙扎不動。他現在明白了爹娘騙他回來是讓他同香蓮成婚，而且現在生米已經做成熟飯，一切都已無法挽回，一切都是天造地設，不可逆轉。儘管他自己一直在昏迷中什麼也不知道，可是全村人都知道，親戚鄰居都知道，他已同香蓮同床共寢，這是事實，社會已經認定他們是夫妻。這一沉重的打擊使他的精神和肉體幾乎都處於四崩五裂的狀態。本來很快就可以好的病越發加重了。他不知道自己應該怎麼辦，不明白命運為什麼給他開這麼大的玩笑，他不知道自己究竟是死了好還是活著好。他只感到心裡在汩汩的流血流淚，只感到黑暗壓得他喘不過氣來。

香蓮見他那樣子，也不再多問，下床倒杯開水，就要餵他吃藥，他卻搖頭不吃，連眼也不睜。

「不吃藥怎麼行呢？都這麼大人了，還像小時候一樣任性。來，快過來，我餵你。」說著她就坐在床沿上，摟著他的脖子拿藥往他嘴裡送。

張秋水微微睜開雙目，看到香蓮只穿件棉毛衫，凍得瑟瑟作抖，一臉的倦容，一副慵懶的嬌態，滿目柔情，一腔衷腸，正嬌嗔地望著他，他心裡不禁一震。只見香蓮面若春水，靨似桃花，嫵媚動人，他不忍心讓她老是那麼拿著藥等在那裡，才張嘴把藥吃下。

香蓮像哄小孩似地說：「這就對了，吃了藥病不就好了嗎，我知道俺秋水自小就是聽話的，惹人疼的。」說著就在他的腮幫上咂了一口。

張秋水不禁迸然心動，從心底立即翻出一股苦水，只覺得苦水漸漸暴漲、蔓延，很快就沖決閘門。他一頭紮在香蓮的懷裡便嚎啕大哭起來，如同一隻受傷的雄獅一般哀叫。

香蓮不知是怎麼回事，只以為他是因病所致，於是軟語相慰，百般溫存，哄他：「莫哭，莫哭，一點小病很快就會好的，很快就會好的。」她一邊哄他一邊拉過被子，讓他又躺下，然後自己也躺下來，扒掉身上的衣服，緊緊地把他摟在懷裡，讓他的臉緊貼在自己的乳房上，一隻手不住地摩挲著他的頭。她要用自己的肉體去暖化他那悲苦的心。秋水那低沉而抑重的哽咽震得她心如刀絞，禁不住淚往下掉，一時間淚目和流，涕濕繡枕，聲撼紅被……

7

張秋水在家住了總共只有個把星期，一能行走，便返回廠了。他現在從形式上說已同香蓮結婚，但實質上可以說並沒同她過一天的夫妻生活。香蓮認為他有病，沒精神，一點也不怨他，還竭力克制自己不去想那些兒女之情。她對他百般愛撫，關懷備至，以她特有的溫柔與敦厚給秋水送茶送水，奉湯餵藥，盡一個妻子所應盡的一切義務。然而他對她總激不起兩性的情愛，這很使他難過，使他疚愧。當然他心裡仍然戀著沈冰，但沈冰並不是他不能愛香蓮的唯一障礙，他與香蓮之間真正的愛情屏障就在於他讀了些書，在人類文明的階梯上多爬了幾步，所以對這種封建落後的婚姻家庭觀念深惡痛絕。固然在家鄉，在廣大的農村，在中國社會裡，親緣婚姻，買賣婚姻，對換婚姻等等到處都有，但對張秋水來說這是不能容忍的，他要衝破這封建的藩籬！他耐心地向香蓮解釋說：「我很喜歡你，你各方面都很好，誰也挑不出你的毛病。但我們只是姐弟之間的情誼，不是兩性的愛。」他從古代婚姻觀說到現今的自由戀愛，說到西方世界的性解放。她聽著他的話像聽天書一樣不能明白，一些她根本聽不懂，一些她聽懂的也不理解，姐弟之愛和夫妻之愛有什麼不同呢。但她竭力裝著聽懂的樣子，卻不讓秋水再多說，她勸他不要胡思亂想，勸他好好休息，她用醫生看待病人的眼光看待他，認為他在說胡話。因此他話一出口便被她堵住，她以無微不至的關懷與照護使他感激涕零。他後來忽然醒悟，原來在他們之間有一條不可逾越的思想文化鴻溝。他的思想對她來說猶如外星人，她的思想對他來說好比出土文物。他無可奈何，只能蒙著被子流淚，他覺得他像一個溺在水裡的孩子正在作垂死的掙扎，他的青春年華消失了，他的生命之樹又乾枯了。

她雖然對他的話不明白，但這內中的隱情她已咂嚼出來了，她最後得出結論：「他在城裡一定另有情人，他不是真正喜歡我啊。」她沿著這個思路想下去，越想越覺得對頭，再從他的言語、表情以及對她的態度明顯看出，處處無不證明她的猜測是正確的。但她從小就善於忍耐，善於克制自己，善於體諒別人，所以她總不把此話說破。無論怎麼說，他們已是結過婚的了，滾一百滾子她總是秋水的人，頭割掉，血身子還是屬於他的。結了婚就得當日子過，她要用自己一顆燃燒的心去融化他，要用溫情把他吸引過來。

臨分手的時候，她牽著他的衣襟終於失聲痛哭了，她覺得他像隻公鴿子就要飛走了，而她卻像隻母鴿子守著空巢，要數去一個個的黃昏，盼來一個個的黎明，渡過數不清的寂寞與孤獨。他也淚流滿面，無限悽楚，覺得對她太殘酷無情了，他俯身在她額上親了一下。當他的嘴湊到她的額頭時，她渾身都在發抖，幾乎要軟癱了。她像就要枯萎的禾苗猛然遇到了甘露，立即便反過青來。她猛地扳住他的脖子，踮起腳尖發瘋樣的在他的嘴上、腮上、額上狂吻一陣，然後猛一把將他推開，掉頭就跑了。她渾身的熱血都在沸騰，只覺得心熱臉燙，恨沒有把秋水的肉咬下一口來。她真想一個猛子紮到大溶河裡，痛痛快快洗個澡，撲撲身上的燥熱。一個吻對慣弄風月的情場小姐來說如同雪花落在臉上，一熱一涼也就消逝了，可是對香蓮這麼個饑渴難耐，久久壓抑而又從沒接觸過男性的農村姑娘來說，已足夠她享受的了。這一吻她已盼望多年了，這一吻給她的愉快與歡樂只有她自己的心裡能體會得到，任何語言都沒法描繪……

張秋水回城以後，便感到無限的抑鬱悲傷，他不明白命運怎麼這樣捉弄人。事業上的艱難他咬著牙一個個挺過來了，生活中的困難也忍過來了，唯獨愛情這東西，折磨得他又想哭又想歌，也欲死，也欲生。他反復考慮過他無論如何不能同香蓮過一輩子，他生活中無論如何不能沒有沈冰，離開沈冰他的生命之樹就要乾枯，沒有沈冰的愛，他的事業之花馬上就會擱蔫。他同香蓮離婚是定局的了，不過是個時間問題。這些年來他在自學的道路上能一直走下去，多虧了沈冰的支持與幫助，沈冰的愛是他的一大精神支柱，抽掉這根柱子，他就要塌下來。然而他又確確實實的已同香蓮結過婚了，這裡面的苦衷誰能理解，怎麼能同沈冰說得清。沈冰如果知道他已同香蓮結婚將會如何氣惱。他現在真後悔以前從沒在沈冰面前提起過他同香蓮的事，他幾次想給她說，可是話到嘴邊卻又咽了回去。他想立即去找沈冰談談，但卻沒勇氣，見了她怎麼開口呢？他自覺再沒臉去見沈冰了。

他現在變得清瘦而孱弱，一下子又蒼老了十來歲，像個四十多的人了，顴骨突起來，眼圈也凹陷下去，青春的光芒徹底消失了，年輕人的活力一點也不見了。他的生命又一次出現了危機，他的人生之路出現了屏障，他覺得眼前一片黑暗，一堵高牆橫攔在他的腳下，他再也無力衝撞了。他像個大沙漠中的跋涉者，經過長期的艱苦奮鬥，努力拼搏，力氣拼盡了，精神崩潰了，渾身要散了，可是抬頭而望，四野茫茫，看不到一點生命的綠洲。他想休息了，即便是立刻被沙漠埋沒，他也無力掙扎了。

天氣仍然陰霾，四野遍地積雪，空氣凜冽清冷，寒夜孤寂而漫長。他獨自徘徊在白雨湖畔，回首往事，淚思泉湧。生命的泥委棄在地面上連野草也生不出來，這又是誰的罪過？湖邊的垂柳被冰雪包上銀鎧，一陣風吹發出啰嚓啰嚓的響聲，令人毛骨悚然。一會兒空中又飄下雪花來，雪花撒在湖面上經風一吹，一陣旋轉就黯然消失了。萬物之靈生息相參，有生必然有滅，人也是這麼回事，生來的那一天也就是死亡的開始。雖說有人死得轟轟烈烈，有人死得淒涼悲慘，有的活得幸福，有的活得痛苦，但死後卻都是一樣的了。由此說來閻王爺面前才是人人平等的，陰間才是真正的共產主義社會。萬籟俱寂，一切似乎都沉睡了，一切似乎都要死了，唯獨這湖面上飄灑著的雪花還在起舞，但卻稍縱即逝。白雨湖寂然無聲，聆聽著天籟，祈待著天明。

他在這裡已經徘徊很長時間了，身上沾滿了雪。他面對白雨湖喟然長歎，久久地凝視著湖對面的圖書館大樓，往事依稀在目，那裡的每個圖書架、索書卡都是他十分熟悉的，還有靠角落裡的那個位子更是他的摯友，他的青春回歸正是從那裡開始的。現在他彷彿聽到它們在對他呼喚，面對他的苦惱也在喟然歎息。他不明白現實怎麼這麼無情，他的人生之路為什麼越走越窄；他不明白千百萬先烈為之拋頭顱灑熱血的社會主義到來之後，怎麼還存在這麼多的不幸與苦難。他從記事，到成人，到工作，到現在，總被苦難的蔭影籠罩著，被一條無形的鎖鏈捆綁著。他原以為進城工作後一切都會好起來，現在看來卻恰恰相反，工作後苦難更加深重了，他小時候嘗到的苦難僅僅是肉體上的，現在的痛苦卻是精神上的，這精神上的痛苦比肉體上的更令人難以忍受。他問湖，湖不應，問天，天不語。「怨啊欲問天，天蒼蒼兮上無言，舉目仰望啊空雲煙……」他心中詠歎著郭沫若的「胡笳十八拍」，發出撕肝裂肺的哀號。我為什麼要離開家鄉，為什麼要離開大溶河，為什麼一踏入人生便掉進這汙淖的泥沼裡！

他依稀記得這是他第二次以這樣的面目出現在這裡了。上次也是這麼個風雪之夜，也是這麼個鬼天氣，他獨自來到這裡，帶著痛苦，帶著憂傷，同死神水鬼進行了一場殊死的搏鬥，終於他勝利了，死神水鬼都被他打敗。然而現在他又來到了這裡，這次他幾乎失去了戰鬥的勇氣，看來今天他是一定要失敗的了，一定要成為這白雨湖的水鬼了。

啊，上帝生我造我幹什麼？是否就是為了折磨我？父母養我育我幹什麼？是否就是為了讓我做這封建勢力的犧牲品？人來到這世界上是否就是為了受苦？若是這樣，人又為什麼要來到這世上？既然前面漆黑一團，不如早點躺到墳墓裡去睡覺。

我將如何戰勝自我？我將如何面對這慘澹的人生？

他下意識地朝前走了幾步，現在他就站在湖邊的水泥壩前，只要翻過這僅有他膝蓋高的堤壩，也就一了百了啦。突然，沈冰的影子猛一下跳到他跟前，他一趔趄，定一下神，才明白過來，原來只是他的幻覺，沈冰並沒有真的出現在他面前。他知道沈冰對他愛得熱烈而真誠，他不能就這麼連一句話也沒對她說就悄然離開人世。社會、家鄉、工作……一切的一切都不使他留戀，使他留戀的只有沈冰，還有他的未竟事業。他原以為自己早已超脫自我，一切艱難困苦都動搖不了他的人生信念，都阻擋不住他沿著自己選定的道路勇往直前，現在看來並非如此，超脫自我是相當困難的啊！他無意中從身上摸出一幅彩照，那是他和沈冰的合影，是去年暑假裡照的，背景就是這白雨湖。他們坐在南岸湖坡上的草地上，她那一雙含情目正望著他微笑，兩彎羞月眉對著他傳情，連周圍的人看到他們也生妒意。這張照片留下了那美好的片刻，激起他永久的回憶。他趁著雪照久久地凝視著，那鳳眼，那修眉，那甜甜的笑靨正在對著他張開，那紅紅的嘴唇正等待他去接吻……

突然，他手中的照片被抽走了，他心裡猛一驚，莫非真的遇到鬼了！他回頭一看，又驚又喜，一雙明亮的眸子閃閃發光，一張嬌媚的臉蛋正在對著他笑。他不敢相信自己的眼睛，在這樣的風雪之夜，她怎麼會到這裡來，恐怕又是幻覺吧？他揉揉眼定睛再看，站在他面前的確確實實就是沈冰。那修長的身材，頎長的脖頸，輕盈的舉止，不是她是誰。莫非是照片上的人兒走了下來？然而那紅色的毛線帽，那雙排扣的新款式尼大衣又分明與照片上的夏裝迥然有別。

「你……你是沈冰，真的是你嗎，沈冰？」他上去一把扯住她的胳膊說。

她再也憋不住了，噗哧一下笑出聲來，接著又是一陣開懷大笑，笑得捂著肚子彎著腰。「你呀，還自標為是徹底的唯物主義者呢，原來也是怕鬼的。」她指著他說。「你看你看到我時的那神情，像是真的有鬼把你的魂魄攝走了似的，看你那呆呆癡癡的傻樣子，原來也是個『銀樣蠟槍頭』啊。」

「你在這風雪之夜到這裡來幹什麼？快告訴我。」他打斷她的話說。

「哎呀，我正要問你呢，興你來就不興我來？」她將胳膊從他手裡抽出來說：「回來也不告訴我一聲，讓我好到車站去接你嗎。一個人跑到這裡來看夜景，你真有閒情逸趣呀。」

「我……」他胸中塞著萬語千言，總難啟齒，一腔苦水在他心裡翻來翻去，眼裡閃著淚花。

「快告訴我家裡發生了什麼事？我看你不像是閒逛，快對我說這次回家發生了什麼事。這些天我天天都盼著你回來，想你都快想瘋了。每當有人敲門，我心裡就激起一陣狂喜，心想一定是你回來了，可是一次次都使我失望。我初四那天下了火車，等你來接我，眼都望穿了，一直也沒等到你，我真傷心透了，我手裡捧著準備獻給你的禮物一直等到人都散盡了才離開車站。第二天我就跑到你們廠裡，看門的王師傅說你家裡來了電報回去了，王師傅還告訴我說是大媽病重才叫你回去的。大媽的病怎麼樣了，好透了嗎？嘿，你這人今天是怎麼搞的，說話呀，站那裡像根木樁一樣的。」她推了他一把，又上去拉著他的胳膊。「說話呀，你快告訴我大媽她現在怎麼樣了？」她忽閃著大眼望著他，等待他回答。

「你講起來沒完，讓人插不上嘴。」他木然地望著她說。

「啊，是的，我這一高興話就多，憋了一肚子的話總想一下子全倒出來，現在聽你講，大媽怎麼樣了？」

「她根本沒病。」

「什麼，大媽沒病，沒病就好。啊，我明白了，這麼說她是想兒子了，想讓你回去過年，怕你回不去，才打電報的。真是可憐天下父母心。」她在這裡遇到秋水真是太高興了，滿腹的話似乎要一下子都倒出來。「大媽沒病就好，告訴你個好消息，我已把我們的關係向我爸公開了，他沒什麼意見，說尊重我的選擇，相信我的眼力，只是想讓你到我家去一下，同你談談。我爸說等你回來就請你到我家去，嗯，這樣吧，我看明天就去，我到廠裡去接你。」她說著猛拉他一把，踮起腳甜甜地在他前額上親了一下。「怎麼樣？我想你一定很高興，對吧。」她有滿心的話要對他說，也沒顧到他的反應就接著說：「我有許許多多的話要給你說，有的就留明天再說吧。我首先得告訴你一件大喜事，我最近寫了篇小說，讓我們老師看後，說寫得不錯，可以在校刊上發表。同時老師也提了幾條意見，讓我再修改一遍，我還想再聽聽你的意見。

當然這要等你看過作品後才行。現在我先把這篇小說的大概情節給你講一下，給你個初步印象。」她略一停頓，望了他一眼，見他只是勾頭漫步，就撞了他一膀子。「你仔細聽著，下面開始講故事了。」他們並肩漫步在白雨湖畔，腳踏在雪地上發出咯吱咯吱的聲音。這時雪已停了下來，月光透過一層濛濛的雲層照下來，雖不明朗，周圍的事物也清楚可辨。

沈冰望著秋水笑笑說：「小說的故事大概是這樣的——」

一個農村姑娘，高中畢業沒考上大學，她企圖擺脫農村的艱苦生活，經人介紹去北京當保姆。幹了一段時間，她又感到仰人鼻息，一天到晚侍候人，覺得屈辱，就返回家鄉準備幹點什麼事業，以擺脫貧困。在回家途中，她在火車上結識了省報的一位青年記者，兩人談得很投機，那記者建議她辦個養雞場，並說有困難也可以幫她一把。她回到家，要辦養雞場卻沒資金，於是就託人情找關係從信用社貸了一千多塊錢。她費盡周折，歷盡艱辛，終於把養雞場辦了起來。結果一場瘟疫，雞全部死光。養雞場辦砸了，她爸又得了一場大病，真是禍不單行。她家債臺高築，無力償還。這時信用社主任趁機托人出來給她說媒，要讓她嫁給他的三兒子，並說成了親後，她家的債全部由他們來還。主任的兒子是個瘸子，快三十了都沒找到對象，她說什麼也不答應。可是她爸睡在病床上立等錢治病，她媽苦苦向她哀求說：「這是出於萬般無奈，做父母的哪個不想讓自己的孩子好，可眼下總得救你爸的命呀，不說別的，全當你報媽的吃奶之恩了，你就答應這門親事吧。她媽哭得鼻子一把淚兩行。萬般無奈，她心一橫就應允了。等她爸的病一好，她就在一個暴風雪的夜晚離家出走了。為了逃避不幸的婚姻，她憑一時之勇逃了出來，可是逃出來後她就感到走投無路了。她突然就想到了那位青年記者，她去找他，他出差了，迎接她的是一個渾身珠光寶氣的少婦，原來那青年記者已結過婚了，她的一點希望又破滅了。她再次去北京當保姆，這次她被介紹到一位高幹家裡，高幹家的兒子是個青年大學生，沒多久就愛上了她，後來她懷孕墮胎，那位大學生就把她拋棄了。正在這時那位高幹又向她伸出魔掌，她身受兩代人的侮辱與欺凌，幾次打胎，實在忍不下這口氣，就到法院去告狀。可是她的案子卻沒人受理，告了半年多也沒告出個所以然。她失去了職業，失去了少女的純貞，失去了做人的尊嚴，淪落街頭，欲求自殺，被人救了下來。這次救她的是個大流氓頭子，從此她便做了暗娼，沒過多久被公安機關抓獲，判了刑。她不堪忍受鐵窗的熬煎，勾引一位看守員上了勾，就偷逃出來。逃出來後，她感到更加走投無路，就自然想到自殺。在一個風雪之夜，她來到湖邊就投水自盡了……

沈冰說到這裡，推了一把正在低頭沉思的張秋水，「你覺得這故事怎麼樣，可有點吸引力，還有點深度吧？我到這裡來正是想感受一下，在這風雪之夜一個走到人生盡頭的人會想些什麼，做些什麼，她的感情如何同這無邊的黑夜進行交流。不想在這兒能碰到你，真是叫人喜出望外。」說罷，她就格格一笑。

「不設身處地是不可能真正感受到一個企圖自殺者在自殺前的心境的，你沒有故事中那個女人的切身經歷就不可能真正體會出她的痛苦與悲哀。啊，你的故事講完了嗎？」張秋水收住腳步，望望她說。

「講完了，這只不過是個故事梗概，詳情細節等你看了作品就明白了。你明天一定要到我家去。」

「我怕是不能去了。」

「你說什麼？」她的心被猛揪了一下。「為什麼不去？」

「我怕我沒那個資格。」

「你胡說什麼呀，」她也停下來拉著她的胳膊，「你今天是不是神經有點毛病？」

「我很清醒，一點毛病也沒有。你別急，等我把話說完。」他略微一頓，又邁開步子。

「我耐著性子聽完了你小說裡的故事，現在我請你也耐著性子聽我的故事裡的小說。」

沈冰被他弄得懵頭懵腦的，瞪著一對吃驚的大眼望著他。

「我這次回去發生了什麼事，你根本想像不到。在聽我的故事之前，我求你必須保持冷靜，無論我講到哪裡，都不要激動，要耐心聽下去。」

「好了好了，別賣關子了，快說吧，急死人了。」

「好，我告訴你，我這次回家結婚了。」他竭力保持著平靜，聲音並不大，可是對沈冰來說卻是晴天霹靂，震得她渾身搖顫，脊樑發麻。「什麼，你再說一遍！你是不是在發高燒，說胡話？」說著她就去摸他的額頭，然後一把抓住他的肩膀，狠命地搖著。

「我告訴你我非常清醒，我說的是真的，請你安靜下來聽我把話說完。」

「我不聽，我不要聽，我不想聽，我不願聽！」她狠狠地捶著他的肩膀。「你結了婚？跟誰結婚？難道除掉我你還有情人嗎？天哪，你是一直在騙我，搞三角戀愛嗎，你說話呀，啊，你怎麼不說話？」她猛一使勁把他搡了好遠，然後掉頭就跑，像個受傷的小鹿，哀哀嘶叫，一個踉蹌滑倒在雪地上。

張秋水趕上幾步，一把將她拉起來，大聲喝叫：「你聽我把話說完嘛，不是預先告訴你不要緊張，不要激動嗎！」

她不知怎的，剛才像著了魔一般，現在她猛然清醒過來，坐在雪地上將頭紮在秋水的懷裡嚶嚶地哭泣。「無論如何你都是屬於我的，誰也別想搶走，誰也不能夠搶走。快對我說，剛才你是騙我的，同我逗著玩的，對吧。」

張秋水用一隻胳膊把她攬在懷裡，一隻手撫弄著她那頭烏黑的長髮，不禁熱淚滾滾，滴滴淚水浸入她的發間。他真不忍將他回家所發生的事情告訴她，可又不能不告訴她。停了很久，他才強忍著內心的悲痛，哽咽著說：「首先你要明白，我是非常愛你的，你是我靈魂中不可缺少的一部分，沒有你我的生命就要枯萎，無論發生什麼變故，無論命運把我拋到哪裡，我的心永遠都是屬於你的。」說著他用手捋捋她蓬亂的頭髮。接著他就把他同香蓮的關係從頭到尾講述了一遍，從大溶河漲水講到香蓮的親爸回來，再到香蓮的爸送他來這城裡當工人，一直到這次回家發生的一切。

沈冰聽完秋水的敘述，心情無比激動，她知道香蓮一定是個很好的姑娘，但卻不能做秋水的愛人，只能是他的姐姐。這一變故不但絲毫沒減弱她對秋水的熾愛，反而使她愛得更加狂熱。她為秋水感到不平，同時也替他難過，在現在的社會條件下，秋水為什麼還要成為封建殘餘勢力的犧牲品！在這樣的時刻，秋水更需要愛露的滋潤，更需要愛情的火燄去融解他心靈上的冰凍。「我更應該去愛他，加倍地愛他，無條件地愛他。我們之間是心心相印，是心靈的融會貫通。我們要擺脫一切世俗雜念，無論怎麼說，實質上秋水仍然屬於我的，誰也奪不走，誰也搶不去，因為他的心早已給了我。」一團烈火在她胸中燃燒，一股焰漿在她心中奔湧，她一把將張秋水摟在懷裡，讓他伏在自己身上……她要將自己的一切都獻給他，她要把自己這些年來的憧憬都變為現實，她要讓月老作媒說：「瞧，他們才是真正的一對。」她要享受那早該屬於她的幸福……

兩個沒有靈魂的軀殼在雪地上翻滾，兩個脫離了軀體的靈魂像一對海雁自由自在地翱翔在白雨湖上。他們要超越塵寰，他們在尋找仙山，他們是一對鳳凰，他們在集香木自焚，他們的軀殼在毀滅，他們的靈魂要更生，他們的愛情要涅槃，他們的心靈在歌唱：

啊，啊！
哀哀的鳳凰，
鳳起舞，低昂！
凰唱歌，悲壯！
鳳又舞，
凰又唱，
一群的凡鳥，
自天外飛來觀葬。
茫茫的宇宙，冷酷如鐵！
茫茫的宇宙，黑暗如漆！
茫茫的宇宙，腥穢如血！
即即！即即！即即！

即即！即即！即即！
昂頭我問天，
天徒矜高，莫有點兒知識，
低頭我問地，
地已死了，莫有點兒呼吸；
伸頭我問海，海正在揚聲嗚咽，
……………
我們更生了，
我們更生了，
一切的一更生了，
一的一切更生了，
我中也有你，你中也有我。
我便是你，
你便是我。
我們新鮮，我們淨朗，
我們華美，我們芬芳。

一切的一，芬芳，
一的一切，芬芳。
我們熱誠，我們摯愛。
我們歡樂，我們和諧。
一切的一和諧，
一的一切和諧。
……………
我們歡唱，我們翱翔，
我們翱翔，我們歡唱。
一切的一，常在歡唱，
一的一切，常在歡唱。

（第一部完）

釀小說70　PC0501

火燄首部曲
——一九七〇年代的中國青年抗爭小說

作　　者　李三一
責任編輯　陳思佑
圖文排版　周妤靜
封面設計　楊廣榕

出版策劃　釀出版
製作發行　秀威資訊科技股份有限公司
114 台北市內湖區瑞光路76巷65號1樓
電話：+886-2-2796-3638　傳真：+886-2-2796-1377
服務信箱：service@showwe.com.tw
http://www.showwe.com.tw
郵政劃撥　19563868　戶名：秀威資訊科技股份有限公司
展售門市　國家書店【松江門市】
104 台北市中山區松江路209號1樓
電話：+886-2-2518-0207　傳真：+886-2-2518-0778
網路訂購　秀威網路書店：http://www.bodbooks.com.tw
國家網路書店：http://www.govbooks.com.tw
法律顧問　毛國樑　律師
總 經 銷　聯合發行股份有限公司
231新北市新店區寶橋路235巷6弄6號4F
電話：+886-2-2917-8022　傳真：+886-2-2915-6275

出版日期　2015年9月　BOD一版
定　　價　410元

Printed in Taiwan

國家圖書館出版品預行編目

火燄首部曲：一九七〇年代的中國青年抗爭小說 /
李三一著. -- 一版. -- 臺北市：釀出版, 2015.09
面； 公分. -- (釀小說 ; 70)
BOD版
ISBN 978-986-445-040-4(平裝)

857.7 104013345

讀者回函卡

感謝您購買本書，為提升服務品質，請填妥以下資料，將讀者回函卡直接寄回或傳真本公司，收到您的寶貴意見後，我們會收藏記錄及檢討，謝謝！
如您需要了解本公司最新出版書目、購書優惠或企劃活動，歡迎您上網查詢或下載相關資料：http:// www.showwe.com.tw

您購買的書名：______________________________

出生日期：_______年_______月_______日

學歷：□高中（含）以下　□大專　□研究所（含）以上

職業：□製造業　□金融業　□資訊業　□軍警　□傳播業　□自由業
□服務業　□公務員　□教職　□學生　□家管　□其它_____

購書地點：□網路書店　□實體書店　□書展　□郵購　□贈閱　□其他

您從何得知本書的消息？

□網路書店　□實體書店　□網路搜尋　□電子報　□書訊　□雜誌
□傳播媒體　□親友推薦　□網站推薦　□部落格　□其他_____

您對本書的評價：（請填代號　1.非常滿意　2.滿意　3.尚可　4.再改進）

封面設計____　版面編排____　內容____　文／譯筆____　價格____

讀完書後您覺得：

□很有收穫　□有收穫　□收穫不多　□沒收穫

對我們的建議：______________________________

____

____

____

請貼
郵票

11466
台北市內湖區瑞光路 76 巷 65 號 1 樓
秀威資訊科技股份有限公司 收
BOD 數位出版事業部

（請沿線對折寄回，謝謝！）

姓　　名：＿＿＿＿＿＿＿＿　年齡：＿＿＿＿　性別：□女　□男

郵遞區號：□□□□□

地　　址：＿＿＿＿＿＿＿＿＿＿＿＿＿＿＿＿＿

聯絡電話：(日)＿＿＿＿＿＿＿＿(夜)＿＿＿＿＿＿＿＿

E-mail：＿＿＿＿＿＿＿＿＿＿＿＿＿＿＿＿＿